教育部高校思政工作队伍培训研修中心（河北师范大学）2020年度专项课题研究项目成果（课题编号2020HZZ005）

情系塞罕坝

QING XI SAIHANBA

主编：高俊虎

光明日报出版社

图书在版编目（CIP）数据

情系塞罕坝 / 高俊虎主编 . -- 北京：光明日报出版社，2022.8

ISBN 978 - 7 - 5194 - 6764 - 7

Ⅰ.①情… Ⅱ.①高… Ⅲ.①报告文学—中国—当代 Ⅳ.①I25

中国版本图书馆 CIP 数据核字（2022）第 161767 号

情系塞罕坝

QINGXI SAIHANBA

主　　编：高俊虎

责任编辑：杜春荣　　　　　　　责任校对：李　晶
封面设计：付秋燕　　　　　　　责任印制：曹　净

出版发行：光明日报出版社

地　　址：北京市西城区永安路 106 号，100050

电　　话：010-63169890（咨询），010-63131930（邮购）

传　　真：010-63131930

网　　址：http://book.gmw.cn

E - mail：gmrbcbs@ gmw.cn

法律顾问：北京市兰台律师事务所龚柳方律师

印　　刷：三河市华东印刷有限公司

装　　订：三河市华东印刷有限公司

本书如有破损、缺页、装订错误，请与本社联系调换，电话：010-63131930

开　　本：170mm×240mm

字　　数：258 千字　　　　　　印　　张：16

版　　次：2023 年 1 月第 1 版　　印　　次：2023 年 1 月第 1 次印刷

书　　号：ISBN 978 - 7 - 5194 - 6764 - 7

定　　价：88.00 元

《情系塞罕坝》编委会

编委会主任：苏国安　杨　宏

编委会副主任：高俊虎

编委会成员：成福伟　张政雨　刘永生　徐四海

　　　　　　徐　升　周丽娟　蒋小娟　白　萌

　　　　　　白　薇　王艳丽　张　帆　丁　冬

　　　　　　高　铭　赵玲君　薛　梅　赵云国

主　　　编：高俊虎

副　主　编：张政雨　高　铭　白　萌　王艳丽

　　　　　　蒋小娟　张　帆　陈毓敏

摄　　　影：高俊虎

封面设计：付秋燕

习近平对河北塞罕坝林场建设者感人事迹作出重要指示强调
持之以恒推进生态文明建设
努力形成人与自然和谐发展新格局

中共中央总书记、国家主席、中央军委主席习近平近日对河北塞罕坝林场建设者感人事迹作出重要指示指出，55年来，河北塞罕坝林场的建设者们听从党的召唤，在"黄沙遮天日，飞鸟无栖树"的荒漠沙地上艰苦奋斗、甘于奉献，创造了荒原变林海的人间奇迹，用实际行动诠释了绿水青山就是金山银山的理念，铸就了牢记使命、艰苦创业、绿色发展的塞罕坝精神。他们的事迹感人至深，是推进生态文明建设的一个生动范例。

习近平强调，全党全社会要坚持绿色发展理念，弘扬塞罕坝精神，持之以恒推进生态文明建设，一代接着一代干，驰而不息，久久为功，努力形成人与自然和谐发展新格局，把我们伟大的祖国建设得更加美丽，为子孙后代留下天更蓝、山更绿、水更清的优美环境。

(新华社北京2017年8月28日)

习近平在河北承德考察时强调
贯彻新发展理念弘扬塞罕坝精神
努力完成全年经济社会发展主要目标任务

2021年8月23日下午，习近平到塞罕坝机械林场考察强调：我国人工林面积世界第一，这是非常伟大的成绩。塞罕坝成功营造起百万亩人工林海，创造了世界生态文明建设史上的典型，林场建设者获得联合国环保最高荣誉——地球卫士奖，机械林场荣获全国脱贫攻坚楷模称号。希望你们珍视荣誉、继续奋斗，在深化国有林场改革、推动绿色发展、增强碳汇能力等方面大胆探索，切实筑牢京津生态屏障。

习近平强调：塞罕坝林场建设史是一部可歌可泣的艰苦奋斗史。你们用实际行动铸就了"牢记使命、艰苦创业、绿色发展"的塞罕坝精神，这对全国生态文明建设具有重要示范意义。塞罕坝精神是中国共产党精神谱系的组成部分，全党全国人民要发扬这种精神，把绿色经济和生态文明发展好。抓生态文明建设，既要靠物质，也要靠精神。要传承好塞罕坝精神，深刻理解和落实生态文明理念，再接再厉、二次创业，在实现第二个百年奋斗目标新征程上再建功立业。

(新华社承德2021年8月25日电)

《情系塞罕坝》简介

塞罕坝蒙语意为美丽的高原，位于河北省承德市围场县最北部。辽金时代塞罕坝被称为"千里松林"。1681年，清朝康熙皇帝以塞罕坝为中心建立了木兰围场。从1681年木兰围场的建立到1864年放垦开禁，康熙、乾隆、嘉庆等皇帝北巡105次，在木兰围场举办木兰秋狝大典92次。木兰围场的建立，团结了北方少数民族，阻止了沙俄侵略，打击了民族分裂主义，成为铸牢中华民族共同体意识的历史象征。随着清朝的衰败，再加上抗日时期的山火，塞罕坝的生态环境惨遭破坏，新中国成立时期，千里松林的塞罕坝变成了荒漠。由于塞罕坝紧邻浑善达克沙漠，海拔高出北京1000多米，风沙日益逼近首都。

新中国成立后，党中央高度重视生态环境建设，在科学考察基础上，1962年，林业部决定将原由河北省和承德行署管理的大唤起、阴河、塞罕坝三个林场合并成立由林业部直属的塞罕坝机械林场。

林场成立后，来自林业部的干部，围场县的林业系统和区委干部、公社行政干部、运输个人和从庙宫水库派调的工人，东北林学院、白城子机械化林业学校、承德农校等全国18个省、市的127名农林专业的大中专毕业生，组成了384人的平均年龄不到24岁的创业队伍。他们听从党的召唤，响应国家号召，满怀青春激情，相继来到塞罕坝，拉开了艰苦创业的序幕。

刚刚建场的塞罕坝条件极为艰苦，塞罕坝建设者牢记使命艰苦创业，他们一日三餐有味无味无所谓，爬冰卧雪苦乎累乎不在乎。渴饮河沟水，饥食黑夜面，白天忙作业，夜宿草窝间。坚持"先治坡、后置窝，先生产、后生活"。没地方住就住库房、园仓、马棚，再不够就搭窝棚、盖干打垒、挖地窖子。他们与风沙严寒、自然灾害作战，种下绿色；与寂寞抗争，守护绿色。三代人用半个多世纪的时间，把"飞鸟无栖树，黄沙遮天日"的荒漠变成了拥有766.7平方千米森林的世界最大人工林场，成为世界生态文明典范。创造了"牢记使命、艰苦创业、绿色发展"的塞罕坝精神，成为中国共产党精神谱系组成部分。

河北民族师范学院是塞罕坝精神发源地所在的本科院校，多年来，学校党委认真贯彻落实习近平总书记对塞罕坝三代建设者作出的重要批示，特别是2021年8月23日视察塞罕坝时作出重要指示精神后，学校以弘扬塞罕坝精神为己任，出台《将塞罕坝精神融入学校思政教育，构建大思政新格局》方案，多角度、全方位将塞罕坝精神融入高校思想政治教育，取得了一系列成果。2021年建党100周年之际，学校党委组织师生创作了弘扬塞罕坝精神的

大型剧《情系塞罕坝》，该剧在社会公演后，引起很大反响，中央电视台、光明日报、河北日报、学习强国等多家媒体予以专题报道。该剧被河北省教育厅评为河北省高校校园文化建设优秀成果、高校思想政治工作创新案例；被河北省文旅厅评为2022年河北省舞台艺术精品工程项目；被中共承德市委宣传部评为"2021年文艺精品奖"。

《情系塞罕坝》一书是在河北省社科基金项目"塞罕坝精神融入高校思政课实践教学模式研究"（项目批准号HB21MK020）支持下，由河北民族师范学院部分师生共同完成的一本将塞罕坝精神融入思想政治教育的教学成果专辑。

该书由创作篇、感想篇和反响篇三部分组成。

创作篇主要是参与节目创作的11名教师讲述他们如何用舞蹈、歌曲、情景表演等艺术表达方式创作歌舞剧《情系塞罕坝》剧本，诠释塞罕坝精神。他们通过创作歌舞剧《情系塞罕坝》，思想认识得到启迪，艺术教学水平得到提升。

感想篇主要是参演歌舞剧《情系塞罕坝》的师生讲述如何深入理解塞罕坝精神，融入角色，用塞罕坝精神排演歌舞剧《情系塞罕坝》的感受和收获。

通过排演歌舞剧《情系塞罕坝》，师生的理想信念更加坚定。广大师生通过了解塞罕坝三代建设者的创业发展史，更加清晰地认识到，没有党的坚强领导、党组织的战斗堡垒和党员的模范带头，没有集中力量干大事的社会主义制度优越性就不会把昔日的高原荒漠变成今日世界上最大的人工林海，成为世界生态文明的典范。因而更加清晰我们党是什么？要干什么？学生强化了"四个意识"，坚定了"四个自信"，自觉做到了"两个维护"。培育了学生听党召唤、艰苦创业的精神。

通过排演歌舞剧《情系塞罕坝》，师生们看到了塞罕坝的生态美。通过塞罕坝获得联合国环保署"地球卫士奖"、联合国防治荒漠化最高荣誉"土地生命奖"、党中央授予的"脱贫攻坚楷模"等奖项，师生真正看到塞罕坝的生态和经济价值。更加深入理解了习近平生态文明思想，绿水青山就是金山银山的理念深深植入师生心中。

排演歌舞剧《情系塞罕坝》，不仅坚定了师生的理想信念，磨练了意志，增强了斗争精神，更提高了师生的综合能力和水平，构建了思想政治与教学相长的新格局。

反响篇主要是各类媒体对歌舞剧《情系塞罕坝》演出效果的综合报道情况。

清朝时期的塞罕坝——筑牢中华民族共同体的历史象征

　　1681年清朝康熙皇帝为了加强民族团结，训练八旗士兵，以塞罕坝为中心建立木兰围场。康熙、乾隆、嘉庆等北巡105次，在塞罕坝举办木兰秋狝大典92次。在这里，清廷打败了民族分裂头子葛尔丹，批准了《尼布楚条约》，举行了多伦会盟，接见了万里回归祖国的土尔扈特部，确定了西藏政教合一的民族政策，成为铸牢中华民族共同体意识的历史象征。

丛簿围猎图（清宫藏画）陈宝森提供

丛簿围猎图（清宫藏画）陈宝森提供

新中国成立初期的塞罕坝

　　清朝末期，清政府财政空虚，在围场设木局，大量砍伐塞罕坝的森林，塞罕坝的生态环境惨遭破坏，再加上抗日战争时期战火的摧毁，新中国成立初期的塞罕坝已变成"黄沙遮天日，飞鸟无栖树"的荒漠。

一棵松（功勋树）王龙提供

建厂初期的塞罕坝

新中国成立以来，党中央高度重视生态环境建设。经过林业部专家的科学考察，1962年，林业部决定将大唤起、阴河、塞罕坝三个林场合并，建立林业部直属机械林场。当时来自林业部、围场县的林业系统和区委的干部，公社行政干部，运输个人和从庙宫水库派调的工人，东北林学院、白城子机械化林业学校、承德农校等全国18个省、市的127名农林专业的大中专毕业生，组成了384人的平均年龄不到24岁的创业队伍（1963年底），他们听从党的召唤，响应国家号召，满怀青春激情，相继来到塞罕坝，拉开了艰苦创业的序幕。

创业者们勾画美好蓝图　王龙提供

国家林业部批文

国家计划委员会批文

河北承德农校部分学生

东北林学院部分学生合影

白成子林专部分学生

六女上坝

曾经住过的旧房舍

创业者曾经住过的地窨子

马蹄坑大会战

科研调查　王龙提供、赵云国

今日塞罕坝——世界生态文明典范

经过三代建设者半个多世纪久久为功、驰而不息的艰苦创业，塞罕坝变成世界上面积最大的人工林场。2017年，荣获联合国环保最高奖项"地球卫士奖"。2021年，成为全国脱贫攻坚楷模，荣获联合国防治荒漠化领域最高荣誉"土地生命奖"。铸就了"牢记使命、艰苦创业、绿色发展"的塞罕坝精神。

如今的塞罕坝已变成花的世界、林的海洋、水的源头、云的故乡、鸟的天堂，成为世界生态文明典范。

塞罕坝精神（高俊虎摄影）

塞罕坝之春（高俊虎摄影）

塞罕坝之春（高俊虎摄影）

塞罕坝之春（高俊虎摄影）

塞罕坝之春（高俊虎摄影）

塞罕坝之秋（高俊虎摄影）

塞罕坝之秋（高俊虎摄影）

塞罕坝之秋（高俊虎摄影）

塞罕坝之秋（高俊虎摄影）

塞罕坝之冬（高俊虎摄影）

塞罕坝之冬（高俊虎摄影）

塞罕坝之冬（高俊虎摄影）

塞罕坝之冬（高俊虎摄影）

河北民族师范学院认真落实习近平总书记对塞罕坝作出的重要指示和视察时的重要指示精神，大力弘扬塞罕坝精神，成立塞罕坝精神研究院，多次组织师生到塞罕坝实地调研创作，将塞罕坝精神与大思政深度融合，构建用中国共产党精神谱系组成的育人新格局。

2021年6月党委书记苏国安（后排左六）党委副书记高俊虎（后排左七）带领新党员到塞罕坝举行入党宣誓（高俊虎摄影）

校长杨宏（第二排右八）副校长李克军（第二排右九）看望《情系塞罕坝》参演学生（高俊虎摄影）

党委副书记高俊虎（前排左三）带领教师在塞罕坝考察创作（高俊虎摄影）

2021年建党100周年之际师生到塞罕坝参加庆祝演出（高俊虎摄影）

2021年8月31日总策划、编剧高俊虎（左二）、导演蒋晓娟（右二）、艺术总监郭靖宇（右一）接受中央电视台专访（高俊虎摄影）

党的召唤（高俊虎摄影）

《情系塞罕坝》剧照

党的召唤（高俊虎摄影）

豆蔻年华（高俊虎摄影）

最美的青春（高俊虎摄影）

最美的青春（高俊虎摄影）

守护绿色（高俊虎摄影）

塞罕坝之歌（高俊虎摄影）

花的世界林的海洋（高俊虎摄影）

前　言

牢记总书记嘱托　弘扬塞罕坝精神
全力构建大思政课铸魂育人新格局

河北民族师范学院党委书记：苏国安
河北民族师范学院党委副书记、校长：杨宏

2021 年 8 月，习近平总书记亲临塞罕坝机械林场考察时指出，塞罕坝林场建设史是一部可歌可泣的艰苦奋斗史，塞罕坝精神是中国共产党精神谱系的组成部分，要传承好塞罕坝精神。学校党委深刻认识到，作为中国共产党精神谱系组成部分的塞罕坝精神，在新时代思政教育中具有重大战略意义和时代价值。实践中，始终牢记总书记嘱托，大力弘扬塞罕坝精神，全面落实"大思政课我们要善用之，一定要跟现实结合起来，思政课不仅应该在课堂上讲，也应该在社会生活中来讲"的指示要求，充分利用国家民委"塞罕坝高校思政研究基地""塞罕坝精神研究院""市委宣传部 2021 年文艺精品奖励扶持项目、河北省社科基金"等项目平台，深入发掘塞罕坝精神思政教育内涵，创新思政教育方式方法，不断探索"塞罕坝精神"融入大学生思政教育实践教学新模式，真正将塞罕坝精神全面植入灵魂血脉、植入高质量发展全过程、植入为人民服务实践中，构建大思政课育人格局。

一、坚持提高政治站位，将弘扬塞罕坝精神作为"三进"主抓手融入思政教育全过程

2017 年 8 月，习近平总书记对塞罕坝林场建设者感人事迹作出重要指示，确立了"牢记使命、艰苦创业、绿色发展"的塞罕坝精神，并把塞罕坝作为推进生态文明建设的一个生动范例，号召全党全社会学习。作为塞罕坝精神发祥地的高等院校，坚持先学一步、深学一层，走在前列、做出表率。一是坚持领导率先垂范、学懂学透。把塞罕坝精神列入党委中心组学习、干部培训、青年教师入职培训、辅导员培训内容，制订专项学习计划，党委班子成员带头学。在学习中，把传承弘扬塞罕坝精神与党史学习教育、"四史"宣传教育结合起来，与学习贯彻习近平新时代中国特色社会主义思想结合起来，与学习贯彻习近平总书记"七·一"重要讲话精神和党的十九届六中全会精神结合起来，特别是与习近平总书记来承德考察时的重要指示结合起来。真正做到"三个植入""四个再建功立业"。通过理论教学增进师生对习近平生态文明思想、党的领导、艰苦创业、绿色发展理念的深刻理解和认同，会聚师生弘扬塞罕坝精神的强大力量。二是坚持科学规划、顶层设计。习近平总书记对塞罕坝建设者感人事迹作出批示指示后，学校立即成立了塞罕坝精神研究院（挂靠在马克思主义学院），开展塞罕坝精神研究工作。学校党委相继出台了《将塞罕坝精神融入大思政教育实施方案》《塞罕坝精神进校园"思政大讲堂"系列活动方案》。三是坚持专题研究、重点推进。从党的领导是塞罕坝的根基，社会主义制度优越性在塞罕坝的实践，牢记使命、艰苦创业的三代建设者，生态文明典范等方面深化理论研究。目前，有关塞罕坝精神的研究课题有 36 项，其中，歌舞剧《情系塞罕坝》被教育部列为"2021 年高校原创文化精品推广项目"、河北省委宣传部"文艺精品扶持项目""2021 年度承德市文艺精品工程奖励项目"，被列入"2022 年河北省文旅厅舞台艺术文艺精品工程项目""塞罕坝精神与高校大学生思政教育研究"被高校思政教育中心列为河北省重点课题（项目编号 2020HZZ005）；"塞罕坝精神融入高校思政课实践教学模式研究"被列入 2021 年河北省社科基金项目（项目批准号 HB21MK020），"塞罕坝精神在当代大学生思想道德建设中发挥引领示范作用的实效机制研究"列为承德市社科联重点课题。通过几年的研究，形成了歌舞剧《情系塞罕坝》、"塞罕坝精神的思想政治教育功能及其实现路径""塞罕坝精神在大中小学思政课一体化建设中的传承路径探究""塞罕坝精神融入高校立德树人的实践研究""塞罕坝精神对大学生养成绿色生活方式影响研究"等阶段性成果 25 项。学校成为承德市社科联确定的"塞罕坝精神社会科学研究基地"，"塞罕坝精神与高校思政教育研究基地"被国家民委定为 2020年"人文社科重点研究基地"。

二、强化教学实践研究，不断丰富完善塞罕坝思政教育理论和实践体系

习近平总书记曾指出，推动思想政治理论课改革创新，要不断增强思政课的思想性、理论性、亲和力和针对性。为充分发挥塞罕坝精神铸魂育人的作用，学校坚持用三代塞罕坝建设者"牢记使命、艰苦创业、绿色发展"的鲜活感人事迹引领大学生确立正确的价值取向，深化思政课课堂教学和实践改革，形成塞罕坝精神入校园、入课堂、入教材、入学生脑的一体化教学模式。一是突出"一个主题"。"一个主题"即大力弘扬塞罕坝精神。塞罕坝机械林场于1962年建场，至今已60年，塞罕坝的发展见证了中华人民共和国从成立初期的一穷二白到十一届三中全会后的改革开放、全面实现小康、开启"十四五"全面建设社会主义现代化国家的新征程。塞罕坝林场的建设史是一部可歌可泣的艰苦奋斗史，它有着深厚的历史文化底蕴和社会主义先进文化支撑。充分体现了党的领导、社会主义制度的优越性。在高校思政教育实践中，学校牢牢把握用塞罕坝精神铸魂育人这一主题，把发掘好、弘扬好、利用好塞罕坝精神贯穿教育教学始终。二是创新"三个模块"。"三个模块"即自主学习实践模块、现场考察实践模块、专家讲座实践模块。创新自主学习实践模块：每学期在全校开展"塞罕坝"杯思政课实践教学展演大赛，通过组织塞罕坝精神主题演讲比赛、塞罕坝精神主题红色故事分享会、塞罕坝精神主题情景剧，进一步深化了学生对塞罕坝精神的理解，增强了学生对于塞罕坝精神的情感共鸣与价值认同，提升了塞罕坝精神实践育人的实效性，提升了思政课的吸引力，增强了思政教育的实效性。创新现场考察实践模块：定期带领学生和国培省培学员赴塞罕坝参观考察，体验塞罕坝生态文明成果，回顾三代建设者的艰辛历程。创新专家讲座实践模块：定期邀请塞罕坝三代建设者到学校为师生作报告。三是用好"四个平台"。"四个平台"即充分利用课堂平台、校园平台、实践基地平台和网络平台。用好课堂平台：抓好思政课堂，深入挖掘塞罕坝精神中中国共产党精神谱系的内涵，将"牢记使命、艰苦创业、绿色发展"的塞罕坝精神融入思政课理论教学，集体备课形成案例集。通过理论教学增进师生对习近平生态文明思想、党的领导、艰苦创业、绿色发展理念的深刻理解和认同，会聚师生弘扬塞罕坝精神的强大力量。抓好课堂思政，大力推进塞罕坝精神实践教学，把塞罕坝精神作为音乐舞蹈学院、文传学院、资源与环境学院、美术与设计学院、生物与食品学院等专业教学实践的重要内容，纳入专业必修课和专业选修课等课程体系，计入专业学分，打造出优质多样的传承和弘扬塞罕坝精神的相关作品。学校把塞罕坝精神融入课前5分钟思政，结合"四史"学习，推出课前5分钟思政课，塞罕坝精神是必讲内容。在继续教育课程设置中，把塞罕坝精神融入课堂教学。2020年以来，对国培、省培计划的2500多名中小学校长、骨干教师进行了塞罕坝精神课堂培训并组织集体到塞罕坝实地考察参观。用好校园平台：在校园内通过在宣传栏、道旗、甬路两侧制作宣传字牌等方式大力宣传习近平总书记视察承德、塞罕坝机械林场的重要指示和有关塞罕坝精神的图文。校园网、学报开辟弘扬塞罕坝精神专栏，营造良好的宣传氛围。把弘扬塞罕坝精神作为第二课堂的重要内容，将学习践行塞罕坝精神作为团委青年马克思主义者培养工程、学生会社团活动的重要内容。通过举办主题党日、主题团日、校园歌手大赛、校园舞蹈大赛、校园戏剧大赛、宿舍文化节、朗诵比赛、主题演讲比赛、志愿服务及暑期社会实践等活动，教育引导师生学习宣传塞罕坝精神，实现"思想育志"。用好实践基地平台：依托塞罕坝思政教育研学实践基地，大力推进塞罕坝精神实践教学，将围场县哈里哈乡哈里哈村、御道口镇御道口村、机械林场的月亮山望海楼、尚海纪念林作为思政教学和塞罕坝精神培训实践教学点进行打造。把塞罕坝精神作为音乐舞蹈学院、文传学院、资源与环境学院、美术与设计学院、生物与食品学院等专业教学实践的重要内容，纳入专业必修课和专业选修课等课程体系，计入专业学分，打造出优质多样的传承和弘扬塞罕坝精神的相关作品。用好网络平台：与塞罕坝机械林场合作录制弘扬塞罕坝精神系列慕课，通过"学习通"等网络平台供学生学习，有的课程已被市委组织部选为干部培训课程。近年来，学校通过强化教学实践研究，不断丰富和完善塞罕坝思政教育理论和实践体系，形成了具有地方特色的高校思想政治理论课品牌，并创造了一系列优秀作品。其中，音乐舞蹈学院根据塞罕坝望海楼里护林人感人事迹创作的舞蹈《守护绿色》获 2020 年河北省第六届高校大学生艺术展演二等奖，文传学院的诗朗诵《致敬塞罕坝人》获演讲比赛二等奖。旅游与航空学院创作的弘扬塞罕坝精神的舞蹈《塞罕情思》获 2020 年全国高校民航服务技能大赛冠军，并于中国教育台播放。以传承红色基因、弘扬塞罕坝精神为主题的舞蹈《筑梦林海》获 2021 年全国高校民航服务技能大赛季军。

三、着力塑造文艺精品，推进大思政课走出校门、走向社会

文艺是时代前进的号角，最能代表一个时代的风貌，最能引领一个时代的风气。近年来，学校坚持把塑造文艺精品作为开展大思政课的重要载体，充分发掘本地优秀文化资源进行精品创造。特别是习近平总书记对塞罕坝精神作出重要批示后，学校把弘扬塞罕坝精神作为己任，创作了许多文艺精品大力弘扬塞罕坝精神。

　　一是最大限度汇集了全校文艺精英骨干集中攻坚。为了迎接中国共产党建党 100 周年，推动党史学习教育，2020 年年底学校党委决定，创作一台弘扬塞罕坝精神的歌舞剧，在中国共产党建党 100 周年时推出。校领导多次带领音乐舞蹈学院和文传学院的师生深入塞罕坝进行体验创作。在夏秋时节让师生体验塞罕坝的生态美，更加深刻理解习近平总书记对塞罕坝作出的重要指示精神：在数九寒天，深入望海楼、检查站体验绿色守护者的艰辛，经过调研积累了大量素材。师生冒着酷暑用塞罕坝精神排演塞罕坝歌舞剧。在排练过程中，领导老师带头排练至深夜，有的老师为了赶时间制作背景 24 小时不休息。有的同学担任角色多，来不及换装，穿 7 层衣服参与排演，演完一个节目脱一层，整场演出下来里层的衣服都能拧出水来。2021 年 4 月底完成了剧本的创作，5 月学生返校后开始组织排练。二是最大限度争取地方党委、政府部门支持。学校坚持发挥优势扎根承德办教育，在确定弘扬塞罕坝精神的歌舞剧后，及时向市委、市政府进行汇报。时任市委书记董晓宇、市长柴宝良高度重视，召开两次专题会议研究支持演出，亲自到排练现场看望师生，两次观看汇报演出并提出修改意见，提出按"走进中央党校课堂、获中宣部'五个一'奖"的要求打造。市领导赵青英、刘新宇、董振国多次带领市委宣传部、文旅局、文联、电视台、报社和承德话剧团的专家多次到排练现场指导把关。为使这台剧真实展示三代建设者牢记使命的创业实际，展现塞罕坝的生态文明，学校党委就节目的选定多次与塞罕坝机械林场进行沟通，得到了塞罕坝机械林场的大力支持。三是最大限度邀请国内知名专家把脉支招。为打造传世精品力作，坚持请大家、请名家。学校特别邀请电视剧《最美的青春》总导演郭靖宇担任技术指导。邀请中国艺术研究院李树峰、江东、朱宝珍、李宏锋、段妃、庞小强等专家召开专题研讨会。邀请"用好红色资源"研讨班的教育部社科规划中心及西南大学、复旦大学、嘉兴学院、湘潭大学、井冈山大学、赣南师范大学、遵义师范大学、延安大学的领导现场指导。2021 年 10 月 19 日至 20 日，作为习近平总书记视察塞罕坝后首部弘扬塞罕坝精神的文艺作品在石家庄市举行了两场汇报演出，省委常委、宣传部部长张政及省委宣传部、省文旅厅、教育厅、林草局和省直高校部分师生观看了演出并给予了高度评价。中央电视台三套《中国文艺报道》栏目于 9 月 4 日、9 月 6 日对歌舞剧总策划、总编剧高俊虎，艺术指导郭靖宇，总导演蒋小娟进行了两期专题采访报道；学习强国、光明日报、河北日报、河北电视台、中国新闻网、长城新媒体、腾讯网、搜狐网、澎湃在线等各大媒体对该剧都做了专题报道。

　　几年来，学校持续将塞罕坝精神融入大思政教育中，构建大思政格局，特别是通过打造文艺精品歌舞剧《情系塞罕坝》，不断增强了思政课的思想性、理论性、针对性和亲和力，取得了较好效果。一是取得了中国共产党人的精神谱系进校园新成效。通过大力弘扬塞罕坝精神，不断丰富和完善塞罕坝思政教育理论和实践体系，特别是参与《情系塞罕坝》的排演，广大师生更加深入了解了塞罕坝三代建设者的创业发展史，更加清晰地认识到，没有党的坚强领导、党组织的战斗堡垒和党员的模范带头作用，没有集中力量干大事的社会主义制度优越性就不会把昔日的高原荒漠变成今日世界上最大的人工林海，成为世界生态文明的典范。因而更加清晰我们党是什么，要干什么。强化了"四个意识"，坚定了"四个自信"，自觉做到了"两个维护"。塞罕坝精神谱系成功进入校园，并取得良好成效，也充分证明中国共产党人的精神谱系具有强大的生命力和凝聚力。二是探索了思政与教学相长的新路径。通过塞罕坝精神的铸魂育人，广大学生不仅坚定了理想信念，磨炼了意志，增强了斗争精神，更提高了学生的综合能力和水平。音乐舞蹈学院参与《情系塞罕坝》演出的师生的舞蹈水平与没参与演出前形成巨大反差。文传学院把塞罕坝作为教学实践基地后，融媒体专业的学生拍摄了大量反映塞罕坝生态建设成就的微视频、摄影作品，在2020年河北省第六届大学生艺术展演中，有两幅摄影作品获专业组二等奖、一幅获三等奖。播音主持专业的学生通过创作弘扬塞罕坝精神的诗朗诵，专业素养得到显著提升，学校历届参与国家民委组织的演讲大赛都从该专业选派，均取得好成绩。三是开创了校地合作的新样板。通过塞罕坝精神进校园和塞罕坝作品回馈社会，一来一往，极大促进了学校和地方党委政府的合作交流。学校先后与塞罕坝机械林场、承德地矿集团等签订战略合作协议，在中国共产党建党100周年之际，学校党委派师生赴塞罕坝机械林场，参与林场举办的庆祝中国共产党成立100周年演出，得到林场干部职工的好评。通过课堂教学、塞罕坝实地参观考察、排演歌舞剧《情系塞罕坝》，师生们看到了塞罕坝的生态美，通过了解塞罕坝获得的联合国环保署"地球卫士奖"、联合国防治荒漠化最高荣誉"土地生命奖"、党中央授予的"全国脱贫攻坚楷模"等荣誉，师生们真正看到了塞罕坝的生态和经济价值，更加深入理解了习近平生态文明思想，"绿水青山就是金山银山"的理念深深植入师生心中，实现了中共承德市委提出的弘扬塞罕坝精神"三个植入、四个再建功立业"，为青年学生将来走上建设社会主义现代化强国的道路树立了良好的发展理念，奠定了坚实基础。

2022年3月

目　录
CONTENTS

反响篇

创 作 篇

歌舞剧《情系塞罕坝》剧本

编剧：高俊虎　蒋小娟

主要角色

于丽娜——女，广西籍，塞罕坝第一代建设者。育苗过程中，因为一次意外，导致了同事那青松的牺牲，带着一份内疚，将自己终身奉献给塞罕坝。

方　莉——女，北京籍，塞罕坝第一代建设者。性格直率，乐观，晚年还鼓励自己的孙子回到塞罕坝工作，为了塞罕坝建设无私奉献。

王建国——男，天津籍，塞罕坝第一代建设者。性格诙谐幽默，偶尔有些情绪，但意志始终坚定。晚年鼓励自己的外孙女回塞罕坝工作。

王书记——男，塞罕坝第一代建设者。全剧的精神领袖，终身奉献给了塞罕坝。是中国共产党领导先锋模范作用的代表。

秘　书——塞罕坝第一代建设者。林场党委书记王书记的秘书，为人正直，一腔热血。

那青松——男，承德籍，塞罕坝第一代建设者。为人爽快热情，乐于助人，对同事关怀有加，暴风雪中，为保护于丽娜，不顾个人安危，在风雪路上壮烈牺牲。

林　森——塞罕坝第三代建设者。从小生活在望海楼上，孩童时期对父母的工作不理解，随着塞罕坝生态的变化，少年时期逐渐理解了父辈们的坚守，受到他们的感召，长大成人后接过了父母的接力棒，成了塞罕坝第三代建设者中的一员。

林森爸——男，塞罕坝第二代建设者，望海楼瞭望员。为守护绿色，甘愿坚守在孤寂的望海楼中，为了工作，同林森妈一起，把自己的孩子带上望海楼，牺牲小家，成全大家。

林森妈——女，塞罕坝第二代建设者，望海楼记录员。为了便于照看孩子，将林森带到了孤寂的望海楼，为塞罕坝的建设奉献终身。

男青年——塞罕坝第三代建设者。方莉的孙子，热爱文艺，受到塞罕坝精神的感召，自愿来到塞罕坝工作，成为建设者中的一员。

女青年——塞罕坝第三代建设者。王建国的外孙女，受到塞罕坝精神的感召，自愿来到塞罕坝工作，成为建设者中的一员。

场领导——塞罕坝第三代建设者，现任林场领导。对老一代林场建设者颇为敬重，重视塞罕坝建设者的传承以及塞罕坝精神的传承。

第一幕《牢记使命》

画外音：塞罕坝，这个美丽高岭，曾是清朝皇家猎苑。清朝末期被开禁放垦，日本侵华时期对这里烧杀掠夺，生态环境遭到严重破坏，到中华人民共和国成立初期，这里的千里松林已变成了"黄沙遮天日，飞鸟无栖树"的荒漠。浑善达克沙漠就像打开闸门的洪水，南侵直接威胁到京津冀的生态安全。1962年，党中央、国务院高瞻远瞩，决定建设林业部直属塞罕坝机械林场，来自18个省的林业专业大中专毕业生听从党的召唤来到了塞罕坝！

节目1：《党的召唤》

【1962年的塞罕坝。】
【一望无迹，人迹罕至，雄壮而荒凉。】
【荒原上，黄沙蔽日，狂风滚滚。】
【一股青春的气息随着风吹到了塞罕坝上。】
【各地大学生听从党的召唤，从各地前来塞罕坝报到。】
众：东北林学院报到！
承德农业学校报到！
白城子林业机械学校报到！
独：上海张曼报到！
杭州黎嘉怡报到！
南京钱若明报到！
北京方莉报到！
广西于丽娜报到！
湖南肖一竹报到！
四川丁铁军报到！

天津王建国报到！（天津口音）

节目2：《豆蔻年华》

塞罕坝的条件虽然艰苦，但挡不住满怀激情的青年们，他们冒严寒、斗风沙，在荒漠沙地上造林。劳动中，这些青年建立了深厚的革命友谊。来自承德的男青年那青松，正在默默关注从广西来的女青年于丽娜……一个从南方来的姑娘，似乎对北方还有些不适应，清秀的脸庞，被黄沙吹打得有些发红。那青松决定关心一下这位外乡来的姑娘。

【那青松靠近于丽娜。】

那青松：哎！于丽娜，那天报到，我听着你是从广西来的？

于丽娜：对呀，你呢？

那青松：我，本地人啊！（骄傲地）

于丽娜：那我问你，你们这儿的冬天是不是特别冷？我听说零下三四十摄氏度啊……

那青松：冷是冷了点儿，可也美呀！那大雪一下，银装素裹，分外妖娆，你准保没见过！

于丽娜（憧憬地）：是没见过……（胆怯地）可我从小就怕冷……

那青松：没事！有我呢！到了冬天，我照顾你！保准你冻不着！

于丽娜：那你不怕冷？

那青松：不怕！我们承德爷们个个都是铁打的汉……

【来自北京的女青年方莉看到那青松和于丽娜在交谈，突然凑了过来。】

方　莉：那青松，别吹牛了，三组植苗锹坏了，等着你去修呢！

【那青松一缩脖，走下台去。】

于丽娜：方莉，北京那么好，守着天安门，你咋也来这了？

方　莉：我是学育苗的，来这才能学以致用嘛！

于丽娜：育苗？现在我们种的都是全国各地支援来的苗子呀！

方　莉：所以成活率才低嘛，我们育苗组商量了，今年冬天要在坝上育自己的苗。经历了大雪，扛过了严寒，苗子才能更好地生根发芽，长成参天大树！

于丽娜：我是学病虫害的，那我就为这些大树保驾护航！

节目3:《最美的青春》

从全国各地运来的树苗,在塞罕坝种植的成活率很低,育苗成了塞罕坝建设者必须攻克的难关。为了保证树苗适应塞罕坝的立地条件,这些青年人决定搭建育苗实验室,这个冬天留在坝上,培育树苗。

刚来林场工作的六名女大学生,挤在一个狭小的地窖子里,天太冷了,即使穿着大衣、裹着棉被也难以入睡……

【伴随着风声和摇篮曲,五个女孩儿睡着了……】

【于丽娜在实验室一边做实验一边看家书,睡着了……】

【大风起时,于丽娜和五个女孩同时惊醒。】

【风雪将育苗实验室吹倒了!】

男干部:起风了!女生宿舍和实验室都被吹倒了,同志们——抢救树苗,集体转移!

【暴风雪中,那青松与于丽娜相遇,发现于丽娜没穿大衣。】

那青松:于丽娜,你怎么不穿大衣啊?

于丽娜:我在实验室,房子突然倒了,来不及回宿舍。

那青松:哎呀!

【那青松脱大衣给于丽娜。】

于丽娜:不行,这么冷,我不能穿你的大衣!

那青松:不是跟你说了,承德爷们都是铁打的汉,不怕冷!

于丽娜:那也不行!

那青松:少废话,我说过,我会照顾你的!

承德青年那青松将自己的大衣披给了衣着单薄的于丽娜,但自己迷失在风雪当中。伴随着失温,那青松向前挣扎着,但无法抵抗残酷的现实,他逐渐冻僵在雪地……等到同志们寻到那青松时,他已变成了一座"雪雕",永远地留在了那年冬天的风雪中……

节目4:《马蹄坑会战》

时光辗转,春天来了,但阴霾笼罩在塞罕坝林场的每一个职工心里。那青松牺牲了,造林失败了,职工情绪低落,有的要调动工作离开塞罕坝,有的干脆准备当"逃兵"。作为塞罕坝的党委书记,王书记把这一切都看在了眼里，他也曾经历过这样的场面，那是抗日战争时期，他带领部队在敌后战场打游击，条件的艰苦，同志的牺牲……他理解大家，但作为一名老党员，他不能辜负党交予塞罕坝的使命，于是他决定带领大家总结失败原因，走出困境。为了鼓舞职工士气，统一思想，场党委决定打一场"硬仗"……

【林场场部。】

【王书记出现在台上，旁边三三两两地蹲着无精打采的技术员和工人。】

王书记：（轻声地）同志们……

【无人理睬。】

王书记：（清了清嗓子，轻声地）同志们……

【无人理睬。】

【王书记来到正在哭泣的于丽娜身旁。】

王书记：于丽娜同志，咋又抹上眼泪了……

于丽娜：要不是我去实验室没穿大衣，那青松也不会……您处分我吧！

王书记：这事都过去两年了，忘了吧。

于丽娜：我忘不了……

王书记：青松是个汉子，他可不愿意看你掉眼泪啊。

【于丽娜强忍住，拭去泪水。】

【王书记看到方莉，换了个语气。】

王书记：方莉，召集人，咱们开个会。

方　莉：去年冬天育苗又没成功，书记，大伙都没有信心了。

王书记：（鼓励地）所以才要开会呀，来，用你的大嗓门给吆喝吆喝！

方　莉：（大声地）同志们，开会啦！

【同志们懒洋洋地起身，无精打采。】

秘　书：（气愤地）你们能不能打起精神来？！

王书记：（伸手制止秘书）（音乐起）看来大家的情绪都很消沉呀，这个我理解，当年游击队连续打败仗，鬼子追进山沟里的时候，也这样过，可最后呢？抗日战争那么艰难，我们还是打赢了！所以，没什么好垂头丧气的！

【王建国向前一步。】

王建国：（举手示意要发言）书记！

王书记：说！

王建国：两年了，光我们这个小组就种出去10000多棵苗子，现在只活了47棵，还不知道一场风吹死多少，一场雪还剩几棵呢。这活儿真没啥干头啊！

王书记：你说的没错，我们的条件确实差，那是以前！现在不一样了，林业部派来了专家，省厅和承德行署调配来了现代化机械设备，围场县又派来了好几百壮劳力，场党委决定，今年春天要在马蹄坑组织一场大会战，这是关键的一仗，作为一名老共产党员我有信心打赢这一仗，你们有没有信心？

众：有——

塞罕坝植树造林的转折点——著名的"马蹄坑会战"自此拉开了帷幕。林场的建设者们重拾了信心，他们摩拳擦掌，在《中国人民解放军进行曲》的节奏中，奔赴了马蹄坑造林的前线，劳动的呐喊声、植苗锹与土地的摩擦声、拖拉机发动机的轰鸣声混合在了一起，最终塞罕坝建设者取得了会战的胜利。

第二幕《艰苦创业》

画外音：1964年的马蹄坑会战造林成活率达到90%以上。胜利，增强了第一代建设者的信心和斗志，有更多的人加入了这支队伍，在承德行署和围场县政府的支持下，2000多名社员到塞罕坝支援造林，拉开了大面积造林的帷幕。

塞罕坝人坚持"先治坡、后治窝，先生产、后生活"，他们渴饮河沟水，饥食黑莜面，白天忙作业，夜宿草窝间，雨雪来查铺，鸟兽绕我眠，劲风扬飞沙，严霜镶被边。"一日三餐有味无味无所谓，爬冰卧雪冷乎冻乎不在乎"。在那艰苦创业的岁月里，他们在流沙中植树，在石头缝儿里栽绿，在荒漠上建房，以坚韧不拔的斗志和永不言败的担当，一茬一茬接着干，一代一代往下传。

节目5：《艰辛历程》

【林森一家三口站在望火楼上，父亲正在用望远镜瞭望。】

林　森：（不耐烦地）爸，我不想住在这……这里没有小朋友……

林森妈：有老朋友呀！妈妈陪你做游戏，爸爸和你捉迷藏！

林　森：可是没有沙果干吃……

林森妈：明年让你爸在楼下给你种几棵沙果树，妈给你晾干还不行？

林　森：（仍不开心）可这儿到底有啥呀，非要我们在这儿看着？

林森爸：绿呀！

林　森：哪呢？我怎么看不见呀？

林森爸：（把望远镜给孩子）给，你好好看，两山之间那一片……

林　森：那也算绿？我看跟荒山没啥两样……

林森爸：现在区别是不大，可往后，一年一个样！所以王爷爷才派爸妈在这看着，你得帮我们一起看着，万一被山火烧了，咱们可对不起全国各地来的种树人！（种树人三个字特别强调）

【方莉和于丽娜出现在众人面前。】

方　莉：（大嗓门）老林，你说得好啊！

林森爸：（快步走上前）哟，方技术员，于技术员，你们怎么来了？

于丽娜：路过，场领导让我们来看看你们。

方　莉：林森，来，这是场部发的好吃的。

林　森：（高兴地）谢谢方阿姨，谢谢于阿姨。

林森妈：（把水倒上）你们俩咋跑这么远的地方来了？

方　莉：考察呀，开过动员大会了，明年春天要开展大规模的山地造林了。

于丽娜：用的是咱自己培育的苗子。

【林森爸妈对视，看到了彼此眼中的激动神情。】

林森妈：（兴奋地）哎呀，方技术员，育苗成功了？

方　莉：成功了，比外来的苗子成活率高多了！

林森爸妈分别上前握手：祝贺呀！

林　森：瞧把你们高兴的，绿就那么重要吗？

方　莉：当然，有绿就有希望！

于丽娜：有绿就有未来！

林　森：我好像懂了，有绿就有沙果干！

林森妈：（上前将孩子搂在怀里）对了！

林森爸：好儿子！

远处，山地造林已经全面展开了，道路崎岖难行，树苗、水、土运输困难，只能人背肩挑，一棵棵的苗，一担担的土，一桶桶的水，一个个地运，一步步地走……大地，不再是曾经的荒芜，一片绿色，已经冉冉升起。

节目6：《情愿是一棵树》

时光流逝，林森成长为一名青年，此时的林森似乎比父母都要兴奋，因为他曾经认为不可能的，竟然变成现实了！在他心里，就如奇迹一般，他逐渐地从不理解变为了好奇，到底是什么，让自己的父辈们无怨无悔地付出，甘之如饴。

【林森跑到望火楼上。】

林　森：（先跑上场）爸、妈，快来看呀，绿了！

林森爸：是啊，绿了……

林森妈：绿了……

【爸爸和妈妈手握在一起。】

舞台另一端出现技术员打扮的方莉、于丽娜、王建国

方　莉：（吆喝着）丽娜、建国，你们看，我们的山峦绿了！

王建国：（大声地）1977年，"雨凇"灾害损失的57万亩树，我们补种成功了，1980年旱死的12.6万亩落叶松，我们也重新种上树了！现在整个塞罕坝全都绿起来了！

【于丽娜突然忧伤了起来。】

于丽娜：（轻声地）青松……那青松同志，方莉和建国他们说的，你都听见了吗？塞罕坝绿了，我们的塞罕坝全都绿了！

【方莉将于丽娜搂在怀里。】

方　莉：咱们都是一天上坝的127个大学生。

王建国：一共369名职工。

方　莉：我们算是完成了我们这代人的使命

王建国：回到天津卫，我也能吹吹牛了。

于丽娜：我不走，一辈子就留在这儿了。

王建国：于科长？

于丽娜：我是病虫害专业的，我要用一生，守护塞罕坝的这片绿色。咱们的老场长，把骨灰撒在了马蹄坑，他老人家都回来了，我还往哪走啊？再说，那青松同志为了我，把青春和生命都留在了这里，我得陪着他……

王建国和方莉都看向于丽娜。

【于丽娜目视前方。】

【三人走下。】

10

【林森一家三口聚在望火楼里。】

林森爸：老伴儿啊，场里通知了，以后咱们这儿不叫望火楼，叫望海楼！

林森妈：为啥？

林森爸：这你还不懂？看，林子成海了！

林森妈：哦，这么个望海楼，好听！咱这一辈子，没白干！

林　森：爸妈，你们林二代为了塞罕坝辛苦了！我们林三代已经做好了准备，接班！

林森爸妈：（看向孩子齐声）你说啥？

林　森：爸妈，林场招工，我报了名，今天接到通知，被录取啦。

【父母惊讶。】

林　森：咋？你们不高兴？

林森爸：高兴，可……到林场上班，怕你一辈子下不了坝。

林森妈：是啊，我们也知道招工，可没敢告诉你。

林　森：爸妈，不止我一个人，还有大林子、二林子、小林子、林苗、林草、林花、都报了名！我们都是塞罕坝的孩子，我们的志向就是，把青春和人生都奉献给塞罕坝，做这里的一棵树！

王书记和林场的建设者们站在"功勋树"前，时间赋予塞罕坝的已是一片林海，而赋予第一代建设者们的，已是两鬓斑白，他们望着这片林海，久久不能自已，唯有引吭高歌，才能抒发他们此时的心情：

不知不觉时间斑白了两鬓，

更珍惜你和我坚定的脚步；

不知不觉旧闻绽放了成熟，

更怀恋你和我最美的青春。

情愿是一棵树，

情愿守住那份孤独，

青春无悔，

只为梦圆，

我还在这里为你守候，

绿色的信念布满前路。

情愿是一棵树，

情愿治理这片荒芜，

忠诚无欲，真情永远，

我还是这样爱你如初，

绿色的梦里写满幸福。

节目 7:《守护绿色》

日复一日,年复一年,从春到夏,从秋到冬,林森长大成人。现在的林森,已成为一名塞罕坝林场的职工,他逐渐体会到父母对这片林海无私的热爱、无法舍弃的职责与担当。

受父母几十年甘于寂寞影响的奉献精神,他选择承担了护林防火的职责,不过与父母不同的是,他是一名消防员,用他的话讲,他更喜欢穿梭在这片绿色中,与森林为伍,近距离地倾听森林为他讲述的故事。

【一转眼,时间已经过了很多年,此时森林仿佛活了过来,为望海楼一家三口铺建了一条道路,年迈的望海楼夫妻来探望已成为消防员的儿子。】

林　森:爸!妈!你们怎么来了!

林森爸:七个月没见了,爸想你!

林　森:爸,不是七个月,是七个月零九天!

【老两口抱住孩子。】

林　森:爸!妈!你们看这片林子多美啊!

林森爸:以后这儿就归你管了,你可得看好咯!

林　森:放心吧,老爸!

【林森爸笑着,又拿望远镜去看远方。】

【母亲从兜里掏出一把东西,塞在儿子手里。】

林　森:妈,这是啥?

林森妈:沙果干,妈给你晾的,当年你爸在望海楼下种的那几棵沙果树今年大丰收!妈一个个选的果,我保证是塞罕坝最好吃的沙果干。

【儿子看着沙果干,一时间心头涌上万般滋味。】

【林森爸从脖子上摘下望远镜,递到了林森手里,林森接过父母手中的望远镜,延续了父辈对塞罕坝的守护,成为塞罕坝第三代护林人。】

【夫妻二人恋恋不舍地走了,留下了已是满脸泪水的孩子。】

第三幕《绿色发展》

画外音：55 年来，河北塞罕坝林场的建设者们听从党的召唤，在"黄沙遮天日，飞鸟无栖树"的荒漠沙地上艰苦奋斗、甘于奉献，创造了荒原变林海的人间奇迹，用实际行动诠释了"绿水青山就是金山银山"的理念，铸就了"牢记使命、艰苦创业、绿色发展"的塞罕坝精神。他们的事迹感人至深，是推进生态文明建设的一个生动范例！

节目 8：《塞罕坝之歌》

时间来到 2017 年，正逢塞罕坝机械林场建场 55 周年，林场领导邀请塞罕坝老一辈建设者们回到塞罕坝。此时，林场场部里，第一代、第二代、第三代塞罕坝建设者代表正在紧张地排练着晚会的压轴节目——大合唱《美丽的高岭》，洪亮的声音回响在塞罕坝林海的每一片树叶之间：

啊，绿洲、松海、绿洲、塞罕坝，
美丽的高岭，
美丽的高岭，
山清水秀，鸟啼鹿鸣，
日照千里，青松风茂。
啊，三代人，艰苦创业，昔日荒漠变绿洲，
拼搏奉献持之以恒，
绘出最美的画卷，
塞罕坝人，辛苦耕耘谱写奋斗的赞歌，
绿色屏障，生态文明，
中华民族精神永恒。
是谁把爱交给蓝天，
让千里松林拨动美妙的琴弦，
是谁把梦留给大地，
茫茫荒漠变成多彩画卷。
忘不了你牢记使命托起绿水青山，
让荒山秃岭变成金山银山，

忘不了你艰苦创业铸就人间奇迹，

生态文明范例，引领绿色发展。

无怨无悔，时代脊梁，

地球卫士丰碑，耸立百姓心间，

生态福祉人民享，幸福的歌儿放声唱。

牢记嘱托，美好向往记心上，

久久为功，建设我们中华好家园，

建设我们中华好家园。

塞罕坝精神永续传唱，新时代、新起点，

再谱新篇章。

【老年的于丽娜和第三代场领导一直在观看节目的排练情况。】

场领导：老人家，这是为弘扬塞罕坝精神排练的新节目，您看咋样？

于丽娜：好！我仿佛又看到了王书记、刘场长、方莉、张曼、丁铁军、肖一竹、王建国……

场领导：这么多老同志的名字您都能叫得上来呀？于丽娜老师，您可真是场里的一宝，我们第三代可得好好跟您学习！

于丽娜：（笑着摇头）方莉和王建国脑子都比我好使，等他们来了，跟他们学！

场领导：已经派车去接了，告诉您吧，他们可都不是空着手来的。

于丽娜：带礼物了？带的啥？

场领导：到时候您就知道了！

节目9：《绿色之旅》

【蓝天白云之下。】

【在马头琴的音乐声中，一个文艺男青年加入了一个表演队伍，载歌载舞……】

【一个女青年正在欣赏蒙古族马头琴和舞蹈表演。】

【男青年被女青年吸引，快步走上前。】

男青年：你从哪来的？

女青年：天津啊，你呢？

男青年：北京！

女青年：来旅游的吗？

男青年：我是来工作的！

女青年：这么巧，我也是！

【女青年突然发现了什么。】

女青年：哎，这个好玩！

【两人被另一个民族特色节目吸引，跑去观看。】

【特色节目表演结束。】

【老年方莉和老年王建国返回了塞罕坝，此时正看着远方。】

方　莉：这下面就是海林吧？

【王建国手里拿着定位仪，正在使劲看。】

王建国：应该是，这树都能长这么高，马蹄坑会战的时候，谁敢想会是这个成果！

【老年于丽娜上台。】

于丽娜：方莉？

方　莉：（突然转身）于丽娜！

【二人拥抱。】

方　莉：你看他是谁？

王建国：（夸张的天津口音）就是，你看看我是谁？

于丽娜：还用得着看？一听声音就听出来了！王建国呗。

王建国：老于，这几年承德、围场变化也太大了，过去那破旧的土房全变成了青砖灰瓦的农家院了！过去从天津过来，最少得两天两夜，现在，高速公路一下来，直接上"国家一号风景大道"，一路上都是青山绿水，还没看够呢，就到地方了！下车再一看，这塞罕坝，美得真是不敢认了！

方　莉：还有，这文旅资源也真是丰富，我孙子一来就被迷上了！

于丽娜笑了。

王建国：对了，上坝的时候，我碰到几个老乡，说现在这个旅游、光伏，还有那呜呜转的大风车，都能带来很大的经济收益呢。

于丽娜：场里还在逐年增强碳汇能力，还有咱们坝上的树苗，都卖到全中国去喽，不仅场里有经济收益，这周边的老乡都跟着致富喽！

【王建国和方莉都竖起大拇指。】

【场领导带着男女青年上。】

场领导：三位前辈，你们在这啊！

女青年：姥爷！

男青年：奶奶！

【女青年来到王建国身边。】

【男青年来到方莉身边。】

于丽娜：都长这么大了？恭喜你们俩啊！

两个青年：（同时向于丽娜鞠躬）于奶奶好！

于丽娜：好，好，欢迎来到我们塞罕坝！

两个青年：是咱们塞罕坝！

【于丽娜一愣。】

场领导：您刚才不是问方老和王老带什么礼物吗？这两个林三代就是他们送给塞罕坝最珍贵的礼物！

女青年：我是育苗专业的。

男青年：我学的是病虫害，跟于奶奶是同行。

于丽娜：（激动地）哎呀，你们要把孩子送到坝上来……

方　莉：是孩子自己要来的。

王建国：我这个当姥爷的，毕竟是塞罕坝第一代的建设功臣嘛，我就在背后给外孙女扇扇风，点点火……

于丽娜：（拉住两个孩子）太好了，塞罕坝有了接班人，塞罕坝的未来就看你们的了！

节目10：《塞罕坝——花的世界林的海洋》

如今的塞罕坝，已成为生态文明建设的生动范例，从原来的"黄沙蔽天日、飞鸟无栖树"变成了如今的"花的世界、林的海洋、水的源头、云的故乡、鸟的天堂"。因此荣获了联合国环保署最高荣誉——地球卫士奖。

塞罕坝三代建设者代表在林海中、花丛中、在一群绿衣仙子的簇拥下，翩翩起舞，纵情欢唱。他们用歌声，诉说着塞罕坝的今天，传递着"牢记使命、艰苦创业、绿色发展"的塞罕坝精神，让塞罕坝绿色奇迹永远延续：

花的世界，林的海洋，

花开在这里喜洋洋，

比别的地方更芬芳，

这里是风光旖旎的地方。

神奇的故事四方传扬，

这里是令人迷恋的地方，

幸福在这里，找到天堂。

噢……塞罕坝，你的向往我的故乡；

噢……塞罕坝，我的故乡你的向往，

你的向往我的故乡。

水的源头，云的故乡，

风来到这里不想走，

也想为人间添力量。

这里是民族相融的地方，

悠扬的歌声手足情长，

这里是春天荡足的地方，

到处孕育着腾腾的希望。

噢……塞罕坝，我的故乡你的向往；

噢……塞罕坝，你的向往我的故乡，

你的向往我的故乡。

画外音：塞罕坝林场建设史是一部可歌可泣的艰苦奋斗史，林场的建设者们通过不懈的努力，将塞罕坝打造成世界生态文明的典范，他们传递着"牢记使命、艰苦创业、绿色发展"的塞罕坝精神，再接再厉、二次创业，在实现第二个百年奋斗目标新征程上再建功立业。

2021 年 9 月

情系塞罕坝

歌舞剧《情系塞罕坝》总策划、编剧　高俊虎

2021年9月19日，作为习近平总书记视察塞罕坝后首部弘扬塞罕坝精神的大型文艺作品歌舞剧《情系塞罕坝》，在省会石家庄河北师范大学真知讲堂成功汇报演出。省委常委、宣传部部长张政、省委宣传部、文旅厅、教育厅和省会部分高校师生观看了演出并给予高度评价：大家一致认为习近平总书记8月23日视察塞罕坝后这么短的时间内，能拿出这样一台感人真挚的歌舞剧，水平很高，很不容易，提炼之后，可以走出石家庄，走出河北！

作为一个非专业团队，特别是非专业的我，以前从没有涉及这方面的工作，为什么能策划、创作出这样一台歌舞剧呢？

一、塞罕坝的美吸引了我

1986年暑假，我在河北师范大学上学，我们地理系1984级109名同学到承德地理野外实习。塞罕坝是我们系首次确定的野外实习点。早7点我们从承德市驻地承德教师进修学校出发奔赴塞罕坝。当时承德的交通基础设施较差，去塞罕坝的路大部分地段都是土路，走了近9个小时，下午4点左右，我们终于到了塞罕坝。一下车，同学们就被塞罕坝的景色吸引了。那时，第一代塞罕坝建设者已经完成了国家下达的造林任务。初夏的塞罕坝，蓝天白云，林海碧绿如洗，林下红的、黄的、粉的各种野花竞相吐艳。同学们忘记了疲劳，拍照、采样本，不停地询问带队老师植物的名字，尽享着塞罕坝的生态美。尽管只有两天实习时间，但塞罕坝的美深深地吸引了我，回到学校后，我写了一篇游记《塞罕坝行》在《河北师大校报》上发表。

1988年大学毕业，我被分配到承德师范专科学校任教。我把塞罕坝作为我校地理专业的野外实习基地，暑期带学生去野外实习。为推动塞罕坝的旅游，1990年1月，承德地区行署旅游局杨国栋局长邀我为旅游局撰稿并拍摄塞罕坝冬季的宣传片。那是我第一次冬季到塞罕坝，从没去过冬天如此冷的地方，整个塞罕坝被厚厚的积雪覆盖。只要一下车，身上的棉大衣、棉鞋很

快就被坝上的白毛风穿透，人被风吹得根本站不住。当时，塞罕坝没有酒店，围场旅游局的赵华局长带着锅灶、土豆、牛肉，我们自己在林场职工宿舍做的饭。第二天早晨，整个塞罕坝到处银装素裹，简直像到了另外一个世界。赵华带我们到了马蹄坑，在银装素裹的林海里，马鹿、狍子全被我们拍到了。经过这次拍摄，我决定一定要用镜头记录下塞罕坝的发展，向世人展示塞罕坝的生态美。1991 年，我在南京参与中国青年地理学会学术会议时，我向《地理知识》杂志社的记者王琦推荐了塞罕坝，得到杂志社的认可。我和该杂志连续 4 年暑期合作在塞罕坝举办了《地理知识》中学生夏令营。1996 年，我到北京师范大学上研究生，我班同学在宋庆龄基金会主办的《中华少年》杂志工作，我向她介绍了塞罕坝，于是我和他们杂志社利用暑期在塞罕坝举办了夏令营。

摄影是我上大学时培养的最大爱好，一有时间我就约上几个影友去塞罕坝拍摄。20 世纪 90 年代收入水平低，自己没车，我们就租天津产的大发车去坝上拍摄。我拍摄的塞罕坝作品先后在《承德日报》《地理知识》《中学地理教学参考》等报刊发表。1999 年，我研究生毕业后调到承德市政府工作，由于工作关系，有更多机会到塞罕坝。随着时间的推移，塞罕坝变得越来越美了，经常是清晨人们还在梦乡时，我已经站在塞罕坝山顶的望海楼拍摄了。2016 年，在我的推动下，中共围场满族蒙古族自治县县委、《中国摄影家》杂志社、塞罕坝旅游公司与承德锦溪文化传媒公司合作举办了"木兰围场国际摄影大 PK"。为配合这次活动，我在《中国摄影家》杂志连续发表了图文"我拍御道口""木兰围场摄影天堂"。

在活动中，我向中外摄影家介绍了木兰围场、塞罕坝的生态环境特点及拍摄路线和技巧。塞罕坝是中国摄影家协会命名的"中国摄影之乡""中国摄影家创作基地"，被誉为"花的世界、林的海洋、水的源头、云的故乡、珍禽的天堂"。

如今的塞罕坝森林面积已达 115 万亩，森林覆盖率达 80%，森林系统每年提供着超过 145.8 亿元的物质产品和生态服务价值。塞罕坝每年为滦河、辽河下游地区涵养水源、净化水质达 2.74 亿立方米。每年可固定二氧化碳 81.41 万吨，释放氧气 57.06 万吨，可供近 200 万人呼吸一年，空气负离子含量是大中城市平均含量的 6 倍，最高达每立方厘米 8.5 万个。与建场初期相比，无霜期由 52 天增加到 64 天，年均大风日数由 83 天减少到 53 天，年均降水量由 410 毫米增加到 460 毫米。塞罕坝栖息着陆生野生脊椎动物 261 种、鱼类 32 种、昆虫 660 种、植物 625 种。其中，国家重点保护动物有 47 种，国家重点保护植物有 9 种。

春天的塞罕坝充满激情。随着冰消雪融，万物萌发，迁徙的大鸨、天鹅驻足塞罕坝，草地上的黑琴鸡不停地嬉戏打闹。蒲公英先开始装点塞罕坝，"五·一"劳动节前后，坝缘地带的映山红开始绽放，宁静的塞罕坝逐渐展示她的勃勃生机。

夏天的塞罕坝林海碧波荡漾，蓝天白云下，金莲花、柳兰、苜蓿、山刺玫、野罂粟等竞相吐艳。雨后的清晨，林海茫茫，薄雾蒙蒙，恰似仙境。

秋天的塞罕坝姹紫嫣红，暖黄、赤红、墨绿、深茶……层林尽染，美不胜收。

冬天的塞罕坝被厚厚的积雪覆盖，雪映青松，银装素裹，树挂间常有云雾相伴，美轮美奂，像极了童话世界里的雪国。

30 多年的拍摄，我用镜头记录了塞罕坝的生态美，积累了大量反映塞罕坝生态美的作品。2017 年 8 月，习近平总书记对塞罕坝三代建设者感人事迹作出了重要指示批示，确立了"牢记使命、艰苦创业、绿色发展"的塞罕坝精神。作为一名拍摄塞罕坝 30 多年的摄影人，我一定要牢记习近平总书记的嘱托，大力弘扬塞罕坝精神，用摄影作品把塞罕坝的生态文明传播出去。2018 年 6 月 5 日，我受邀在北京奥林匹克公园举办了"塞罕坝摄影展"。2019年 9 月，我受漳州市国家级经济开发区管委会之邀，在漳州市举办了"奇韵塞罕坝"个人摄影展，并给开发区党员干部讲述了大力弘扬塞罕坝精神的党课。目前，承德市对外宣传的照片、影像大部分是我拍摄的塞罕坝镜头。歌舞剧《情系塞罕坝》演出前暖场片"世界生态文明典范"和剧中所有的视频资料都是我拍摄的。

二、牢记使命、艰苦创业的三代建设者感染了我

几十年拍摄塞罕坝的经历，使我有更多的机会深入到塞罕坝机械林场的望海楼、检查站、营林区，和更多的塞罕坝建设者接触，了解他们的感人事迹。

塞罕坝，这个美丽的高岭，在清朝时曾是木兰秋狝主阵地，在促进民族团结，抵御外来侵略中发挥了重要作用，是铸牢中华民族共同体的历史象征。随着清朝的衰败，再加上抗日战争和解放战争战火的洗礼，这里的千里松林变成了"黄沙蔽天日，飞鸟无栖树"的荒漠。1962 年，党中央高瞻远瞩，将原承德塞罕坝大脑袋林场、阴河、大唤起林场整合建立起林业部直属塞罕坝机械林场。三代建设者经过 60 年驰而不息的艰苦创业，把这片荒漠变成了拥

有 115 万亩的世界最大人工林场，成为世界生态文明典范，成为习近平生态文明思想的实践基地、研学基地、世界推广基地。

听从党的召唤，牢记使命，艰苦创业是三代塞罕坝建设者可贵的精神品质。塞罕坝机械林场建场至今已 60 年，塞罕坝林场建设史是一部可歌可泣的艰苦奋斗史。刚刚成立的中华人民共和国，不仅经济落后，而且生态环境亟须治理，早在 1956 年毛主席就发出绿化祖国的伟大号召。塞罕坝位于浑善达克沙地南缘，紧邻北京，是北京的生态屏障。为改变"风沙紧逼北京城"的严峻形势，1962 年，林业部在河北承德组建塞罕坝机械林场。来自林业部的干部、围场县的林业和区委、公社行政干部、运输个人和从庙宫水库派调的工人，东北林学院、白城子机械化林业学校、承德农校等全国 18 个省、市的 127 名农林专业的大中专毕业生，满怀青春激情，奔赴塞罕坝。与原林场工人组成了平均年龄不到 24 岁的 384 人（1963 年年底）创业队伍，开启艰苦创业的历程。

当时的塞罕坝生存环境和生活条件极为艰苦，到处黄沙沟壑，冬天最低气温零下 40 多摄氏度。大雪封山，寸步难行，出行靠骑马。白毛风一刮，对面看不见人。没有温暖的宿舍，他们住马棚、窝棚、地窖，冬天要穿着棉衣棉裤睡觉，一日三餐吃的是黑莜面和土豆，但他们"一日三餐有味无味无所谓，爬冰卧雪冷乎冻乎不在乎"，与沙魔作战，与严寒抗争。为稳住军心，党委书记王尚海带头把媳妇和五个孩子带到塞罕坝。副场长张启恩是原林业部工程师，妻子是中国林科院助理研究员。为了建设塞罕坝，他说服妻子放弃北京优越的工作生活，带着三个孩子举家来到塞罕坝，住进狭小的窝棚。王尚海讲："不绿塞罕坝，誓死不后退，栽不活树不下坝，死了也要回到塞罕坝。"

建场初期，林场基础设施很差。没有医院，只备一些常用的解热、止痛药，有了病轻的就挺着，严重的才送到围场县医院去看。副场长张启恩参与造林时，不慎从车上掉下来摔成粉碎性骨折，由于治疗不及时，造成了终身残疾。恶劣的生活环境，使很多人都患了心脑血管病、胃病、类风湿等，第一代建设者的平均寿命不到 52 岁。

林场没有像样的学校，没有老师，第二代人没有好的教育机会，就两名子女中专毕业。截止到 20 世纪 80 年代初，林场子女没有一个考上大学，他们献了青春献子孙。

由于缺乏高寒坝上造林经验，1962 年、1963 年连续两年造林失败，成活率不足 8%。于是林场刮起"下马风"，有的人认为坝上这样的自然条件根本栽不活树，要求下坝返城。在紧要关头，党委书记王尚海和场长刘文仕认真总结失败原因，在荒原中找到一块地势平缓、三面环山的地方，状似马蹄坑，决定在这里再来一场苦战。在 1964 年春天的栽树季节，王尚海带领林场职工在马蹄坑进行了造林大会战。他们在野外搭起帐篷，支起炉灶，连续几天日夜奋战，吃住在山上，机械化造林 516 亩，当年成活率达到 90% 以上。马蹄坑会战的成功，极大鼓舞了塞罕坝职工的信心和勇气。1965 年春季开始大面积造林。当时围场县的 16 个公社、40 个生产大队、227 个生产小队的 2213 名男女青壮社员，像奔赴战场一样，挺进塞罕坝投入造林中，总计有近 3000 人在塞罕坝的百里荒原上，摆开了人工造林的战场，多时每天造林超过 2000 亩，最多时一年造林达到 8 万亩。

在造林的同时，还要不断与病虫害和自然灾害作斗争。他们战胜了 1977 年 10 月的"雨凇"灾害（受灾面积达 57 万亩）和 1980 年的特大旱灾（受灾面积 12.6 万亩）落叶松旱死。到 1982 年，第一代建设者仅用 20 年的时间就完成造林 96 万亩，超额完成国家下达的 74.6 万亩造林任务。

完成造林任务后，塞罕坝建设者的最大任务是守护绿色，防止森林火灾发生。在塞罕坝每个路口都设有防火检查站，他们的任务是进入防火期后，对进入塞罕坝的所有人员和车辆进行防火检查，将火种全部留下，进行防火宣传教育。塞罕坝机械林场共有 14 个固定防火检查站、16 个临时森林防火检查站。

在北梁（四道沟梁头）防火检查站工作的贺玉国夫妇就是典型。有一年快过春节时，坝下的亲戚给贺玉国捎上来一箱苹果，当时塞罕坝的气温零下30 多摄氏度，捎到的苹果冻得都不能吃了。老伴挑挑看只有一个苹果还能凑合吃。于是他就把这个苹果放在柜子里。大年三十晚上，一家三口围在火炉旁吃饭过年，这时老伴从柜子里把这个苹果拿出来给儿子吃，儿子一看就一个苹果，于是他就把这个苹果转手给他爸爸吃，爸爸转手给妈妈吃，三人谁都不肯吃，看着苹果落泪。儿子说："爸、妈，我大学马上毕业了，都什么时代了，我们过年连个水果蔬菜都吃不上，你们必须下坝去生活。"老贺对儿子说："儿子，你的心情我理解，如果我们林场职工都在坝下过安逸生活，没人看守林子，这 110 多万亩林子一旦着了火，几代人的付出不就毁于一旦了吗？过节水果、蔬菜可以不吃，但火不能不防。儿子，我希望你大学毕业后也回到塞罕坝，来守护好这片绿色、发展这片绿色。"贺玉国夫妇退休后在这里守护了两年才下坝回老家养老。贺玉国说服了儿子，大学毕业后考上林场事业编，回到塞罕坝，成为一名守护塞罕坝绿色的接班人。

为了监视火情，塞罕坝的山顶上建设了 9 座望火楼，随着塞罕坝森林的生长，从望火楼眺望，整个塞罕坝就是一片绿海，所以望火楼改为望海楼。从每年的 9 月 15 日进入防火期，到来年 6 月 15 日防火期结束，望海楼里都要有人值守。他们的任务是监察火情，每隔 1 个小时，在关键期每 15 分钟就要观察火情，向指挥部报告。在这些望海楼里，先后有 20 多对夫妻在里面守护，有的夫妻在望海楼工作十七八年。他们抛家舍业，忍受着寂寞，父母、孩子不能照顾，克服了生活上的艰难困苦，在看似十分平凡的工作岗位，做出了可歌可泣的英雄伟业。

寂寞是他们需要克服的最大困难。夫妻进入望海楼后，就到了一个与世隔绝的世界。塞罕坝 10 月初就开始下雪，不久就大雪封山，他们就被封在山上。望海楼建设初期，没有电，就用太阳能发电，但因为山上常常多雾或刮白毛风，怕太阳能蓄电不足，晚上不敢多点灯，怕耽误了用电话，只能点马灯和煤油灯。冬天下午 5 点天就黑了，室内漆黑一片。没有电视看，陪伴两口子的只有外面的皑皑积雪，呼啸的白毛风和手中的望远镜。

吃水困难是夫妻面临的难题。在山尖上打井很困难，林场为他们修建水窖，冬天水窖常常被冻住，他们不得不到几千米以外去背水吃，背一趟水要两个多小时。大雪封山下不来山，他们只能化雪为水。将取回的大块冰雪放在锅里化成水，撇出水上浮着的落叶、松针等杂物后静置着，再轻轻地把上层水瓢出锅放进盆里，再静置，如此这般倒四次后的水才可以用来做饭，雪化成水后一股子的松树毛子味，很难喝。当冬天雪少时，为了节约用水，一盆洗脸水用两三天不舍得倒，衣服脏了不能及时洗，吃的菜只能洗一遍。

生活艰苦。这些守护者一上望海楼就开始准备一冬的生活用品，吃的主要是土豆、酸菜，新鲜蔬菜根本不敢奢望。为了改善生活，他们每年就晒些茄子干儿、芥菜丝儿以备冬用。正是这些人的守护，塞罕坝建场至今没有发生过一次森林火灾。

陈锐军，河北平泉市人，19 岁到塞罕坝机械林场从事生产一线工作。望火楼刚建时，条件十分艰苦，陈锐军、初景梅夫妇主动请缨，前往海拔 1940米的亮兵台望火楼值守。他和妻子初景梅自 1984 年至 1996 年在望火楼上守候了 12 年。当时，没水、没电、没路。吃的窝头咸菜，夏天喝几千米外的沟膛水，冬天喝雪水。儿子 6 岁之前，一直待在山上，由于营养不良，两岁多还没出乳牙，三四岁仅会叫爸爸、妈妈。由于远离人群，8 岁时还不能与人流利交流。由于长期在山上工作，陈锐军患上了关节炎、风湿病，去世时才54 岁。

在做好森林防火的同时，塞罕坝林场开始探索如何把绿水青山变成金山银山，实现绿色发展。1993 年 5 月，原国家林业部批准建立了塞罕坝国家森林公园，同时委托河北省林勘院编制了《公园发展规划》。成立了塞罕坝森林旅游开发公司。经过 20 年的发展，塞罕坝森林公园年接待游客 100 万元以上，景区门票收入近亿元。塞罕坝旅游的发展带动了御道口、围场县和内蒙古克什克腾旗旅游的发展。塞罕坝的旅游为围场县每年提供直接就业岗位 1 万余个，辐射带动周边 4 万多百姓受益，助力 2.2 万贫困人口实现脱贫致富。到 2020 年年底，围场县农民人均可支配收入达到 10978 元，169 个建档立卡贫困村全部脱贫出列、14.2 万贫困人口全部稳定脱贫，河北省面积最大的国家扶贫开发重点深度贫困县如期退出贫困县序列。2021 年 2 月 25 日，塞罕坝机械林场被党中央、国务院授予"全国脱贫攻坚楷模"。

2017 年 8 月 14 日，习近平总书记对塞罕坝机械林场建设者感人事迹作出重要指示：55 年来，河北塞罕坝林场的建设者们听从党的召唤，在"黄沙遮天日，飞鸟无栖树"的荒漠沙地上艰苦奋斗、甘于奉献，创造了荒原变林海的人间奇迹，用实际行动诠释了绿水青山就是金山银山的理念，铸就了"牢记使命、艰苦创业、绿色发展"的塞罕坝精神。他们的事迹感人至深，是推进生态文明建设的一个生动范例。习近平强调，全党全社会要坚持绿色发展理念，弘扬塞罕坝精神，持之以恒推进生态文明建设，一代接着一代干，驰而不息，久久为功，努力形成人与自然和谐发展新格局，把我们伟大的祖国建设得更加美丽，为子孙后代留下天更蓝、山更绿、水更清的优美环境。

2021 年 8 月 23 日，习近平总书记到塞罕坝考察时强调："塞罕坝林场建设史是一部可歌可泣的艰苦奋斗史。你们用实际行动铸就了牢记使命、艰苦创业、绿色发展的塞罕坝精神，这对全国生态文明建设具有重要示范意义。抓生态文明建设，既要靠物质，也要靠精神。要传承好塞罕坝精神，深刻理解和落实生态文明理念，再接再厉、二次创业，在实现第二个百年奋斗目标新征程上再建功立业。"

塞罕坝在生态建设上取得的巨大成就及创立的"牢记使命、艰苦创业、绿色发展"的塞罕坝精神，得到联合国公认，2017 年 12 月 5 日河北塞罕坝林场建设者荣获联合国环保最高奖项"地球卫士奖"。2021 年 9 月 27 日至 29 日，荣获联合国防治荒漠化领域最高荣誉"土地生命奖"。

河北民族师范学院是一所具有百年历史的地方名校，近年来连续参与了世界园艺博览会闭幕式、中央电视台春晚珠海分会场、国庆、跨年等演出，有 600 多人次参与了《最美乡村》拍摄，积累了一定舞台经验。作为塞罕坝精神发源地的本科院校，学校把弘扬塞罕坝精神与学校思政工作结合，构建思政教育新格局。学校成立了塞罕坝精神研究院。在思政研究课题中列"塞罕坝"专项，争取国家社科基金、国家民委专项研究，取得了一系列成果。

2019年，组织派我到河北民族师范学院工作。分管党委宣传、统战、意识形态、继续教育等工作，联系音乐舞蹈学院、文学与传媒学院。在工作中，我认真落实习近平总书记关于大力弘扬塞罕坝精神的指示，不断探索将塞罕坝精神融入思政课教学的途径，用塞罕坝精神育人。我主持申报的"塞罕坝精神与高校思政研究"被国家民委定为2020年人文社科重点研究项目，"塞罕坝精神与高校大学生思政教育研究"被高校思政教育中心列为河北省2020年重点课题；"塞罕坝精神融入高校思政课实践教学模式研究"被列入2021年河北省社科基金项目。这些项目的实施为我创作这台歌舞剧打下了坚实基础。

三、学校党委以弘扬塞罕坝精神为己任，有力推动该剧的创作

2020年5月，河北省教育厅决定举办大学生艺术展演，学校决定由我牵头组织创作参与。接到任务后，我反复进行了思考，作为一所地方本科院校，拿什么作品参赛？什么作品可以脱颖而出在比赛中获奖？经过认真思考，我决定把重点聚焦在弘扬塞罕坝精神上，此想法得到学校党委的大力支持。为了搞好节目创作，2020年暑假，我带领宣传部、团委、文学与传媒学院、美术与设计学院、音乐舞蹈学院的部分教师在塞罕坝驻扎了一周。我们穿林海、登望海楼、进分场营林区，与塞罕坝建设者进行座谈交流。通过交流，使老师们了解到了三代建设者付出的艰辛。每天清晨4点，我的团队必须起床，登上望海楼或是到七星湖湿地，体验塞罕坝的生态美。为了展现塞罕坝的生态文明成果，我特意安排文传学院的薛梅老师带队到围场县进行脱贫攻坚调研。

通过调研创作，音乐舞蹈学院白萌博士根据塞罕坝望海楼夫妻的感人故事创作出了舞蹈《守护绿色》，韩立民副院长创作了歌曲《塞罕坝》，薛梅老师创作了诗朗诵《脱贫攻坚》《发光的松树》《让爱绿满天涯》，资小玉老师创作了舞台剧《一个苹果的故事》，马静、祁安娜老师创作的诗朗诵《高志局四海，万载垂青风》《致敬塞罕坝人》等作品在艺术展演中获奖。旅游与航空学院创作的弘扬塞罕坝精神的舞蹈《塞罕情思》获2020年全国高校民航服务技能大赛冠军，在中国教育台播放。

2021年是中国共产党100年华诞，为了庆祝建党100周年，2020年年底，

学校决定由我负责编创一台弘扬塞罕坝精神的演出。接到任务后，我立即组成了由党委宣传部牵头，音乐舞蹈学院、文传学院师生参与的创作演出队伍。对过去创作的有关塞罕坝作品进行梳理，确定了该场演出由《牢记使命》《艰苦创业》《守护绿色》《绿色发展》4 个篇章组成，节目形式由歌舞、诗朗诵、舞台剧等组成，共 14 个节目，时长大约 90 分钟。2021 年元旦刚过，我带队带着剧本到塞罕坝机械林场，与场领导沟通节目。得到了塞罕坝机械林场的大力支持，特别是陈智卿场长提出此台演出要把马蹄坑会战、攻坚造林、绿色发展作为展现重点。并指派场党委办公室与我校配合，提供资料，完善节目内容。为了使节目更加真实地反映塞罕坝精神，春节刚过，我冒着寒风，踏着厚厚的积雪带领团队又来到塞罕坝的尚海纪念林、长腿袍子和点将台望海楼，寻找攻坚造林的痕迹，体验绿色守护者的艰辛。到 2021 年 3 月底，创作完成。学校决定在学生五一劳动节返校后抓紧排练，在 6 月 20 日左右的毕业典礼上向全校师生汇报演出，7 月 1 日前后向承德市和塞罕坝机械林场汇报演出。

四、承德市委的高度重视与鼎力支持助推该剧走向成功

节目确定后，学校向承德市委、市政府进行了汇报，得到了大力支持，时任市委常委、宣传部部长刘新宇带队调研，听取节目创作情况汇报。在 5 月初承德市委召开的承德市党史学习教育汇报会上，校党委书记苏国安向市委汇报了学校筹备演出的情况，得到了时任市委书记董晓宇的高度认可和表扬，并把我校定为承德市弘扬塞罕坝精神领导小组成员单位，苏国安书记任副组长，我为小组成员。会后，董晓宇书记亲自带领弘扬塞罕坝精神领导小组成员到学校调研观看师生排练情况，并在我校召开了承德市弘扬塞罕坝精神领导小组成员第一次会议。会议要求按进中央党校课堂、获全国"五个一"奖的目标打造这台节目。在后续排练过程中，市领导赵青英、刘新宇、董振国多次带领市委宣传部、文旅局、文联、电视台、报社和承德话剧团的专家到排练现场进行指导和把关。

经过全体演职人员的刻苦排练，在 2021 年 6 月 23 日的学校毕业典礼上，这台歌舞剧正式演出，引起全校师生的强烈反响。2021 年 6 月 27 日，时任董晓宇书记、柴宝良市长带领承德市四大班子领导和市直有关部门到学校观看了汇报演出，给予了高度评价，在经费上给予大力支持，提出了要按歌舞剧形式继续打造的修改意见。

五、专家的把脉支招倾心指导

为落实市委要求，打造精品力作，我特别邀请我的好友，电视剧《最美的青春》总导演郭靖宇担任艺术指导。作为承德走出去的著名导演和创作了首部弘扬塞罕坝精神作品《最美的青春》的艺术家，不讲任何代价，不要任何报酬。郭靖宇导演不仅自己参与修改还派公司人员帮助做背景。2021 年 7月 16 日，郭靖宇导演返回承德，和我们一起研究人物塑造和剧情设计，并安排他们公司的陈丽君老师指导师生排练。2021 年 7 月 25 日，剧组专门为来承德参与"用好红色资源"研讨班的教育部社科规划中心和西南大学等 9 所大学的领导汇报演出，给予了高度评价。2021 年 7 月 29 日，剧组到塞罕坝所在的围场县，为参与县两会的代表委员进行了汇报演出，塞罕坝机械林场的领导也观看了演出，得到与会代表委员的高度评价。2021 年 8 月 19 日，我带领蒋小娟导演和丁冬老师来到中国艺术研究院，邀请李树峰、江东、朱宝珍、李宏锋、段妃、庞小强等专家以视频方式召开专题研讨会，与会专家在充分肯定该选题政治性强、艺术表现形式好等的同时，就如何增加剧情提出修改意见。根据专家修改意见，2021 年 8 月 31 日，我和蒋小娟导演、主创人员又到郭靖宇导演办公室研究了一天的剧本。

经过反复修改完善，2021 年 9 月 27 日，在承德大剧院再一次向市四大班子汇报演出，这次演出获得巨大成功。演出结束后，董晓宇书记现场召开弘扬塞罕坝精神领导小组会议。会议要求，抓紧完善，国庆节后到石家庄向省委汇报演出。

2021 年 10 月 19 日至 20 日，作为习近平总书记视察塞罕坝后首部弘扬塞罕坝精神的文艺作品在石家庄河北师范大学真知讲堂举行了两场汇报演出，省委常委、宣传部部长张政和省委宣传部、教育厅、文旅厅、林草厅等省直相关部门领导、河北师范大学、河北经贸大学等省直高校部分师生观看了演出并给予了高度评价。

张政部长指出："这么完整的一个情景歌舞剧，难度非常大。所有的演员严格意义上来讲不能和纯专业的人对比，但是你们有纯专业的技能。你们感动了自己，也就感动了观众。你们能够感动自己、感动观众，说明塞罕坝精神在我们这代通过舞台剧表演这样一种形式把它传达了出去，传播了出去，这个非常重要。到目前为止，你们是第一个用艺术表达形式全面贯彻落实习近平总书记 8 月 23 日到塞罕坝视察重要指示精神的艺术作品。特别感谢所有师生在这么短的时间内，能拿出这样一台感人真挚的歌舞剧，水平很高，很不容易。把它提炼之后，相信你们可以走出石家庄，走出河北，我们一定会做好服务，做好支持!"

这台演出在社会上引起了强烈反响，2021年8月31日，我和艺术总监郭靖宇、导演蒋小娟走进中央电视台，《中国文艺报道》栏目进行两期专题采访报道，学习强国、光明日报、中国新闻网、腾讯网、搜狐网、澎湃网、河北日报、河北电视台、长城新媒体等各大媒体对该剧都做了专题报道。

2021年，该剧被教育部列为"2021年高校原创文化精品推广项目""承德市委宣传部文艺精品工程"。被河北文旅厅列为"2022年舞台艺术文艺精品工程项目"。

该剧取得如此成绩得益于学校党委的决策支持，得益于承德市委市政府和相关部门的高度重视和支持，得益于郭靖宇导演、李树峰等专家的精心指导。更得益于剧组团队，所有参与演出的人员讲政治、顾大局、不讲代价、不计报酬用塞罕坝精神排演塞罕坝歌舞剧。音乐舞蹈学院、文传学院领导班子成员亲自上阵。教务处协调各院及时调整课程安排，保障排练时间。党委宣传部、团委、国资、财务及时协调服装道具采购等问题，为演出顺利进行赢得时间。蒋小娟导演、白萌、张帆、丁冬、薛梅、张明阁等老师带领学生日夜奋战。炎热的夏季，为做好节目衔接，有的学生穿7层演出服参与演出，演出结束后，挥汗如雨，衣服可以拧出水来。每次演出结束，分管剧务的周丽娟老师带领学生整理服装、道具经常到凌晨两三点，从不叫苦，正是因为有这支优秀团队，该剧才能走出承德、到省会、进北京，在此，我对所有支持这台剧的领导专家和参演的师生表示衷心的感谢!

这台剧的收获不只是这些荣誉，而是探索了将塞罕坝精神与学校大思政教育、课堂教学结合的实践路径，是推动习近平新时代中国特色社会主义思想"三进"立德树人的具体实践。

2021年8月23日，习近平总书记到塞罕坝机械林场考察时要求，要传承好塞罕坝精神，深刻理解和落实生态文明理念，再接再厉、二次创业，在实现第二个百年奋斗目标新征程上再建功立业。作为塞罕坝精神发源地的高校，我们一定认真落实习近平总书记视察承德、塞罕坝时的重要指示精神，不断探索用中国共产党人的精神谱系，特别是用塞罕坝精神融入思政教育的实践，在传承弘扬塞罕坝精神上再建功立业，为社会主义现代化强国建设培养更多可靠接班人。

作者系河北民族师范学院党委副书记、教授

用精神引领方向 把精品奉献人民

总导演、编剧蒋小娟

塞罕坝精神是中国共产党人的精神谱系的组成部分，全党全国人民要发扬这种精神。怎样用舞台艺术形式呈现"牢记使命、艰苦创业、绿色发展"的塞罕坝精神内涵，让塞罕坝绿色奇迹永远延续呢？这也是我们创作这部歌舞剧《情系塞罕坝》的初心。在近一年的创排演过程中，参演的每个人不仅仅在专业艺术上得到升华，从灵魂思想上也经受了洗礼。作为总导演、编剧，我想把整部剧的创作构思分享给大家，相信大家对《情系塞罕坝》会有更加深刻的认识。

一、前期积淀

我校多年来以服务京、津、冀地方旅游文化为己任，多次参与国家级各种重大文艺演出活动，在全省具有一定的影响力。如在 2019 年至 2021 年期间，参与了中央广播电视总台录制的"中国梦 劳动美"五一特别节目演出、"中国北京世界园艺博览会"演出、"国庆特别节目"演出、现场直播的"春节联欢晚会"分会场的演出、"跨年盛典"演出。代表河北省参与第三届（上海）世界进出口博览会人文文化展演。利用专业优势，与地方旅游文化经济相结合，为各县区策划、组织、编创、排演了各种大型文艺演出活动。如 2018 年 7 月，音乐舞蹈学院百余人赴围场县塞罕坝参与了"河北省旅游发展大会"演出活动，其中多个节目与围场县、塞罕坝题材有关；2019 年，组织 60 余名师生，利用暑假 52 天的时间，参与编演了大型音舞诗画剧《木兰秋狝大典》；参与了塞罕坝机械林场消防演习专题活动。2020 年我为旅航学院编演的舞蹈《塞罕情思》获全国 65 所高校民航服务技能大赛本科综合类团体表演赛冠军、白萌老师编排的舞蹈《守护绿色》获河北省大学生艺术展演二等奖等。这些都为创作歌舞剧《情系塞罕坝》奠定了良好的基础。

二、团队的组建

承德市委市政府、河北民族师范学院领导班子高度重视创作团队的组成。学校决定：原创舞台剧由校党委副书记高俊虎担任总策划、编剧，我担任总导演、编剧，举全校之力，以音乐舞蹈学院师生为主体，各学院各处室通力配合，完成整部剧的创排演工作。

在选拔创作团队人员时，首先要求政治素质过硬、专业能力突出，具有扎实的专业功底和实践演出经验、创排演能力强的优秀教师参与。从专业领域考虑，吸纳了音乐学、舞蹈学、艺术学、舞美设计、舞台化妆、作曲等专业教师。不到1个月的时间，创作团队组建完成，包括：编剧、导演、作曲、音乐制作、编创、演员、舞台灯光、多媒体、服装、道具、化妆等不同部门、岗位齐备、职能分工明确，各负其责。在选择主要演员时，注重剧情中演员的本真效果，从全学院精挑细选学生和教师担任主要角色，年龄差距从20岁到55岁，舞蹈段落由舞蹈专业学生承担。把本剧纳入音乐舞蹈学院人才培养方案，以课程《原创精品剧目排演》的形式植入到课堂教学中，通过完善的教学体系，完成艺术实践和教学的深度融合；以演促学，学演融合，形成有精神引领性的学演机制。通过教师教学引导，学生们的专业能力得到了提升，并在排演学习中深刻感受到了塞罕坝精神的内涵，发挥实践育人作用。在实践中既提高了学生的思想政治素养，又提升了专业能力。通过完善考核管理体系，师生在实践演出中的表现和效果作为评先选优、推优入党的重要考核内容，使课堂教学与艺术实践活动有机结合，发挥协同育人作用，用实际行动诠释塞罕坝精神。

三、创排演经历

本剧的总策划、编剧高俊虎是塞罕坝精神研究专家，承德市弘扬塞罕坝精神领导小组成员，弘扬塞罕坝精神主要传播者。他从1986年开始走进塞罕坝，到现在已有30多年了。多年来，他走遍了塞罕坝的林海山川，见证了塞罕坝的绿色发展。他了解塞罕坝的林、塞罕坝的山、塞罕坝的水，更了解塞罕坝的人——三代建设者的塞罕坝精神。他是国家民委"塞罕坝精神与高校思政研究基地"负责人，发表了一系列研究成果。特别是将中国共产党人的精神谱系的塞罕坝精神融入高校思政教育，构建大思政格局上取得显著效果，被承德市委要求全市推广。为了弘扬塞罕坝精神，他先后在中国艺术研究院思政大讲堂、河北法院政治讲堂、厦门漳州国家级经济技术开发区、河北工商银行干部培训、共青团承德市委（线上 10 万听众）开学第一课、承德海关、河北省高校思政工作研究班以及国家教委师资培训计划中讲解塞罕坝精神。他也是一位资深摄影艺术家，在他众多的摄影作品中，唯有塞罕坝题材作品最多。2017 年应邀在北京国家奥体中心、2019 年在厦门漳州开发区举办了《神韵塞罕坝》个人摄影展。每当谈起塞罕坝，他都有说不完的故事，他对塞罕坝有一种特殊的情怀，透过摄像机的镜头，他不仅仅看到的是一幅幅优美的画面，更多的是塞罕坝三代人的艰苦奋斗史。

2020 年 6 月至 2021 年 11 月，我们的主创团队，在高俊虎副书记带领下，多次来到塞罕坝实地进行学习、调研、采风。我们参观了塞罕坝博物馆，考察了望海楼、检查站、尚海林、红松洼等地，走访了数十位三代建设者代表，挖掘、整理了一批真实的感人故事，通过亲身感受，以真实故事为原型，为本剧创作提供了真实感人的素材。2020 年 12 月剧本初稿完成，2021 年 3 月，学校党委决定，为中国共产党建党 100 周年献礼活动，创作排演这部舞台剧。接下来本剧召开了第一次筹备会，剧本于 4 月进行了第一次修改，剧名定为歌舞诗《心系党魂 情系塞罕坝》。作为总导演、编剧我要对全剧的整体设计进行把控。首先要组织主要创作人员研究分析剧本、深入了解剧情，根据剧本题材和具体内容，最后确定本剧以歌舞剧的形式呈现。对舞美、灯光、多媒体、音乐、舞蹈编排、服装和舞台化妆等创作部门进行精心部署和安排，确保以综合艺术形式在舞台上完美呈现。在第一版设计中，本剧共分四个篇章：第一篇章《牢记使命》、第二篇章《艰苦创业》、第三篇章《守护绿色》、第四篇章《绿色发展》，参与师生演职员 300 余人。通过两个月的创作排练，6 月 23 日本剧作为毕业季相关活动，为 2021 届毕业生进行了演出；6 月 21 日，本剧接受了由市委宣传部等相关专家领导的政审；6 月 26 日，承德市四大领导班子、市直各部门代表和在校生观看了演出，再次对本剧提出了修改意见，提出本剧晚会元素过于浓重，缺少剧情故事，没有人物主线。根据专家和领导们的意见，对剧本进行了结构框架修改，把原有的四个篇章改为三个篇章，在第一、二篇章中，增加艰苦岁月的段落内容。剧名改为：歌舞剧《最美的青春》。在半个月的时间里，创作了 8 分钟新音乐 1 首，两个新段落编排用了 5 天时间，7 月 15 日进行了汇报演出，知名导演郭靖宇观看演出，之后召开了本剧的研讨会，对剧本进行再次修改，增加了情景表演人物对话部分内容，更直观、更形象地还原了塞罕坝的真实故事。剧名改为歌舞剧《塞罕坝》。

2021 年 8 月 19 日，主创团队 3 人赴北京中国艺术研究院，与中国艺术研究院的 5 位国内知名专家进行研讨，专家们对本剧给予高度肯定，并对每篇章各段落提出了自己的观点和修改意见。根据专家建议，9 月 1 日主创团队 8 人赴北京与郭靖宇导演沟通进行再次修改。剧名最后定为歌舞剧《情系塞罕坝》，将篇章改为幕，第一幕《牢记使命》、第二幕《艰苦创业》、第三幕《绿色发展》，删除了段落《塞罕情歌》《脱贫攻坚赞》《林为情思风作马》《林海家园》，恢复《绿色之旅》，再植入满族地域特色舞蹈《二贵摔跤》，增加了 3 位主要角色和情景表演 9 个段落，贯穿全剧。并根据习近平总书记 2021 年 8 月 23 日赴塞罕坝机械林场考察作出的指示精神，对情景表演台词、画外音进行修改添加编排设计。删除段落对于导演和编导来说，是最难以割舍的，从开始到现在本剧共删除了 10 个段落。不言而喻，每个节目的背后都有全剧组老师学生们艰辛的付出。9 月 27 日，本剧再次进入承德大剧院为承德市委、市政府及市直机关代表进行了汇报演出；10 月 19 日、20 日，赴石家庄河北师范大学真知讲堂进行了汇报演出，省委宣传部、省文旅厅、人事厅、教育厅、民宗厅、艺术研究所等部门相关领导、专家及河北师范大学、河北经贸大学等院校师生观看了演出，得到了观众和社会各界人士的一致好评。

四、艺术特点

本剧结构完整、严谨，段落、情节设置合理、缜密，人物形象刻画鲜明。歌舞剧的艺术形式喜闻乐见，具有较强的艺术感染力，易于被观众接受。剧中出现的树苗、林海、风沙、白毛风等意象，立意将树和人的奋斗精神紧密结合，彰显塞罕坝人坚韧不拔、勇于攻坚的意志品质，形成很好的意境和审美效果。

在叙事上采用塞罕坝建设者特有的真实身份和事迹为蓝本，通过歌舞塑造塞罕坝建设者的不同形象和人物性格，表现塞罕坝建设过程中"最美的青春""情愿是一棵树""艰辛历程""守护绿色"等真实细节的感人故事，显得更有教育意义。整部剧时间跨度大，表现平凡的塞罕坝建设者三代人的坚守奉献和精神传承，从而达到在平常中见伟大，于平凡中见深刻的艺术效果，把塞罕坝精神贯穿始终。

在人物塑造上，着重刻画了林一代、林二代、林三代中的平凡人物，用现实主义的创作手法，从这些小人物的内心情感出发，还原真实的有血有肉的人，通过剧中戏剧化的人物冲突，真实还原他们的内心世界，让观众感受到他们的情感，从而表现平凡中见伟大的真实人物群体。坚持现实题材创作，贴近时代、贴近生活、贴近群众，也就更容易架起作品和观众之间的桥梁。

避免了氛围太过于沉重化、形式化，让观众以一种轻松的方式接受，最终看到升华，从平凡中看到伟大。通过不同的创作视角，拉近演员与观众的距离，产生相互积极的互动感，不生硬、不刻板、艺术化地把塞罕坝精神讲述给观众，让他们在审美的同时也去体验、感受、理解塞罕坝精神。

五、全剧艺术构思

本剧以三代塞罕坝建设者的奋斗事迹为主要题材，政治方向正确，主题鲜明，立意深刻，构思独特，既弘扬了中国传统美德和艰苦奋斗的创业精神，又体现了社会主义核心价值观和社会主义先进文化思想，具有鲜明的时代气息。

本剧分《牢记使命》《艰苦创业》《绿色发展》三幕。通过舞蹈、情景表演、歌曲形式呈现。

第一幕的主人公是第一批上坝的林业专业学生——塞罕坝第一代建设者，他们满怀激情、意气风发、朝气蓬勃。通过他们之间产生的人物戏剧冲突，利用多种艺术形式的叙事手法把观众带入 20 世纪 60 年代的塞罕坝。

现代化舞美音效手段，营造出"黄沙遮天日，飞鸟无栖树"的报到场景。让观众真实地感受到塞罕坝环境的恶劣、生活的艰难。在《最美的青春》舞段中，还原人物真实原型形象"高原红的脸蛋""坝上特有的冻伤妆面"，刻画出林一代奉献了自己宝贵青春的人物特征。

舞段中，"雪夜难眠""风雪路上""英雄丰碑"等段落，通过现代化舞美音效的渲染、音乐氛围的营造，感染了观众，抓住了观众的心，把主人公英雄丰碑的人物形象，牢牢地刻画在观众的心中，使观众久久沉浸在悲痛、壮烈的剧情中，达到了歌颂平凡人见伟大的效果，成为本剧的高潮。

另一个人物是曾经在塞罕坝打过游击的一名老党员及退伍军人形象，该角色群众基础好，感召力强，面对造林失败，总结经验教训，激励大家，坚定战胜困难的决心。通过他的特型装扮，一身黄绿军装，铿锵有力的话语，来塑造第一任书记的特殊身份，是全剧的精神领袖，是马蹄坑会战取得胜利的核心人物。在《马蹄坑会战》舞段中，"栽苗舞""铁锹舞"和独具特色的"拖拉机、植苗机"等劳动场面的特殊设计，加上道具的巧妙运用，台上台下互动穿插，把观众直接带入壮观、震撼的机械造林宏大场面，如临其境。

第二幕的艺术表现形式是从刻画望海楼的孩子林森这一形象入手，围绕他的成长过程和心理变化展开。少年林森见证了父辈们在陡峭山地上造林的情景。一段女子群舞，写实与写意相结合，柔美与刚毅形成视觉反差，再现塞罕坝建设者人定胜天的坚强信念。段落中的道具"木棍"代替了真实劳作中的扁担、铁锹、锄头，舞蹈肢体动作源于真实种树技巧"三锹半"，辅以现代化舞美特效渲染，艺术化地展示了山地造林的壮观劳动场景，也建立了林森内心对父母从不理解到理解的剧情支点。在他幼小的心灵中，深深地埋下了绿的希望、绿的未来。

林森在剧中的少年时期是第二幕的第二个剧情支点，这个段落以不同身份的塞罕坝建设者身着体现工作形象的服装，围绕着"功勋树"引吭高歌的男声小合唱群体形象表现。这棵 200 岁的落叶松（功勋树）是第一代造林人眼中的"希望之树"。它在荒漠深处迎风屹立，犹如黑暗中熠熠闪光的灯塔，给塞罕坝人照亮了通往"林海"的希望之路。男声声线刚劲有力，音乐旋律舒缓优美，段落表现力兼具铁骨铮铮又柔情似水，简单而又深刻的思想，深深打动了少年时期的林森，使他逐渐理解了父辈的坚守，坚定了林森立志成为塞罕坝的建设者，守护绿色的决心。

下一个舞段《守护绿色》以女群舞男领舞的形式出现，从描绘宁静祥和、幽雅恬静的冬雪画面开始……青年时期的林森，已成为塞罕坝的一名护林员，身着消防员服装，在"树精灵"的围绕中，默默地守护着这片绿色，通过写意、抒情、拟人的手法呈现。从写意上看，舞蹈中巧用多变的裙装和丰富有致的动作，呈现出冬日"银装素裹"的安静祥和，到春季"万物复苏、生机勃勃"的美好景色，整个舞蹈意境清新、淡雅、唯美。从抒情上看，舞蹈的立体构图为舞者肢体动作的展现增强了舒展性、延伸感。舞蹈形象与动静、缓急、放收等有韵律的肢体节奏浑然一体，整个舞蹈时空变化起承转合流畅、自如。

段落尾声，岁月穿梭，日复一日，年复一年……在深情的音乐中，望海楼夫妻以老年形象与林森相遇，将段落推向高潮，形成了时空的交互，扣住了塞罕坝精神传承主题的同时，引人深省，催人泪下。

第三幕通过林一代、林二代、林三代戏剧化的人物贯穿，采用塞罕坝精神跨时空的融合方式，以合唱这种最具群像凝聚性的舞台形式，用服装、化妆区分三代人的具体形象，通过音乐、歌词、舞台调度、LED 等现代化舞美手段，表达三代人过往的故事，紧扣三代人共同铸就塞罕坝精神这一主题。

在第二个段落，民族融合作为这段的主旋律，主要刻画了朝气蓬勃、青春向上，来到塞罕坝工作的年轻大学生林三代形象，采用地域特色民族舞蹈形式，把林三代融入民族表演中。通过现代化舞美手段切换塞罕坝的蓝天、白云、草原、林海、牛羊等场景，五颜六色的民族服装、独具特色的民族舞蹈表演，把观众带入欢快祥和、民族团结的氛围中，带入民族融合生态发展的塞罕坝。具有一定的视觉冲击力，观赏性很强。塞罕坝的此情此景带给观众无限遐想，吸引了像林三代这样的有志青年，立志投身到塞罕坝二次创业、生态文明、绿色发展的建设中。

第三个段落主要表现生态绿色发展、人与自然和谐共处的欢乐、祥和场面。通过 LED 画面配合，展示了今日塞罕坝通过塞罕坝建设者们坚持不懈的努力，从荒芜变林海，成为全国生态文明建设绿色发展的生动范例。塞罕坝除了树、花、草以外，珍稀保护动物种类众多。舞台表现方式以沉浸式、写意式、拟人化手法表现人与自然的共融、共生、和谐相处。舞蹈的动律、服装、化妆、道具让舞台"活起来"，音乐的织体、旋律、节奏、律动让动植物们"跳起来"。舞台空间延展至观众席，台上台下互动交织，场面宏伟、壮观，让观众情不自禁地沉浸在"花的世界、林的海洋、水的源头、云的故乡、鸟的天堂"的美丽画面中。

六、主要音乐构想

全剧音乐由三部分组成：舞蹈部分、声乐部分、画外音情景表演对话部分。

剧中典型舞段《马蹄坑会战》音乐是比较标准的复三部曲式，全曲以《义勇军进行曲》作为主要动机。首段用《义勇军进行曲》作为引子，在原曲的基础上，模拟 20 世纪 60 年代场部高音喇叭的声音。随后进入主题，音乐是在《义勇军进行曲》上做了变奏，描绘了一场已经拉开了序幕的大战及同志们气势昂扬、挥汗如雨的场面。第二段音乐在调式上从大调转成了小调，但节奏依然明快，由一个双簧管演奏旋律，辅以弦乐拨奏，以此表达了劳动间隙，林一代们苦中有乐的一种浪漫主义情怀。第三段音乐又回到了第一段的主题，引入第三段的是几声汽笛，以此引出拖拉机、植苗机进场，第三段和第一段的主要区别在于，第一，有弦乐铺底，整体形象更为丰满，有一种会师的感觉；第二，有一轨拖拉机发动机的特效垫底，正好是按照 4 拍，配合拖拉机行进，整体场面雄伟壮观。

剧中经典舞段《守护绿色》音乐分为四个段落，各段落个性鲜明。速度比较缓慢，第一段落的双簧管以及竖琴音色，都非常的清冷、宁静，用音乐表现了雪的冰香、雪的形态万千，观众仿佛被带入到了晶莹剔透的白雪世界。第二段节奏明显加快，春的气息扑面而来，其中还加了一个长笛的演奏，让这段音乐在威严中，多了一丝顽皮，一片祥和安逸的景象被描绘得栩栩如生。

第三段又转成了小调，节奏变得非常快，律动性非常强。令人有一种窒息感，紧张的气氛随之而来。本段落有两组乐器演奏旋律交替出现，把消防员在火情演习面前的坚决形象刻画得非常生动，最后两组音乐交织到一起，在这里戛然而止，留了 2 秒左右的空白，为这个故事画了个"问号"。第四段，音乐回归到第一段的主题，随着主题乐器双簧管的出现，音乐形象生动地展示了消防演习结束，回到平静祥和的场景中。随之而来的音乐用较为丰满的编制手法，配合女声哼唱，将全曲推向高潮，让人在一种温暖幸福中潸然泪下，达到了"笑中带泪"的目的。

《花的世界林的海洋》是一首三段体的歌曲，以歌舞形式呈现。6/8 拍的节奏让观众听到就有翩翩起舞的愿望，编配形式上与"冰雪奇缘"的创作手法较为相似，宏大的交响编制、定音鼓、底鼓非常的躁动，演唱加入了花腔的技巧，整体感觉非常隆重，但同时配器上配合流淌的竖琴、钢片琴、编钟等音色，全曲在华丽的同时，透着一种古灵精怪的气息，表现了树木、花草、动物的灵动感觉。弦乐在引子和尾声中使用大线条，演唱时使用顿弓演奏，整体表现了人与自然和谐共处的生态绿色宏大场景。

七、主要舞段编创设计

剧中经典舞段《最美的青春》，取材于塞罕坝建设者的真实故事改编而成，当时我查阅了大量的塞罕坝真人故事和采风搜集的全部素材，把这些素材进行细致的梳理，与塞罕坝党史相关领导进行沟通求证，最终选择了这个感人故事作为素材进行舞蹈创作。任务交给了张帆老师。当时，时间紧，离下次演出不到 10 天时间，音乐创作 5 天完成、舞蹈 4 天完成，堪称奇迹。之后的演出配合上灯光、烟雾、雪花、冻伤妆、厚重的服装、舞段的巧妙设计、音乐氛围的营造，每次演出到这个段落都深深打动了观众，许多观众为之落泪。

这个段落主要讲述的是冰天雪地的塞罕坝突发一场暴风雪，导致育苗实验室垮塌，人们为了抢救树苗，齐力奔赴救援，承德籍青年那青松因将大衣让给衣着单薄的于丽娜，迅速失温掉队，从而冻僵在雪地壮烈牺牲。

作品以"雪夜难眠"—"风雪路上"—"英雄丰碑"的叙事结构展开讲述。

段落一（雪夜难眠）：通过屋内——地窖子，育苗实验室（地窖子旁）两个空间叙述恶劣的环境。剧中主要人物于丽娜在实验室做育苗实验，做完实验从兜里掏出还没顾得上看的家书……屋内——地窖子，是五名女大学生在一所简陋破旧的地窖子里的情形，极寒的天气下她们穿着大衣裹着棉被都难以入睡，摇篮曲使女孩们触景生情，思念家乡。本段落音乐采用《摇篮曲》意在与屋内女学生的心境和屋外的风雪声形成呼应。道具选择上，屋内用一床棉被进行 5 人舞的设计，另一场景的道具是实验室里面的试管、容量瓶、烧杯、显微镜、育苗架等，以写实的手法再现当时情景。

段落二（风雪路上）：暴风雪突起，房屋被吹垮，屋顶被掀翻，人们在慌乱中冲出屋子，第一时间传出口令："快！抢救树苗！"人们来不及抢救生活物资，在暴风雪中摸黑奔走赶往育苗地，雪没过膝盖，行动无比艰难。人群不断被风雪冲散，从实验室慌乱逃出来的于丽娜没顾上穿大衣，她衣着单薄地在人群中冻得瑟瑟发抖，那青松见到于丽娜在狂风暴雪中，执意为她披上大衣，但自己却因失温引发腿痉挛逐渐落后于队伍……本段落动作设计追求真实感，提取例如挽手前行、深雪拔腿等动机设计动作，强化氛围。用群舞的调度变化，突出两位主角的形象，推进剧情故事的发展。

段落三（英雄丰碑）：那青松在雪地里拼命挣扎，却无法抵抗残酷的现实，他逐渐冻僵在雪地，凝固成一座雪塑。夜晚即将过去，待队友们寻到他时，年轻的生命已经逝去，队友们托起他悲壮前行，如同托起了一座塞罕坝精神的丰碑。本段落将频闪的光效配合那青松在雪地里挣扎的动作，从快闪到慢闪，呼应那青松从挣扎到逝去的过程，也模拟了心跳的逐渐微弱。

剧中精彩舞段《艰辛历程》是第三版，第一版《风雪育苗》、第二版《山地造林》通过与塞罕坝研究专家求证，因与实时记载有出入，所以将做好的音乐、创编的舞段全部推翻，进行了重新创作编排。只为更真实地还原塞罕坝的历史和建设者们的真实经历。此作品以现实主义表现手法和道具布的融合重组运用，再现塞罕坝山地造林的艰难场景。

结构段落：

引子——黄沙漫天，女人们形成人墙，抵御着风沙，人墙内三人正将树苗和土装进桶中 A 段（赶赴）——女人们纷纷扛着扁担赶赴荒山，在恶劣的环境下负重前行。B 段（掘土）——山逐渐出现，女人们义无反顾，坚定地向山坡行进，风沙肆虐也难打倒她们人定胜天的坚强信念。她们在黄沙弥漫的荒坡上掘土，征服荒山。C 段（育苗）——一阵巨大的风沙掀起了原本已种好的树苗，女人们流着泪拾起心爱的树苗，却未在失败面前退缩，她们能听到土地的呼吸，也能感受到树苗的气息。她们斗志重燃，使荒山逐渐变成了绿洲。尾声（破土）——国歌声起，第二代塞罕坝人用顽强的意志换来了青山的拔地而起，终不负党和国家赋予的使命。

作品前半段运用十条黄色长布营造风沙、泥土和山坡的意象，通过布条的编织切割舞台空间，与女性劳动者的形象、心理等形成呼应；后半段，男生象征泥土，带着巨型绿色布逐渐晕染舞台，用写意的方式表达女人、泥土与树苗的情感。动作设计上，前半段凸显女性劳动者们的刚毅形象，多以跋涉、负重等质感设计动作，将扁担一物多用，时而是扁担，时而是铁铲；后半段凸显女性育苗的温柔气质，用几组男女双人舞指代土地、树苗与女人的情感，还原女性本色，与前半段的形象形成对比。

八、舞台美术的设计

本剧舞美设计初衷是依据生活的真实与逻辑，利用"原、本、真"的现实主义创作设计理念，朴实无华、简洁大方。典型化再现人物的外部形象，努力让舞台呈现出生活真实、人物真实、情感真实，拉近与观众的审美距离，让观众"入戏"，产生共鸣和思考。本剧服装、化妆设计最大限度地配合歌舞，艺术化体现塞罕坝三代人不同时期、不同形象的特征。舞段《守护绿色》在服装设计制作上进行了大胆尝试，通过一套裙装在舞台上能瞬间呈现塞罕坝从冬季的白雪皑皑到春季绿意盎然的季节变化。这对于舞台剧来说，其他手段难以实现，这也是本剧舞美的创新点。在第一幕中，舞台化妆，演员的冻伤妆面设计也是本剧的亮点之一，即使没有每个演员的特写，在远处的观众也能看到演员的冻伤妆面，让观众感受到塞罕坝林一代当时条件的艰苦程度，感受到塞罕坝的精神所在。在道具设计运用方面，《艰辛历程》道具"布"的运用独具特色。20名男舞蹈演员代表山坡和泥土，用10条长15米、宽5米的土黄色布，在舞台上时而形成山坡、时而形成陡峭山崖，通过舞台调度编织切割，立体地展现了在地貌复杂的山地上造林的艰难困苦。在舞段结尾处，整块绿布缓缓铺满整个舞台，泥土人迅速隐藏在绿布下面，当国歌响起时，在舞台后区形成此起彼伏、绵延不断的绿色山峦，场面宏大壮观。

九、灯光的处理

灯光设计承担着把舞美、服装、多媒体以及导演的想法在舞台上融合在一起，形成统一的视觉效果的任务。该剧的场景涉及一年四季，根据戏剧人物各个段落，总体光色基调还原剧情本色。灯光处理在展现剧中人物外部行动、戏剧冲突时，遵循了"再现"的美学原则，营造自然环境的光色和氛围；但在展现人物的主观意识流动和心理情感活动时，以遵循"表现"美学原则为主，呈现主观感受的光色与氛围。同时，需要通过灯光的聚焦、切割等手法，来帮助时空的转换、渲染。

十、多媒体的运用

本剧在多媒体 LED 屏使用方面，遵照现代化科技手段服务于舞台表演艺术的原则，在第一幕、第二幕中选择具有年代感的老照片在个别段落中呈现，还原那个年代的真实原型，使舞台表演更加生动、立体、形象。在第三幕中采用渲染舞台气氛、横跨时空的表现手法，将现在的塞罕坝"花的世界、林的海洋、水的源头、云的故乡、鸟的天堂"以炫目耀眼、美轮美奂的意境画面呈现在观众面前，使观众沉浸在多媒体技术创设的情境中，具有强烈的感受和视觉震撼力，达到了更高的舞台表演观赏性和更好的艺术效果。

十一、全剧结构框架

本剧以一纵三横的人物主线，形成本剧结构框架。纵线通过主人公于丽娜的戏剧人生贯穿整部剧，她是塞罕坝普普通通的建设者，把终身奉献给塞罕坝的典型代表。横线为林一代、林二代、林三代在不同时期、不同节点所发生的典型事例、感人故事的真实写照。

1. 本剧用舞蹈段落支撑每幕的主要事迹、重大事件，如第一幕《最美的青春》《马蹄坑会战》，第二幕《艰辛历程》《守护绿色》，第三幕《绿色之旅》《花的世界林的海洋》。

2. 以情景表演对话的形式，贯穿全剧故事情节，起到承上启下的作用，如 20 世纪 60 年代开始第一幕报到《党的召唤》《豆蔻年华》《最美的青春》中的第一批上坝的大学生。《马蹄坑会战》之前的动员大会第一任王书记——全剧的精神领袖讲话。第二幕望海楼中的一家三口儿，与于丽娜、王建国、方莉的对话。第三幕运用把终身奉献给塞罕坝的于丽娜与现任场长、故地重游的一代建设者王建国、方莉把他们外孙女、孙子又送到塞罕坝的对话，形成一条故事主线贯穿始终。

3. 歌曲《情愿是一棵树》是此剧主人翁意识的精神体现，用男声小合唱的形式表演，表现塞罕坝建设者们情愿自己是一棵树，他们把最美的青春"种在了"塞罕坝，把无私奉献"种在了"塞罕坝，把默默坚守"种在了"塞罕坝，把子子孙孙"种在了"塞罕坝，从一棵树到一片林，从人迹罕至的荒原到绿意盎然的林海，"献了青春献终身，献了终身献子孙"，自己已成为茫茫林海中的一棵树。

十二、结语

歌舞剧《情系塞罕坝》的定位是：既要有深刻的思想性和教育意义，又要呈现给观众很高的艺术水准。所以在音乐的谱写、舞蹈的编排、演员的表演、舞美的设计、多媒体技术的运用等方面，始终在修改打磨中精益求精。通过市级领导和学校各部门的大力支持，全体演职人员凝心聚力、团结合作，用塞罕坝精神在排演歌舞剧《情系塞罕坝》，使塞罕坝精神与高校思政教育立德树人的要求有机结合，将塞罕坝精神以艺术的形式呈现给观众，让观众在审美的同时也去体验、感受、领会塞罕坝精神，产生共鸣。力求在整个演出中，通过饱满的舞台呈现，使整部剧的思想教育意义和艺术性能够潜移默化地传递到观众心中，让更多的人真正地感受到塞罕坝感人事迹的精神内涵，使塞罕坝精神代代传承，永远延续！

作者系音乐舞蹈学院副院长、教授

追光，艺起同行

薛梅

中国故事正缓缓打开一幅长卷，犹如"只此青绿"的《千里江山图》。中国的北方，在位于河北省承德市围场满族蒙古族自治县的塞罕坝上，有了一个现实版"绿水青山就是金山银山"的微缩生态画卷，将"牢记使命、艰苦创业、绿色发展"的塞罕坝精神之灯，装点在壮美的高岭，装点在广袤的草原之上。林的风哨，草叶的露珠，也呼朋引伴，共同会聚着磅礴不息的力量，照亮了时间之维，照亮了人心深处最笃诚的信仰，照亮了人类诗意栖居的愿景与远方。

习近平总书记强调："塞罕坝精神是中国共产党精神谱系的组成部分。全党全国人民要发扬这种精神，把绿色经济和生态文明发展好。"怎样用舞台艺术形式呈现"牢记使命、艰苦创业、绿色发展"的塞罕坝精神内涵，让塞罕坝绿色奇迹永远延续呢？我在我的校园找到了答案——河北民族师范学院是我求学和工作的学校，是"塞外明珠"承德市的一所"省部共建"应用型本科院校，在百年办学历史中，它始终秉持"修德立能、博学致远"的校训，以服务民族地区人才培养为己任。多年来，学校通过持续开展讲党课、专题创作、演讲比赛、微视频、诗朗诵、微戏剧、歌唱比赛等多种形式，推动塞罕坝精神的学习弘扬。尤其令我难忘的是，我们学校推出的一台大型校园原创歌舞剧《情系塞罕坝》。我作为一名最初参与创作、最终参与演出的亲历者和见证者，目睹了塞罕坝荒漠变林海的生态传奇故事，它在经历了四易其稿后，通过舞台艺术的扎根，发芽，参天而起，将一棵树的葱茏指向了人心的葱茏，让一片林海的辉煌高举着发光的党魂。

一

当我的目光穿越林梢，穿越草原，我正在凝神遥想着我的故乡木兰秋狝所在地的塞罕坝，耳旁响起学校党委副书记高俊虎洪亮的声音："今天开始，

《心系党魂 情系塞罕坝》主创团队正式组建了！你们都是政治思想过硬、专业能力突出，具有扎实的专业功底和演出实践经验、创排演能力强的优秀教师。希望你们精诚合作，组织相信你们能创作出一部打动人心的好剧目。"那是 2020 年 4 月初一个春天的早晨，在学校行政楼三楼第二会议室，学校党委书记苏国安也亲自到场，做了"在艺术上有突破，在人才培养上有建树"的重要指示。尽管北方的春天来得迟，还有些微寒，但窗外的树梢已是由鹅黄变得泛绿了，像一种召唤，将我的心再一次引领到了塞罕坝上。

作为故乡人，我无数次地走在这片热土之上。从孩童跟随父亲，少年跟随同学的游玩，到成年后跟随市文联、作协、市委宣传部、市委统战部和政协，一次次参观、学习和创作。我也曾无数次写过塞罕坝，写过这片绿色生态的奇迹："塞罕坝，正是以生命仪式的庄严，将树木的兴象，重新根植在生命系统的内核，成为一种绿色生态的伟大存在链。学习塞罕坝精神不是一句口号，一个时段，它是家园的同在感，是民族的向心力。"(《塞罕坝，一种生命仪式的存在》) 塞罕坝林业工人的精气神始终感染着我，鼓舞着我，我深深陶醉在这片世界最大人工林的绿意之中。

"高书记，快来看，这一圈一圈的蘑菇！"舞蹈教师白萌柔和的声音被调皮的风传送过来，我抬起头，看见音乐学院的一群年轻女老师已经在森林中雀跃不已，有的采摘着林中草地上的蘑菇、野花，有的迎着朝阳洒在缝隙里的光斑，有节奏地跳着舞步，真像一群活泼可爱的梅花鹿呀。此刻，已是 8 月的坝上了，我转头看见了我右侧的蒋小娟副院长、总导演正以慈爱又信任的目光，满脸笑意地看着她们学院的年轻人，我忽然感慨道："再不见'劲风扬飞沙'了，今天的天然大氧吧多么好啊！"迎着她的眼光，我们彼此对视领首。

塞罕坝的 8 月，正是一年中最好的季节，但也像孩子的脸，哭笑都是随性的。我们时而在高海拔的烈日下，时而在狂风大卷的暴雨中，穿林区、登山顶、过河沟、进展馆、听讲座，走访了无数的检查站、工人作业区。特别是在听取和观看了塞罕坝机械林场总场办公室主任赵云国的报告及影像资料后，那片浑善达克沙漠肆虐的风沙扑面而来，像一堵铜墙铁壁，遮挡住了所有的光亮，暗无天日，人畜难于存活。我的喉咙发紧，内心有着深深的煎急与焦虑，这不应该是人类生存的环境，这更像是人间的末日。当刘琨的点将，张启恩的奔赴，刘文仕的小红马，留下塞罕坝最初的剪影时；当李兴源的苗圃，王尚海的林，一对对夫妻的望火楼，谱写出塞罕坝机械林场人接续奋斗的无限豪情时，我看到了希望之光在这片荒漠中缓缓生绿，从泥黑的树根跃到了葱绿的树梢，绿呼啦啦就让坝上坝下浑然一体，丘陵连接着丘陵，苍穹涌动着苍穹，那样壮阔而美丽。几个舞蹈学院的老师已经忍不住在过道间翩然而舞，像一棵春风中正在抽芽发叶的树苗，每个姿态都是向上，每个旋转都是幸福。我看到一条闪闪发光的道路一直通到了天边，通到了无限的大和无限的远，发光的松树，让爱绿满天涯，我的心忽然找到了作诗的灵感。是的，没有坚不可摧的铜墙铁壁，只有坚不可摧的林业人战天斗地的意志。

文艺创作要到生活中去，要到人民中间去，这是源头，这是活水。为了让我们更能深切体会塞罕坝三代务林人发扬塞罕坝精神的内涵，学校在资金紧、教学任务重的严峻形势下，依然做出了主创人员三上塞罕坝的决定，我们又分别在10月、11月，迎着瑟瑟秋风中飘舞的落叶和冬季漫飞、没过膝盖的大雪，在高俊虎副书记的带领下，有计划地进行深度细化的调研、采访。在围场县林业和草原局、塞罕坝机械林场总场、阴河检查站，以及月亮山望海楼、三道河口分场、北漫甸分场、千层板林区进行调研采风。我一对一采访了顾殿江和曹国刚的两位技术员徒弟。顾殿江师傅朴实无华，普通的就像三万亩千层板林区中的一株落叶松。当我问及大家赞誉他"活地图"时，他腼腆一笑："这没什么，大家工作都这样干，熟能生巧吧。我因为上学少，就自己多跑多看多琢磨。"这一用心琢磨，名堂就大了，琢磨成学问了，他带着徒弟于士涛，随身揣个小本本，标记每一片林地。小本本像长了翅膀，又像精密的雷达，哪块山川，哪片林地，哪些沟汊和禁地，一清二楚，绝不含糊，令人叹为观止，为作业区规划的制定提供了有效的参照。他缓慢地讲述有着挤牙膏似的一点点释放出来的薄荷香，他说完一件事就总是憨憨地一笑，低下头去。我在他的讲述中，却分明感觉到他的身姿越来越高，只能仰视。曹国刚的事迹是在他徒弟的讲述中完成的。"师傅是一个东北汉子，骨子里有着硬气，被林场人亲切地称为'拼命三郎'。"我在他娓娓深情的述说中，仿佛看到那些曹场长走遍了的老树林，那冻成坨揣在怀里的干粮，那背着沉重的喷雾器喷洒药物、连续作业的晨昏，以及因中毒而倒下的身影，我的泪水不知不觉模糊了视线，但有一团光亮却愈来愈大，照亮了我的整个心房。

回到宾馆，我们主创团队开碰头会、分享会，每个人都在各自的任务中获得了第一手材料，也收获了沉甸甸的精神之粮。无疑，塞罕坝的奇迹就是中国共产党人的伟大创造，绿化祖国山河，让人民生活在幸福的生态家园，"牢记使命、艰苦创业、绿色发展"这十二个大字，如今我们有了更为深切的理解和认知。诚如在联合国颁奖会上发言并领取"地球卫士奖"奖杯的陈彦娴老人所说："种下绿色，就能收获美丽，种下希望，就能收获未来!"我看到一场雪正缓缓落在她斑白的发丝上，"六女坚决要上坝，嘿呦嘿，要上坝"的铮铮誓言正缓缓升起来，从弯月而至圆月。

二

我们主创团队经过几度实地考察、采访，认真挖掘、整理了一批真实的感人故事，通过亲身感受，以真实故事为原型，于2020年12月完成了剧本初稿。我负责统筹剧本文字工作，主写串联词和创作两首诗歌《发光的松树》和《让爱绿满天涯》，并作歌词《塞罕情歌》，由音乐舞蹈学院姜音博士作曲。2021年3月，学校党委决定：为庆祝中国共产党建党100周年献礼活动，正式启动《心系党魂　情系塞罕坝》这台校园舞台剧的创作排演。

那一刻，我们的欢呼声在学校第二会议室春雷般响起，我们坚信，经过我们的艺术创造，我们有能力让塞罕坝精神之光通过艺术形式传递给广大师生。任务紧锣密鼓地进行着，不到1个月的时间，整体演出创作团队组建完成，包括编剧、导演、作曲、音乐制作、编创、演员、舞台灯光、多媒体、服装、道具、化妆等不同部门，岗位齐备、职能分工明确，各负其责。在选择主要演员时，注重剧情中演员的本真效果，从文学与传媒学院和音乐舞蹈学院精挑细选学生和教师担任主要角色，年龄差距从20岁到55岁，舞蹈段落由舞蹈专业学生承担，微戏剧由汉语言文学专业学生承担，诗朗诵由播音与主持艺术专业学生承担。在初版设计中，全剧由四个篇章组成：《牢记使命》《艰苦创业》《守护绿色》《绿色发展》。参与师生演职员300余人。各个节目组由主创老师领队，分组排演，最后整合。我和我们文传学院副院长资小玉、播音与主持艺术专业负责人张明阁三位老师负责戏剧与诗朗诵部分。由于学生都要上课，我们都是利用晚上课余时间进行集训。多少个不眠的夜晚，文传演播大厅的灯光记得，修德楼楼道的灯光记得，校园甬路的灯光记得。当时我们不知道的是，在后来不断地打磨和修改中，我们学院的微戏剧被删去。那时我们悄悄滑落的泪水，也曾被这些温暖的灯光所记住。但我们深深懂得，服务大局，为学校打造文艺精品，向广大师生奉献一台高质量的演出，这样的"陪练"是值得的。经过两个月的艰苦训练，6月23日第一版舞台剧作为毕业季相关活动，为2021届毕业生进行了演出。在操场搭台，晚上荧光棒闪烁，再加上灯光、电子屏等现代化技术效果，演员师生们的倾情投入，首场演出即获得师生的如潮好评，塞罕坝上一个个鲜活的种绿人的故事，将这些中国式的脊梁形象深植进了即将走上社会、走向新的工作岗位的毕业生心田。

6月26日，我们演出团队经过统一政审，为承德市委四大领导班子、市直各部门代表和在校师生再一次登台演出。演出后，市里领导直接集合了主创人员研讨，对这台原创校园舞台剧给予了充分的肯定：河北民族师范学院以弘扬塞罕坝精神为初心，以推动承德文化事业发展、凝聚全市人民干事创业的精气神为使命，推出大型校园原创歌舞剧，为建设"生态强市、魅力承德"贡献了应有的力量。并以高站位统筹剧本，对剧本提出了修改意见，指出存在着晚会元素过于浓重、缺少剧情故事、没有人物主线等问题。我们创作团队根据专家和领导们的意见，连夜对剧本进行了结构框架修改，把原有的四个篇章改为以习近平总书记命名的塞罕坝精神三个内涵为主题结构：《牢记使命》《艰苦创业》《绿色发展》。并在第一幕中强化第一代上坝的林业工作者，他们在意气风发中突然遭遇的艰苦环境，有挣扎，但更有奋勇的奉献情怀。以"最美青春""雪夜难眠""风雪路上""英雄丰碑"等段落，从困惑到悲怆、从艰辛到悲壮，心中信仰之光不灭，初心和誓言让青春永恒。第二幕马蹄坑会战，增补了林场第一位党委书记在"下马风"后的群众动员会，让党的政治引领成为重中之重。第二版改名为《最美的青春》。

节目在当时以董晓宇为市委书记的市委四大班子的重视下，即将走出校园，走向基层，走向社会，既是展示我们学校的文化实力，更是积极落实弘扬塞罕坝精神的有力践行。时间紧，任务重，在半个月的时间里，音乐舞蹈学院共创作了8分钟新音乐1首，两个新段落编排仅用了5天时间。这期间，我也被紧急受命，前往我的故乡围场满族蒙古族自治县，深入全县扶贫点考察，重点考察塞罕坝脱贫攻坚、二次创业的相关情况，撤换掉我创作的诗朗诵《让爱绿满天涯》和两个舞蹈节目，创作新的主题朗诵诗《脱贫攻坚赞》。我接到指令后，于7月2日清晨乘车赶往围场县城，县委县政府高度重视，派扶贫办负责人康海波主任与我对接，下午即安排相关人员进入座谈。我在充分熟悉扶贫点的资料后，第二天与扶贫办办公室吕文杰主任和县广电局宣传科科长司娜一起驱车走访扶贫点。我们早八点从县扶贫办出发，沿公路上坝，经小城子进村路，看八顷地的扶贫项目，进桃山的易地搬迁民居，过土门，穿老窝铺，再从村路上坝，到五道沟水库进国道，走一号风景大道，看小滦河湿地，员工座谈后，穿御道口牧场，直抵塞罕坝林场场部。饭罢，在暴雨中穿林过海，走山门，经哈里哈，进扣花营村座谈。下午4点再起程，一路高速至四合永腰站，考察津企联营的肉羊工程，再抵蓝旗卡伦看塞罕坝种植园，当一个小桥流水的南方绿植园扑面而来，一路的疲惫顿消。归来已是夜半。再次踏上这条归乡的路，这条向上的路，发光的路，窗外的民间风物和多情的土地，仿佛在深情诉说：

"塞罕坝的山山水水变绿了

木兰围场的家家户户变美了

每年几百万的国内外游客

畅享在花的世界

游栖在林的海洋

感受着塞罕坝精神的力量

导游员、护林员、服务员

十多万的农民有了新职业

每年六亿多的旅游产业收入

让围场这个国家深度贫困县

突围蜕变，华丽转身

不仅实现了小康

更在全面推进乡村振兴的征程上

高歌猛进，阔步前行"

一路奔驰，一路诗心荡漾，当我把诗稿交给高俊虎副书记审阅，反复修改，最终定稿后，当即投入学生演出训练之中。

三

诚如塞罕坝三代建设者的创业壮举，"只有荒凉的沙地，没有荒凉的人生""无奋斗不青春"。我们经过一轮轮打磨，精益求精，我们的歌舞剧也终于迎来了崭新的一页。7月15日晚，我们如期在热河大剧院进行了面向全市市直机关的汇报演出。第二幕在男生小合唱《情愿是一棵树》的二代林业工人的呵护下，少年林森已成长为新一代的护林员，第三代塞罕坝人接续奋斗，坚定了守护绿色的决心，很多观众陶醉在这场精彩的《守护绿色》的舞蹈中。知名导演郭靖宇观看演出后，召开了主创人员研讨改稿会，对本剧进行再修改，增加了以人物对话为引线的情景表演，更直观、更形象地还原了塞罕坝的真实故事，第三版更名为《塞罕坝》。7月25日晚，我们在承德话剧团小剧场举行"庆祝中国共产党成立100周年"专场演出。这次演出中来了一车特殊嘉宾，他们是来自教育部的领导和全国部分高校党委书记，对演出给予了高度的评价，认为《情系塞罕坝》这台优质的校园舞台剧，开启了高校沉浸式"大思政课"育人格局。让大思政课"鲜活"起来,用歌舞剧"讲好"塞罕坝故事,这是河北民族师范学院党委和全体师生的普遍共识。以情系魂,以情言志,塞罕坝人的青春誓言与当代大学生的理想信念融为一体,召唤着信仰永存、踔厉奋发的精神洗礼。

8月正值暑期到来,学校党委决定塞罕坝演出团队进行县域巡演,深入乡镇,深入坝上,做好《塞罕坝》暑期社会主题实践活动。7月29日,正值围场两会召开,我们在围场县广播电视演播中心为全县人大代表、政协委员进行了汇报演出。8月19日,利用暑期休整的时间,主创团队3人组在编剧高俊虎副书记、蒋小娟总导演的带领下,奔赴北京中国艺术研究院,与中国艺术研究院的5位国内知名专家进行研讨。专家们对剧本给予了高度肯定,并提出了独到细致的观点和修改意见。根据专家建议,9月1日主创团队8人又赴北京与郭靖宇导演沟通,进行再修改。剧名最后定为《情系塞罕坝》,将三个"篇章"改为三"幕"。至此,我们文传学院的全部节目,我创作的两首朗诵诗《发光的松树》《脱贫攻坚赞》和歌曲《塞罕情歌》全部删去,音乐舞蹈学院删去舞蹈《林为情思风作马》《林海家园》,恢复第一版的《绿色之旅》,植入体育学院的满族地域特色舞蹈《二贵摔跤》。并根据习近平总书记2021年8月23日亲赴塞罕坝机械林场考察的指示精神,再度打磨文稿细节,增加三位主要角色和情景表演9个段落,贯穿全剧。

随着剧本的每一次删减,我们的内心越发从容,我们知道,这浸润着全剧组师生艰辛付出的演出,精益求精,是我们的大局意识、集体意识的自然体现。我们已没有任何个人创作的荣辱在其中,在遗憾之余,更多的是致敬,我们致敬塞罕坝英雄的壮举,致敬塞罕坝精神,也致敬我们的节目能走出承德,到更大更高的舞台上去,能将塞罕坝精神之光,在艺术的共鸣中传播到更远的远方,因为"无数的远方,无数的人们,都与我有关"。

功夫不负有心人,艺行路上,我们始终以塞罕坝精神打造校园艺术精品,获得了河北省宣传部的召唤,到省会会演。尽管由于节目的删除,我已经从主创团队撤离,但是为了节省人员,第一版的全体主创人员也全部参演到节目中,我还担任着三代人大合唱中的第一代林业工人的角色,我的使命还将继续,无论角色大小,定会不辱使命。10月中旬,我们团队再一次出发,非常幸运,这一次我们站到了河北省省会石家庄的演出舞台。到达后我们马不停蹄,即刻投入紧张的彩排中。10月19日至20日,我们在河北师范大学真知讲堂进行了两场汇报演出。当舞台上的追光灯打向我们,当省委领导、省委宣传部、省文旅厅、人事厅、教育厅、民宗厅等部门相关领导和艺术研究所专家，河北师范大学、河北经贸大学等院校师生的掌声雷鸣般响起，我又看到了那束追光灯下，一群人与风沙赛跑的身影，一棵大树拥抱蓝天的模样，从一株芽的青绿，到"绿水青山就是金色银山"的江山锦绣，我恍然大悟：塞罕坝是绿色的，但是塞罕坝精神是红色的，情系塞罕坝的收获是金色的。

此时正值 2022 年的春天，又一个 4 月的来临，正是我们起跑的季节。尽管高校正由于疫情处于闭环式管理之中，尽管很多学生演员已经毕业走出校园，但是《情系塞罕坝》的全体师生，仍然以线上线下互动的方式，开展新一轮的集训，待疫情过后，我们将带着塞罕坝精神之光，走向更多的学校，更广阔的舞台，更广大的人群中去，积极弘扬主旋律，坚定不移跟党走，筑牢思想之魂，誓做忠实传人，以信仰之光照亮前行之路。

作者系河北民族师范学院教授，中国作协会员，中国文艺评论家协会会员，鲁迅文学院少数民族学员。

身心在舞台　情系塞罕坝

韩立民

2021年3月开始，我在歌舞剧《情系塞罕坝》中，承担着歌曲创作、大合唱领唱和小合唱高音声部的工作。

通过创作大合唱《美丽的高岭》，我更深入了解到，弘扬塞罕坝精神，就是要秉承艰苦创业、拼搏进取的精神状态。创作初期，我们多次深入塞罕坝体验生活，从塞罕坝的一草一木中寻找创作灵感。在采风过程中，我听到了"一个苹果的故事"，看到了"望海楼"上仅用一部电话、一副望远镜、一个记录本相伴生活的瞭望员刘军夫妇，这些感人的事迹激发了我的创作热情。创作过程中，随着对塞罕坝的了解，我深切地感受到一代又一代塞罕坝人把个人理想融入党和人民的事业之中，用生命呵护绿色，用心血浇灌大地，谱写了感天动地的忠诚华章。从毅然决然放弃高考、奔赴坝上的"六女"到发出铮铮誓言"林场还没有建成，死也要死在坝上"的老书记王尚海……正因为他们视使命如生命，敢于担当、勇挑重担，才成功建造出总面积115万亩、资源总价值202亿元的世界上面积最大的人工林，为华北地区筑起一道坚实的绿色屏障。

在排演过程中，作为大合唱的领唱，我深刻体会到伟大的时代孕育了伟大的精神，伟大的精神铸就了伟大的事业。从"黄沙遮天、飞鸟无栖"的茫茫荒原到"苍翠连绵、繁花无尽"的美丽高岭，六十载的风雨历程使塞罕坝化蛹成蝶、创造绿色奇迹的同时，更铸就了"牢记使命、艰苦创业、绿色发展"的塞罕坝精神。

我作为男声小合唱《情愿是一棵树》的高声部演员，更是深刻感受到塞罕坝人在极端恶劣的条件下，与天斗，战胜风雪、干旱自然灾害；与地斗，战胜苗木培护困难；与己斗，战胜孤独寂寞消极情绪。啃窝头、喝冷水、住地窨子、睡窝棚，甘于忍受恶劣气候，情愿成为塞罕坝上的一棵树，深深地扎根在这片热土中。

习近平总书记称塞罕坝为"推进生态文明建设的一个生动范例"，号召全党全社会"坚持绿色发展理念，弘扬塞罕坝精神，持之以恒推进生态文明建设"。新世纪新阶段，作为一名高校音乐教师和塞罕坝精神文化的传播者，在以后的工作中，我要继续发挥专业优势，用感人的旋律、动听的歌声讲好塞罕坝故事，传承和弘扬塞罕坝精神文化。

作者系音乐舞蹈学院副院长 、教授

用身体演绎林海，用心灵守护绿色

白 萌

2017 年 8 月，刚刚留学归国的我被推荐来河北民族师范学院任教，恰逢习近平总书记对塞罕坝作出重要批示。作为一个初来承德的外地人，在初步了解了塞罕坝历史和精神内涵后，顿时对它充满了崇敬与向往，一心想着，身为一名舞蹈艺术工作者，如果能用舞蹈语言把塞罕坝精神展示出来，将是多么幸福的一件事。学校党委高度重视全校师生对塞罕坝精神的学习，2020 年度河北省大学生艺术展演筹备期间，校领导组织艺术类专业教师赴塞罕坝进行创作采风，我终于有幸作为首批成员上坝采风。

带队的高书记曾多次向我们提及 7 月凌晨的塞罕坝美如仙境，但我和一位作曲专业的博士同人爱睡懒觉，听闻采风期间需每天凌晨 4 点起床观景，我们着实被这项艰巨的任务难住了。书记得知我们是"起床困难户"后，便每天凌晨 4 点钟准时打电话叫我们起床，我们睡眼惺忪地上车，抓紧一切时间和机会在路途中补觉的我们，却在下车的一瞬间，就被眼前的景色惊呆了，花海、林海、各种可爱的小动物，在七星湖雾蒙蒙的清晨，真的如同书记口中的仙境一般，所有的一切在这里和谐共生，创作的灵感喷涌而出，这也促成了我后来在创作"花的世界林的海洋"这个歌舞剧中最后一个节目时，将当日所见的美景融入其中。在与总导演沟通后，确定了该作品的整体结构和创意，舞台上女舞蹈演员脚踩芭蕾舞鞋，身着一面为纯绿色薄纱、另一面为坝上特有的金莲花装饰的长裙服装，在歌曲最高潮时，用优雅的动作、巧妙的队形调度与舞蹈服装相结合，展现林海瞬间变成花海的美景；舞台下的演员则以坝上特有的黑琴鸡、太平鸟、羊驼等小动物为原型，身着各类动物服饰，穿梭在观众席间嬉戏打闹，与观众们热情互动，让观众们沉浸式的体验塞罕坝人与自然和谐共处的美好场景。

采风过程中我们还去到了夫妻望海楼，采访了在那里坚守了十余年的刘军夫妇。在交谈中我们得知，塞罕坝在 20 世纪 60 年代建场，20 世纪 80 年代末完成了造林任务，守护这片绿色成了现在塞罕坝最重要也是最艰苦的一项工作，地处海拔 1940 米制高点的望海楼，就是他们特殊的工作场地。他们的儿子从小在这里长大，由于常年封闭不与人接触交流，在本该活泼开朗的年纪，整日只能与树木为伴，无人一起玩耍，甚至一度产生逆反心理，想要离开这里。后来随着孩子逐渐长大懂事，对父母的工作性质也有了一定理解，在习近平总书记对塞罕坝批示后，刘军夫妇毅然将孩子留在了塞罕坝，继续守护这片林海。这些实实在在的感人事迹深深地打动了我，脑海中仿佛已经浮现了在寒风凛冽、冰雪交加的望火楼上，刘军夫妇日复一日、年复一年地拿着望远镜坚守在塞罕坝的制高点，而后父母逐渐年迈，儿子最终接下父母手中的望远镜，继续守护这片绿色。

下坝后，我便以此为素材，创作了《守护绿色》这一舞蹈作品，并在 2020 年河北省大学生艺术展演中以此作品荣获了专业舞蹈组二等奖。随后经领导和导演商议最终确定将歌舞剧中最早成型的这一作品加入歌舞剧整体剧本中，后经过各方领导和专家的审核，给予了作品很多宝贵的修改意见，在与学生们一起不断调整和打磨后，终于将作品逐步完善。

最终定稿的作品，有三个设计上的亮点，第一个亮点是在第一段落"玉树琼雪"中，伴随着悠扬的小号声，在寒冷、孤寂的冬日里，所有群舞演员身着纯白色素雅长裙，零散地站满舞台，群舞男演员身体蜷缩侧躺在地（男性象征树根），用腹部和双臂的力量将对应女演员的单腿牢牢固定，使女演员能够呈现出带有倾斜幅度的动作（女性象征树枝），演员们用曼妙且富有难度的身体语言表现塞罕坝白雪盖树的绝美意境；第二个亮点设计则是在第二段落"万物复苏"中，随着虫鸣鸟叫声的出现，舞蹈演员用流畅的调度迅速在舞台后方形成大一字横排，在音乐转换的时间节点转身，将裙子瞬间由白色变为绿色，用轻松欢快且富有生命力的动作语汇，来表现随着春风扑面而来，万物复苏后的塞罕坝成为一片绿色海洋的宏大场面；第三个亮点设计是在舞蹈第三段落"发现火情"中，在众多扮演林海的群舞演员中，一名男舞蹈演员用特定动作，将绿色裙摆逐渐变成红色，并配以手持红色裙摆缠绕身体的一系列动作语汇，表现燃烧的火苗，与护林员共同进行一段激烈斗争后，最终火苗被扑灭，演员的红色裙摆被护林员用双人对抗及托举的动作慢慢变回绿色，表现了塞罕坝林场在护林人的顽强守护下，重新回归宁静的圆满场面。

塞罕坝至今没有发生火灾，得益于党的领导，三代建设者数十年来坚持不懈的守护。这项工作看似很简单，但能够坚持下来并不容易。引用《士兵突击》中许三多在草原五班时的一句经典台词："光荣在于平淡，艰巨在于漫长。"我们幸运地生在社会主义现代化建设新时代，社会高速发展的脚步，让我们很难静下浮躁的内心，坚守某一种信念，但从对《守护绿色》这个作品的构思、创作，到和学生们一起不断地修改、打磨的过程中，我和学生们不仅获得了专业能力上的提升，更是对塞罕坝精神有了更深层次的理解。所以，我们将继续坚持用舞蹈艺术来弘扬和践行塞罕坝精神，践行好习近平生态文明思想。

作者系音乐舞蹈学院教师、博士

在实地体验中找到创作灵感

张　帆

　　我出生的武陵山区，在我的印象中，即使裸露在外面的岩石，也是布满了一层绿色的苔藓、地衣和灌木，于我而言，好像整个世界上并没有荒漠和沙漠的存在。因此，对于塞罕坝的故事，我并没有感同身受的经历，我只知道它在清朝时，曾经作为皇家猎场而水草极度丰沛，我也知道它后来惨遭破坏而沙土漫天的悲惨命运，以及又一次恢复了它往日绿水青山的模样。

　　为了参与歌舞剧《塞罕坝》的创作，2020 年 5 月，我们从学校出发，一路向北，前往塞罕坝实地考察。我看到了许多从满语翻译过来的地名，看到一些穿着白色短袄的牧民放牧。我听出生在塞罕坝的同事讨论他们的记忆，让我受益匪浅。他们讲述了自己家乡改变的过程，在我想象的世界里一次又一次引起了共鸣。一方面我很开心，另一方面内心又充满了一种不安，因为出发前，学校党委副书记高俊虎告诉我们，创作这部作品，应该以时代精神和现实世界为出发点，希望我们从塞罕坝前辈们身上汲取精神养分，以神圣的方式履行自己的义务，不辜负学校的厚望。

　　我们的汽车驶进林区，这里的森林和我们南方的自然森林完全不一样，首先，它有清晰的林际线，条分缕析的树木间距，以及苗壮的大树——落叶松、桦树、云杉，全都好像士兵一样站立在山谷和山腰上。我们爬上山顶的望海楼瞭望，眼前所见起伏的绿山林，震撼于这伟大的杰作竟是人对自然的献礼。我环顾四周，与森林交谈的欲望慢慢从心里冒出来……从塞罕坝回来后，我开始思考，对现在的我来说，这不仅仅是一次创作之旅，更是一次了解塞罕坝历史文化的旅程。我花了大约一个月的时间才了解到塞罕坝的历史，它曾经遭受过伤害，我也因此了解到三代塞罕坝造林人在极其恶劣的自然环境中产生的许多感人事迹。我甚至对土壤的成分和树木做了一些研究，才更进一步想象到当年塞罕坝的土地是怎样的贫瘠。

　　当我把笔记和视频资料拿出来放在眼前时，我经历了漫长的构思，带着对艺术创作的敬畏和尊重，因为真正深入人心的艺术作品，往往是随着泥土的沉淀而升华的，维特根斯坦说："我走在地上，不在云里跳舞。"于是我决定趁着父母前来探望我的时候一起重回塞罕坝，再做一次实地调查，验证一下自己内心的一些疑惑。我在当地住了一周，每天早上，我都会去植树造林的现场。我不仅亲眼看到了这一幕，还参与了其中。田野调查的对象不仅作为一种干巴巴的符号进入舞蹈，我也进入了这些符号所覆盖的幕后世界。

回到学校以后，我开始构思我的节目，为了在舞台上呈现荒山的情形，我一方面绞尽脑汁，和学生们在练功房交流，用各种方式和工具去呈现荒山、树苗和劳作的场景，另一方面，我也欣赏了许多现实主义题材的舞剧，希望找到一些创作灵感，《情系塞罕坝》这部剧是从真实感人的故事改编而来的，所以它的基调是写实的。"提倡题材的创新性和多样性，重点鼓励突出舞蹈元素与现实题材相融合的创作"，这几乎是全世界范围内的一种思潮回归，也让我们感到现实主义在整个舞蹈界重新受到了礼遇和重视。与舞蹈相比，剧的形式能够较好摆脱某些短处，毕竟更多的演员，更长的演出时间，更丰富的表演方式，可以向观众从容不迫地去讲述一个新近创作出来的故事。因此，在与导演、编剧沟通以后，我开始了自己的创作。

全剧我共编排了四个舞蹈，分别是第一幕的《豆蔻年华》《最美的青春》、第二幕的《艰辛历程》、第三幕的《绿色之旅》。四个舞蹈贯穿全剧始终，从不同的侧面展现了三代塞罕坝人艰苦创业的心路历程。《豆蔻年华》是以情景舞蹈的形式进行编排的，展现了全国各地林业大学生满怀抱负来到塞罕坝学习植苗技术，他们因为爱和忠诚相聚在一起，共同憧憬着荒漠变绿洲。在快乐且充实的劳动中，也悄悄萌发着一段美好的爱情。本段落以那青松和于丽娜的情景表演为主线，群舞部分则为男女青年们植苗的劳动场景。我选择小树苗和植苗锹作为本段落的舞蹈道具，是为更好地还原劳动形象，而动作的设计亦是从植苗的生活动态上提炼发展而来。

《最美的青春》是所有舞蹈中最后投入创作的，也是全剧最具泪点的一个段落，故事场景从《豆蔻年华》中的春天过渡到冰天雪地的冬季，讲述六名女大学生不适应塞罕坝极寒的天气，寝食难安中还遭遇了一场突发的暴风雪，六名女大学生跟着众人在暴雪中转移驻地、抢救树苗，慌乱中那青松找到衣着单薄的于丽娜并将大衣给了她，他信守诺言一路护送自己心爱的女孩，却因迅速失温腿没了知觉而无法跟上队伍，最终那青松牺牲在茫茫雪地成了一具永恒的雕塑。相比情景舞蹈《豆蔻年华》而言，《最美的青春》是以现实题材舞蹈的叙述方式进行创作的，没了戏剧表演的成分，少了话剧语言的衬托，肢体则成为唯一表达途径进行故事的呈现。作品中我运用大量群舞调度实现人物与环境的对比，对比是我运用最多的表现手法，点线对比、空间对比、动静对比、快慢对比的呈现能让观众始终关注剧情的发展，看清主线人物在画面中的位置，例如，暴雪发生时男舞者们手挽手构成3个斜排先后从舞台的8点、4点、6点位置向对应的斜角疾行，而此时摔倒在风雪中的于丽娜和慌乱中寻找她的那青松则成为两个相对固定的点与群舞们的流动排形成对比，在剧情上也从此处完成了那青松将大衣脱给于丽娜的描述；又如，被人群撞散的二人分别于男女的队伍中寻找彼此，那青松在舞台后区男群舞的阵列中看见于丽娜后拼命冲破，却因人墙过于坚固而难以冲出，人墙的动作设计为身体前俯，双脚拔地跨步，用来模拟雪地的艰难前行，群舞的低空间与主线人物的高空间对比使观众随叙事线更好地看清了两人从散到聚的全过程。

编创此作品之前，我观看了大量的视频资料，其中包括郭靖宇导演的影视作品《最美的青春》、塞罕坝历史讲述纪录片等，以弥补我对这段历史以及塞罕坝苦寒环境了解的不足，它们带给了我深深的震撼和感动，促使我将自己对平凡英雄的敬仰融入舞蹈细节的描述，才有了第一段《摇篮曲》中的棉被舞和最后众人抬起已成雕塑的那青松的悲壮前行。接到这个作品排练任务时我日夜思索如何能使观众感动落泪，而最终也因这些最具生活原态的场景让作品有了阶段性成功，收获了赞许和眼泪。此舞段得到大家的喜爱离不开领导、老师们的鼎力支持、搭档的日夜陪伴、同学们的积极配合和作曲老师的深情描绘。排练的过程艰辛而充实，同学们从羞于表演到深情流泪仅仅用了3天，因为与这份坚定的信仰共情，使得我们3天便将一个构想中的青春呈现于舞台，这于我多年的创作经历中也甚为少见。因为我作为南方人从来没有见过原驰蜡象、千里冰封的雪景，因此我是通过影视形象和自己的想象塑造人物在雪地中的动作。高俊虎副书记和蒋小娟副院长为了让我更好地抓住人们在雪地里行进的姿态和步伐，在今年的第一场大雪时特意带我再次前往塞罕坝，那一刻，当我踩在深及大腿的雪中时，我不仅感受到这两位前辈对艺术创作的精益求精，也体会到造林人付出了何等悲壮的勇气。

《艰辛历程》是创作难度最大，排练用时最长的一个舞蹈，也是结构最丰富的一个舞蹈，讲述第二代造林人历尽艰辛将荒漠变绿洲的故事。本段落最初命名为《攻坚造林》，之后更名为《山地造林》，更具象了作品所描述的环境，后又因歌舞剧整体结构的调整，将该段落放置于体现第二代造林人的群像上，便最终定为《艰辛历程》。这个作品的创作核心，是要表现在山坡上造林的艰难，而之所以说这个作品的创作难度大，主要在于我应以何种形式体现山坡，提炼什么动作语汇体现艰难，作品主题结构如何建立，什么叙事情节引发观众共情等。所以我最终选择运用虚实结合的手法去创作，以确保在有限的时间内去建立更合理的叙事逻辑，而又不失作品的艺术性。首先这种虚实首先体现在道具的使用上，以10条黄绸的编织与拼接去意象荒山的各种形式，以一块可覆盖整个舞台的绿氨纶布去写意绿色的勃勃生机，而树苗和扁担的运用则是道具中相对写实的成分；其次体现在人物的设定和服装设计上，男舞者为泥土的形象，服装设计为去人格化的土色裙装，女舞者是写实的劳动者，着劳动者工装。作品仍然以于丽娜的视角展开叙述，并以树苗为核心发展叙事情节。

开篇舞台一侧表现劳动女性们用人墙阻挡风沙和出发前盛土护苗的场景，交代环境的恶劣和她们征服荒山的决心，另一侧舞者们肩扛扁担以铿锵的步伐斜线出场，我将线性调度进行多次拆分重组，意在描写劳动者们向荒山跋涉的过程。第二段以颇具气势的劳动场景展现劳动者们信仰的坚定及劳动的忘我，象征泥土的男舞者们手托黄绸编织变化，劳动者形象的女舞者们则穿梭其中与之呼应，此段落的动作设计更注重力量的体现，而人与布的配合则为了展现人对荒山的抗争。当黄绸以高低层次横立于舞台后方时，"泥土人"用力抖动绸布，造成沙尘暴的视觉效果，劳动者们义无反顾地向前而被漫天风沙吞噬，她们辛苦种下的树苗被狂风掀起，于丽娜在风暴中抢救树苗，终被卷下山坡。第三段是最为写意的一段，整段以于丽娜的意识流呈现，也是以她为指代展现劳动者们重振信心、育苗植苗的过程，相比前两段，本段我更突出展现女性劳动时的温婉和柔美，舞台一侧以几组双人舞的形式展现她们育苗时与泥土和树苗动人的情感，而另一侧"泥土人"带着绿色逐渐晕染舞台与之形成了情感和叙事上的呼应。我赋予劳动更多浪漫的色彩，所以设计于丽娜在绿布上托着树苗奔跑，这奔跑象征日复一日地辛劳，亦是她们用爱和心血充实的年轮，至此绿布加速覆盖整个舞台，舞者们抖动绿布，蓬勃的"浪潮"使舞台成了一片绿色的海洋。舞蹈的最后我让男舞者们借着浪潮钻进绿布中，以不同层次的托举形成连绵起伏的绿色山脉，人们以不屈的信念征服了荒山。

第三篇章中，我创作了《绿色之旅》，这是歌舞剧中唯一的民族舞蹈，是以围场草原为背景，将蒙古族和满族的舞蹈素材进行融合，描绘塞罕坝的绿色生态。作品从男青年的梦境展开叙述，白云朵朵，鸿雁纷飞，奔驰的骏马，欢乐的民俗，梦境般的和谐美景使来到草原的两个年轻人陶醉，他们立志接过前辈的旗帜，继续将青春和热血挥洒在这片土地。女孩们纯白的蒙古族服装更多被赋予了轻盈蓬松的质感，让女群舞在作品中时而似云，时而似风。与前两个章节风雪荒漠呈现的反差也旨在突出如今塞罕坝的旧貌换新颜，《绿色之旅》的色彩是明亮的，重在展现美景和民俗，所以我选择运用白色去渲染草原这远离喧嚣的纯洁和宁静，又将蒙古族赛马和满族摔跤融入其中，寓意这片草原上两个民族共生的情谊。

歌舞剧《情系塞罕坝》从 2021 年 3 月开始构思排练，到 6 月进行了首演汇报，并于 10 月在石家庄接受了河北省领导的检查，我们坚信，在众人齐心努力下，它一定还能走得更高更远。总编剧高俊虎副书记始终激励大家，要用塞罕坝精神排练《情系塞罕坝》。也是因为塞罕坝精神的引领，我在作品打磨精细的过程中逐步成长。总导演蒋小娟副院长同样不辞辛苦，耐心编排和调度，加上所有演职人员的共同努力，使得舞剧演出获得成功。首演当晚，听到《最美的青春》结束后观众席传来的阵阵抽泣声，我站在灯光控制室也忍不住落泪，造雪机飘出的雪花落在舞台上，落在塞罕坝阒无一人的旷野中，落进了几代造林人踏出的足迹上。而在他们曾经踏出的足迹里，一些新的生命正在此萌芽，新的力量在壮大、在传播、在远扬……

作者系音乐舞蹈学院教师

用塞罕坝精神编创《情系塞罕坝》

姜　音

　　2019 年初春，我接到编排一台"关于颂扬塞罕坝精神为题材的歌舞剧"的通知。起初听到剧本策划，第一个浮出我脑海的念头就是：以我们目前的条件、精力和能力，这是一个几乎不可能完成的任务！分配给我的部分，是几首歌曲的创作和编曲，我硬着头皮接下了这个任务。为了创作取材，我们采风团队在学校党委副书记高俊虎的带领下，第一次来到了塞罕坝机械林场。整个行程里，我时时刻刻都处于震撼和感动中。我在清晨的迷雾中见证了冉冉升起的坝上红日，站在常年孤寂的望海楼上看到了一望无际的林海，坐在仅有巴掌大的检查站里听常年坚守的护林老夫妻讲述那些艰难的岁月……那里的每一棵树都见证了这片土地由荒漠变绿洲的传奇，也见证了三代护林人洒在这里的每一滴血汗。站在这片土地上，你就能感受到一花一木奋力扎根的顽强，也仿佛看到了往昔岁月每一位植树人矢志不渝的决心！

　　采风归来，我就马上积极投入到音乐的创作中来，迫切地想要用音符传递我对塞罕坝之美的热爱和对那些质朴故事的感动。我并不是一个专业的作曲，博士学习期间从事的是"作曲技术理论"方向的研究，这只是一个专门研究与作曲相关技术理论的学科。此前，我也总是抱着"理论高于实践"的执念徜徉于各种"高大上"的抽象概念之中。而这次塞罕坝剧目的排演，无意中把我从"半空中"拽了下来，踏踏实实踩在了一片黄土地上，把我拉到了音乐本该投合的受众中间。"落地"后的我，初次感受到了"理论变现实"的价值感，我的创作得到了领导和同事的鼓励和认可，在音乐录制、排练过程中与大家建立了更加深厚的友谊和协作默契，学院还对我的后续工作给予了大力的支持和配合。这让我真正体会到艺术创作，乃至从事艺术工作的真正意义。艺术，应当切切实实为身边的人带来愉悦、感动、震撼和美，而不是仅仅虚无地存活于一个个冰冷的概念和数字中。艺术创作最大的价值，应当来源于每一个音符背后所蕴含的真情实感和动人故事，而非仅是一堆音高结构和计算公式。

　　这次的创作经历，给常年身处象牙塔里的我上了一堂生动的思政课，让我体验了一把创作的乐趣，在"用塞罕坝精神排塞罕坝剧"的过程中，我实现了一次跳出"舒适圈"的自我突破，也更深一层理解了信念感对于一个人的重要性。

　　诚然，对于此次学校交给我的工作，在完成中尚有许多不足之处和提升空间，以待来日不断精进，以终为始，方得始终。

作者系音乐舞蹈学院教师、博士

《党的召唤》永远回响在耳畔

王　晶

历经一年的精心创作、排演与打磨，歌舞剧《情系塞罕坝》逐渐得到社会各界的认可。剧中第一幕《牢记使命》中的情景舞蹈《党的召唤》讲述了来自全国各地毕业的林业大学生，听从党的召唤，来到"黄沙遮天日，飞鸟无栖树"的荒漠沙地上甘于奉献自己青春的故事。舞蹈《马蹄坑会战》展现了塞罕坝第一代建设者们机械造林的宏大场景，他们无畏艰难困苦的恶劣环境，用坚如磐石的信心与毅力为塞罕坝的绿色发展贡献了自己的力量。

创作初期，我曾跟随创作团队一行到塞罕坝进行实地采风调研，参观了塞罕坝林场博物馆、夫妻望海楼、尚海林以及马蹄坑会战遗址，令我感触颇深。塞罕坝半个多世纪的生态变迁，源于老一辈塞罕坝人功成不必在我的情怀，源于新一辈塞罕坝人蓝图绘到底的坚守，这种奉献与牺牲的精神在排演作品时给了我很大的鼓励与支持。

排演初期，从选定演员开始就遇到了很多困难，本着全剧人员总数不宜过多的原则，为了避免与其他节目排练时间造成冲突以及相邻节目换不开服装的问题，演员名单多次进行调整修改直至最终确定。根据歌舞剧剧情的创设，两个作品所需的服装道具数量规模庞大，且大型道具如拖拉机、植苗机、犁地机等制作工序烦琐，经与服装道具老师多次沟通，从选定样子到材料选择再到成品定版，其中也经历了很多波折。道具选样时，由于很多都是专业农具，一些内部构造让我这个学艺术的发了愁，经过多次查阅资料、请教制作老师才确定最终的样式及尺寸等。

排练过程中，由于人事变动原因，我的搭档临时换成张喜顺老师，为不影响整体进度，领导要求用三天时间排练出两个作品，使我们倍感压力。由于张老师非我校教师，所以很多沟通协调如发送通知等工作都是由我来完成，回想起那三天时间过得很快，总是排着排着天就黑了。从尝试主题动作到拿着道具完成作品再到不断打磨成品，我们与学生共同见证了剧目从创作雏形到完整呈现的过程。

临近演出前一周，舞台在我校操场搭建完成，我们开始了为期一周的联排、和音乐、走调度、和灯光。那一周几乎每天到家都已是凌晨两三点钟，夏季雨水较多，有几次联排老师和学生们都是在雨中完成的。2021年6月26日，迎来了我们的第一场正式演出。市委书记、市长等领导观看了演出并给出了很多宝贵建议，之后我们对作品也进行了整改，使之更加完善，呈现出更加精彩的演出。

暑假期间，整改后的歌舞剧又先后在承德大剧院、话剧团以及围场县电视台进行了系列展演。长时间的排练演出使得学生们的体能与心理各方面消耗严重，也由此产生了一些负面情绪。为此我们特意组织了学生座谈会，倾听学生心声，为他们尽力解决问题。此后学生们也重新调整状态投身于下一轮的排练与演出中，用实际行动践行了塞罕坝精神。10月中旬，全剧演职人员赴河北师范大学进行交流演出，凌晨4点由编导及辅导员老师带领近100名参演学生飞往石家庄。当天晚上在河北师范大学真知讲堂进行联排。于我而言，时隔8年以教师身份回归母校进行交流演出让我倍感骄傲与自豪，几天的联排调整、合光调度、合适应舞台使得演出非常成功。

此次舞台剧的排演过程让我成长迅速，不仅在专业能力上有所提升，而且在灯光舞美的设计上也学习到了很多。除此之外，在排练中老师与学生们之间的距离也更近了，所谓教学相长便是如此。感谢学校领导给予我历练的机会，未来我也会继续努力用实际行动践行塞罕坝精神。

作者系音乐舞蹈学院教师

像望海楼里的守护者一样，
坚守《情系塞罕坝》舞台

丁 冬

　　我在歌舞剧《情系塞罕坝》中担任导演助理、场记、音乐音响多媒体统筹工作。在整部剧的创作、排练、演出过程中，我深刻地领会了塞罕坝精神，塞罕坝机械林场创业过程中的感人故事比比皆是，其中林场望海楼的故事让我记忆犹新。

　　望火楼是塞罕坝机械林场为避免火灾的发生，在山顶上建立的观测森林火情的设施。随着塞罕坝森林的生长，从楼四望，整个塞罕坝犹如绿色的海洋，所以将望火楼改为"望海楼"。望海楼工作人员生活条件极为艰苦，住宿条件简陋，建场初期饮水困难，喝的基本上都是雪水。塞罕坝有九座望海楼，几乎都是夫妻望海楼，白天每隔15分钟、晚间每隔1小时就要向四周观察瞭望一次，并向总部汇报瞭望情况，同时做记录。这就要求瞭望观察员一年四季每一天只能吃住在望海楼上，一年当中见到的人非常有限。寂寞就成了望海楼工作人员最大的挑战。我在剧中的工作，有点像望海楼工作者的工作，所以我也经常会拿自己的职责和望海楼工作者比较，从中克服了许多困难，也更加理解了塞罕坝精神的内涵。

一、积极沟通反馈，做好记录

　　音乐音响、多媒体统筹需要和各主创人员、团队对接素材，试播和演出后给予主创团队反馈，做好记录。这个过程首先要保证统筹人员自己足够了解剧本、导演及编导构思，能够准确地将意图转达给作曲、音乐制作、视觉制作，在制作人员交付小样时，要理解作品的构思，再将作品和理解转交给导演和编导，如此往复几轮后，最终主创团队达成一致。整个过程对我的整理、表达和理解能力是一个不小的挑战，就像望海楼工作者观测后做的记录与汇报一样，虽然看似简单，但数量和任务量较为繁重，我几乎每天要在作者、编排教师和录音、编曲之间沟通十几次。虽然还无法和望海楼工作人员每 15 分钟瞭望、记录、报告一次的情况相比，但已让我在条理性、缜密性上有了很大提高。

二、防患于未然，保障演出顺利进行

剧场的控制室负责控制整个演出中的音乐音效、灯光、大屏、字幕等。每次排练、演出，演员进入剧场排练合成的时候，控制人员首先要提前对设备熟悉、调试，演员在舞台上时，要和导演、编导、演员根据剧场情况设计灯光位置、调整音乐进入位置、调整大屏亮度及播放时机等。可以说控制室的工作人员是来得最早，走得最晚的一批人。

演出前，所有控制室的人员都要认真检查一次自己的控制台，检查线路、灯光编程、音乐编程、大屏编程等。演出开始时，控制室的空气就会变得很凝重，每一名调控人员都目不转睛地盯着整个舞台，每一个推子、按钮都会变得特别沉重，为的是避免出现任何有可能发生的情况，并随时准备在技术方面补救舞台上出现的问题，不敢有一丝松懈。通过一次次演出，我也更深刻地了解了望海楼里守护者的艰辛与那份沉甸甸的责任。

三、甘于奉献，做好本职工作

在演出过程中，能够做到无怨无悔地为台上的演员和整部剧服务是不容易的，媒体平台的报道、剧照等当中，不会有我们的身影。每当我心里出现波动的时候，就会把自己和望海楼工作者进行比较。望海楼的瞭望者刘军夫妇有一段感人的故事，为了方便照顾孩子，他们将孩子接到了望海楼中，由于工作性质，生活中不其他任何人交往，导致孩子 5 岁了，只会说"爸"和"妈"，即使这样，刘军夫妻依然坚守在自己的岗位上，舍小家、顾大家，为塞罕坝的护林防火贡献了自己的力量。其实每一名幕后工作者、每一名演员，都在为一部剧的成功而努力着，这份任务不分台前幕后，作为一名党员，应该做到无私奉献、默默付出。现在的我甘愿做这份工作，我们站在场地里最远的位置面对着演员，成了整个剧场中，视角最为独特的"观众"。

通过排演一部剧，我坚定了站在"望海楼"之中，不只是在一部剧中，而是在工作和生活中践行塞罕坝精神，并尝试将塞罕坝精神的内涵传播给更多的观众，使之成为我们宝贵的精神财富和行动指南。

作者系音乐舞蹈学院教师

用情用心刻画人物形象　助力歌舞剧
《情系塞罕坝》走向更高舞台

曹　硕

　　2021年，我有幸参与了由河北民族师范学院师生共同创编的大型歌舞剧《情系塞罕坝》，在剧中我扮演王建国的外孙女，同时兼任整台剧的化妆总监。

　　舞台化妆造型设计是一门综合性的技巧，需要全面了解和感受舞台人物，通过深入学习和实践操作才能塑造出栩栩如生的舞台艺术形象，才能使观众产生共鸣。化妆造型能否真实展现塞罕坝三代建设者的时代形象，关系到整台剧的成败。为了较好完成化妆任务，我随高俊虎副书记几次到塞罕坝展馆，深入了解三代建设者当时的衣着和生产生活环境，并反复与蒋小娟等老师沟通每一个节目所反映的时代背景和人物特性，力争在人物形象刻画上，能生动再现三代塞罕坝林场人的奋斗风采，真正体现出"牢记使命、艰苦创业、绿色发展"的塞罕坝精神。

　　第一，根据剧本中角色所处时代的社会背景，塑造特定环境中的典型人物形象。每个时代都造就了不同的审美特征，歌舞剧《情系塞罕坝》的时代背景始于20世纪60年代，剧中人物身份多为大学生，在装束上，女孩清一色青春活泼的麻花辫，男孩身着白衬衣和蓝色粗布制服裤子，淳朴自然是那个年代的审美特征。剧情延续了60年，到了二十一世纪一二十年代，林二代再次上坝时，已经是一头卷发，衣着合体的造型了。

　　第二，歌舞剧《情系塞罕坝》主要讲述了三代塞罕坝林场建设者们用青春与奋斗，创造了荒原变林海的"人间奇迹"。在剧本中，已经对角色的年龄做出了明显标识，这是一般情况下角色化妆造型的年龄依据。但是戏剧演出是一个再创造的过程，人物外部造型应针对舞台表演进行艺术加工。比如，情景表演中的重要角色刘军夫妇，一辈子生活在气候条件恶劣的塞罕坝，因长期风吹日晒，他们的外表年龄可能会比实际年龄大上十几岁；而情景表演中的另一个主要人物方莉，三十多岁便回到北京，生活在优越的环境里，她的外表年龄可能就要比实际年龄年轻，因此化妆造型应着重于外表年龄而并非实际年龄。

第三，以剧本中"黄沙遮天日，飞鸟无栖树"的荒漠沙地环境为依据，化妆造型整体以简洁为主，舞台妆容基础色彩选择大地色。如在第一幕中舞蹈演员与情景表演演员的粉底色号普遍深两个色号，并且使用浓重的梅紫色腮红，营造出高岭塞罕坝人的外貌特征。在第一幕中的歌舞表演《最美的青春》节目中，为了表现天寒地冻的极端风雪天气，演员们化上了冻伤妆，使表演的整体效果更加真实感人。此外，就人物形象而言，一个人的生存环境不仅对外貌产生影响，对人的气质性格影响也是很大的。因此，对剧中主要人物——林场第一任党委书记王尚海的人物形象做了典型化的表达——运用化妆手法中明朗的结构和利落的线条表达立目蹙眉、削腮薄唇的外貌特征，从而表现出他大刀阔斧、雷厉风行的人物性格。

随着歌舞剧《情系塞罕坝》一场又一场的排练、演出，一次又一次的修改、完善提高，人物造型化妆也越来越完美。同时我逐步加深了对塞罕坝精神的理解，更加深感自己的责任重大，我将继续用情、用心刻画《情系塞罕坝》中的人物形象，为该剧走上更高舞台、为弘扬塞罕坝精神作出自己的贡献。

作者系音乐舞蹈学院教师

我与歌舞剧《情系塞罕坝》

张喜顺

　　我是一名在承德市歌舞团工作了 16 年的专业舞蹈编导、演员，毕业于河北民族师范学院舞蹈专业，师从蒋小娟教授（本部歌舞剧总导演）。虽然工作在歌舞团，工作之余也在老师的帮助下为母校排一些舞蹈剧目。2021 年 6 月 3 日，接到老师的电话，通话中邀请我加入歌舞剧《情系塞罕坝》创作组，参与创作工作。得知此消息，一直怀着感恩之心，尽己所能回报母校的我，又一次点燃了创作的激情。

　　2017 年 8 月，习近平总书记亲自确立了"牢记使命、艰苦创业、绿色发展"的塞罕坝精神，并要求全党全社会要大力弘扬塞罕坝精神，持续推进生态文明建设。围绕"塞罕坝精神"为题材，以前也编导过一些舞蹈作品，但是参与以塞罕坝为题材的大型歌舞剧还是第一次。我提醒自己要抓住这次机会，通过这次母校排练大型剧目，创作好的艺术作品呈现在舞台上，并使之凝聚成一种力量，去宣传弘扬塞罕坝精神，回馈母校，回馈家乡，回馈社会。

　　这次接到的任务是编导歌舞剧中《党的召唤》和《马蹄坑会战》两段舞蹈，是和音乐舞蹈学院教师王晶老师共同承担。我们接到任务后，马上进入到创作状态。从哪里入手呢？记得有一部关于塞罕坝题材的电视剧——《最美的青春》，我先对塞罕坝的故事进行了初步的了解，后又搜集一些书籍、专题视频介绍和新闻视频资料同时学习。通过学习我了解到，塞罕坝从"一年一场风，年始到年终"的恶劣环境到现在"碧树青山、风和日暖"好风景的步步艰难；在零下 43.3 摄氏度下"先治坡、后治窝、先生产、后生活"的塞罕坝务林人的决心；从"黄沙遮天日，飞鸟无栖树"，到"献了青春献终身，献了终身献子孙"的大无我精神，处处都打动着我，但是要想真正地体会到"从一棵树到一片海"这句话背后的艰辛，还得到塞罕坝实地去看一看，以便更好地完成这次任务。

　　来到塞罕坝，来到国家一号风景大道，来到这林海，我整个人都被惊呆了，虽说身在承德，但是由于坝上地理位置和气候的原因，很少到坝上。看着眼前这望不到边的绿障，被称为"地球之肺"的塞罕坝林海，不愧是在联合国获得过"地球卫士"这个荣誉称号的。"从一棵树到一片海"，真是一个惊人的对比呀！塞罕坝人的决心、使命感，还有那种艰苦创业的精神让人肃然起敬，这是怎样的一种力量才能使这片荒漠变成绿洲，眼前的景象更增加了我一定要排好两个舞段的决心。

回来后，我开始加紧创作。把原来的资料重新从头到尾看过一遍，着手文案的编写，和本剧总导演沟通创作舞蹈整体结构。起初阶段总是要经过创作—修改—再创作—再修改，来回循环，不断修改完善，经常到夜间十一二点。结构定了，接下来是音乐的选择，张筱真老师是一位非常知名的音乐人，对音乐的要求很严格，舞蹈的结构和音乐段落的情绪处理，环境的产生，必须严丝合缝，不能有半点脱节，否则会是两张皮，然而就算考虑得面面俱到，到正式排练的时候还是会有所改动。与此同时服装、道具安排也跟进了。前期工作结束，马上进入到排练厅开始剧目演员的创作，排练计划安排的时间是从早8点到晚10点，除了吃饭时间，其余时间都在排练厅，从那时起就要开始试动作、改动作，试道具、改道具，试服装、改服装，就这样子，我和王晶老师磨合了一周的时间，舞蹈雏形才完成，接下来就要慢慢细化排练。

6月15日，开始进入舞台合光，首场演出是在校园内部露天试演，地点定在学院的足球场，所以和光必然要在晚上，白天规定舞台站位。6月的承德，已经是初夏，虽然不是很热，但是晴天必然是暴晒，用不了多长时间，大家的皮肤就被晒得通红，甚至有的演员在超强度的训练中直接中暑。晚上站位对光是一项艰巨的任务，每个灯光的环境营造点位，每个动作的舞台存在意义，都要弄清楚，有时候要通宵。饿的时候，大家就偷偷地拿来演出时用的道具"黑面馒头"充饥。足球场有草坪，夜幕降下，蚊虫也来凑热闹，皮肉之苦也是要受的。这算是好的，要是赶上下雨天，大家也要在遮阳棚下等雨停，甚至在等雨的时候，还要盲对（不带演员对灯光），虽然白天暴晒，温度很高，但是夜里下起雨的时候，气温好比深秋，必须穿上厚衣服，幸好有后勤送来的姜糖水暖身。

我们的舞蹈在设计的时候，需要制作大型的道具，是1∶1的两个拖拉机、两个植树机，道具现在有了，但是，在上下舞台的时候非常吃力，怎么办？所有师生齐上阵，拉、推、扛、抬，磕碰的伤口总是这个还没好，又添上了新的。在和光、联排、彩排等一连串的工作都基本完成后，紧接着开会总结、修改，这是每天必做的事情。虽然晚上回家打不到车时有发生，辛苦是辛苦了点，但是为了把最好的效果，最有意义的画面，最真实的奋斗场面，最鼓舞人心的精神展现在大家面前，我们的这点辛苦还是不能和真正的塞罕坝人相提并论。

当演出真正开始的时候，响起嘹亮的号角，在红色灯光指引前进的方向，舞台上出现沸腾的劳动场景，轰隆的拖拉机启动时，台下观众激动地鼓起如雷般掌声的时候，我们成功了，回想起来，真如我们开始的设想，整个过程真的就像在"马蹄坑"的一场会战。

我们排练有关塞罕坝的剧目，虽苦虽累，但是比起那些奋斗在黄沙暴土的种林人来说，这些苦也不算什么。塞罕坝的先辈们用自己的身体和意志铸就了"牢记使命、艰苦创业、绿色发展"的塞罕坝精神，也正是这种精神，激励着我们一定要把这件事情做好，支撑着我们一定能做好，这种精神不但在剧里体现，也在剧外存在，通过这部剧一定要让塞罕坝精神在每一处凝聚力量，激励你我，释放光芒。

能参与歌舞剧《情系塞罕坝》，这将是我人生中一段闪光的经历。我深入了解了塞罕坝精神，并为之感动。先辈们爱岗敬业，我也向之学习，干一行爱一行，提高自己的责任感，对于剧目精益求精，这也是一种信念，会指引我在今后前进的道路上更加努力。与此同时，我更要感谢我的老师，在创作中给我的帮助和指导。感谢音乐舞蹈学院，在这个大家庭中，同参与演出的所有老师和学生们共同度过了一段创作生活，当然，更成为我为弘扬塞罕坝精神，用自己的辛勤创作，回报母校和社会最难忘的情怀。

作者系河北民族师范学院 **2005** 届毕业生

现为承德市演艺集团公司编导

感　想　篇

一、教师

塞罕坝上"一棵松"

徐思海

"塞罕坝精神是中国共产党精神谱系的组成部分。全党全国人民要发扬这种精神，把绿色经济和生态文明发展好。"在庆祝中国共产党建党百年华诞之际，音乐舞蹈学院广大师生编创了大型歌舞剧《情系塞罕坝》，并在本校、承德市和河北省进行了多场公演，好评如潮。

歌舞剧《情系塞罕坝》以党的领导为主线，以绿色发展为主题，分"牢记使命""艰苦创业""绿色发展"三幕，在叙事上以塞罕坝建设者的真实身份和亲身经历为原型，通过主人公于丽娜的戏剧人生贯穿全剧。时间跨度历时半个多世纪，是一部塞罕坝林场三代人艰苦卓绝的奋斗史。从 20 世纪 60 年代开始，第一代塞罕坝机械林场建设者，听从党的召唤，从各地奔赴塞罕坝机械林场，奉献了自己最美的青春，打响了马蹄坑会战。第二代建设者攻坚造林，在贫瘠陡峭的山坡山脊上种上一棵棵幼苗。第三代建设者守护绿色，深刻理解和落实生态文明理念。《情系塞罕坝》再现塞罕坝建设者们，在党的领导下，以坚韧不拔的斗志和永不言败的担当，克服在高寒地区生活和工作中的艰难困苦，以"献了青春献终身，献了终身献子孙"的无私奉献精神，在"黄沙遮天日，飞鸟无栖树"的荒漠沙地上牢记使命、艰苦奋斗，成功营造起百万亩人工林海的人间奇迹，创造了世界生态文明建设史上生动范例的艰苦历程。

我很荣幸在第一幕"马蹄坑会战"誓师大会中饰演第一代建设者王尚海书记，这也是本剧中唯一一个以真实人物姓名命名的角色。我深知，要想成功塑造好角色就要走进人物性格和背景故事中去。我翻阅了大量资料，几度上坝，走访了几位塞罕坝机械林场的干部职工，深入了解王尚海的典型事迹和一名共产党员的铮铮铁骨、无限忠诚。

王尚海是塞罕坝机械林场第一任党委书记，1921 年出生于山西五台县。19 岁参与革命，在承德围场地区抗日打过游击。骨子里充满军人的血性，经过枪林弹雨的洗礼，铸就了坚定的革命信仰和坚韧不拔的斗志。中华人民共和国成立后，历任围场县委组织部部长、县委书记，对这片土地怀有深厚感情，深受广大干部群众的信任与拥戴。1962年塞罕坝机械林场建立，王尚海由承德农业农村局局长调任机械林场党委书记，挑起沉甸甸的担子。他说："坝上不造林，咱县首当其冲，而且要影响到承德、北京，这一点咱比谁都明白。决定让我去坝上，我看选对了，艰苦是肯定的，可咱不去受苦，谁去呢？我后半辈子就在坝上拼了！"军人的刚毅让他一踏上这片土地就忘我工作，不讲究吃不讲究穿，风里来、雨里去、雪里走，经常去职工宿舍食堂谈心，唠家常，把职工当成兄弟和儿女。由于林场条件差，技术不过硬，经验不足，建场两年，造林成活率不足8%，干部职工的信心受到极大的挫伤。加上恶劣的生存环境，人心浮动，干部职工纷纷申请调离塞罕坝，林场"下马风"四起。林场面临着前所未有的困难和挑战，处在生死存亡的边缘。在这种情况下，王尚海书记承受的压力是可想而知的，为稳定民心，鼓舞士气，他毅然放弃城市优越的生活，带上70多岁的老父亲、妻子和五个孩子，举家上坝，以身作则、率先垂范，与大家同甘共苦，建设塞罕坝，体现了共产党人对党忠诚、永不言败的担当。

王尚海书记的感人事迹像一束光芒照亮了我的心灵，我反复揣摩角色，反复感受人物内在情绪的波涛，我知道，我的心跳与他越来越近了。我也仿佛置身在那个激情奋斗的现场，我的眼前始终有一片常绿的"尚海林"。

据说，那时在塞罕坝的荒野上傲然屹立着一棵落叶松，就是这棵茫茫荒漠上不死的松树，给成功造林点燃了希望。王尚海书记说："我就不信，这里能长出这样粗壮的大树，同样的一片土地，就栽不活树！"这棵历经风雨的"一棵松"，极大鼓舞了建设者们的斗志，坚定了塞罕坝人必胜的信心。为了鼓舞干部职工长期建设坝上的信心和决心，场党委总结经验和教训，决定于1964年春天组织"马蹄坑会战"。

我深度了解了人物性格特点和背景故事后，更增强了塑造人物和情节的信心。如何表现出王尚海书记在事业发展中"一棵松"的坚定，给人以信心和力量，是个难题。首先在台词设计上下功夫，体现沉浸式表达效果。让"马蹄坑会战"出征前的誓师大会以沉浸式情景表演的方式，以凝练精准的台词设计，突出现场与人心的有效衔接，突出语言的感染力和启示性，使这一幕呈现出张弛有度的力量感和真实性。从原来台词只是动员讲话，情景塑造和叙事性单薄，缺乏感染力，到反复与专家、编剧探讨、修改，最终采用了人物对白的形式，突出生活化，突出矛盾的碰撞，突出负面情绪的心理根源，突出灵魂的信念引领。这一场景的成功表达，有逻辑、有层次地把人们从最初的消极情绪转到革命乐观主义精神，再到共产党人坚如磐石的理想信念和必胜信心，呈现出思想情感在深层次的转化和蜕变，从而使人物性格、情绪表达更为细腻、更为自然，做到了真实可信、亲切可感。

有了好的台词设计还不够，要如何在舞台上通过音色、音量、语速、呼吸和肢体语言的配合更好地诠释内容，对我来说仍然是个挑战。我由于缺乏舞台戏剧表演经验，加之本身性格特点，最初对那个年代的生活经历，对啃硬骨头、打硬仗的工作环境和精神感悟不深不透，导致不能准确把握人物思想、性格，与精气神融合不起来，表现语气平淡，断句生硬，坚定鼓舞情景塑造不生动、不感人。比如，"当年游击队连续打败仗，被鬼子追进山沟里的时候，也这样过，可最后呢？抗日战争那么艰难，我们还是打赢了！所以，没什么好垂头丧气的！"这段台词，语速平淡、断句生硬、气息松散，关键词不突出，那种紧迫、艰难、自豪没有表现出来。总是抓不住那种切实的感受，我内心也焦虑、紧张，一度失去信心。后来在台词专业老师的指导鼓励下，反复推敲，把场景、情节、情绪在脑海不断浮现，形成连续活动的画面，抑扬顿挫把情绪推向高潮，并找到了情感爆发点"我们还是打赢了"！把坚韧不拔的斗志，不服输的精气神进行了生动再现，颇具震撼力。特别是这句："场党委决定，今年春天要在马蹄坑组织一场大会战，这是关键一仗，作为一名老共产党员，我有信心打赢这一仗，你们有没有信心！"从最初的因情绪高涨造成的语速急，语气硬，缺乏感染力，通过反复调整揣摩，最终能够出色地表现出坚定有力，饱满而不生硬，流畅而不平淡，把党员干部以身作则、率先垂范，一定把林场建成功的决心和信心表达得淋漓尽致。

另外肢体语言的设计，也起到画龙点睛的作用。由于初上舞台情绪上高度紧张，出现手上动作频繁来弥补心情紧张的问题，表现出来的坚定感觉就大打折扣。于是，我一遍遍阅读王尚海事迹，揣摩他的内心，一遍遍演练，放任内在情绪的力量自然带动着肢体的表达，在不断摸索中，终于找到情感表现关键词与肢体动作的自然配合与协调，做到了刚劲有力，自然生动，效果出来了。尤其在王尚海书记来到正在哭泣的于丽娜身旁这里，"于丽娜同志，咋又抹上眼泪了……"在人物对话中设计俯下身的动作，使人物之间感情交流更自然，把王尚海书记对青年职工的关心和爱护表达得更生动。

据林场老同志回忆，王尚海书记在誓师大会上那洪钟般的声音，有力的手势，让人热血沸腾！他带领党员干部和广大职工，在马蹄坑进行了大会战，与大家同啃窝头，同睡窝棚，开创了建设塞罕坝艰苦创业的轰轰烈烈局面。

成功造林 500 多亩，成活率达到 95%，平息了林场"下马风"，成为塞罕坝创业史上的转折点，拉开了向荒漠进军，营造百万亩绿色林海的序幕。

排演歌舞剧《情系塞罕坝》的过程，也是我全面提升艺术素养，思想升华的过程。王尚海书记在林场建设中就像"一棵松"，给人力量，催人奋进！在表演中，通过神情和台词表现出以王尚海书记为代表的共产党人坚如磐石的理想信念，忠贞不渝的使命担当和对祖国和人民的无限热爱，虽然还需要在细致入微、淋漓尽致的表达上再提高，但是我强烈感受到了以王尚海书记为代表的共产党人不忘初心、牢记使命、"敢叫日月换新天"的英雄气概和革命精神，并通过舞台表演传递给观众，引起强烈的共鸣和共情！

《情系塞罕坝》让我们每一个参演师生，都被塞罕坝上三代林场人用行动谱写的"牢记使命、艰苦创业、绿色发展"的塞罕坝精神深深感动，激励着我们勇于成为新时代的奋斗者和追梦人。

作者系音乐舞蹈学院党总支书记

用行动诠释塞罕坝三代人艰苦创业
无私奉献的价值取向

徐 升

塞罕坝机械林场几代人历经 60 年的艰苦创业，在高寒塞北，成功为华北地区筑起了一道坚实的绿色屏障。他们几十年如一日艰辛工作、追梦不止的崇高品质是我们当代高校师生学习的榜样，我们用歌舞剧的形式诠释塞罕坝三代人艰苦创业、无私奉献的价值取向，将塞罕坝精神传承下去是我们义不容辞的责任。

在歌舞剧《情系塞罕坝》的排演中，我担任艺术总监，负责日常总体协调部署，同时又担任了男声小合唱《情愿是一棵树》、大合唱《塞罕坝之歌》、歌舞《花的世界林的海洋》段落的演唱工作。对于一名声乐老师来说，上台演出是经常的，男声小合唱、大合唱、重唱的形式也都参与了很多，但是以三种歌唱形式表演频频呈现在舞台上，对我来说也是一种全新的尝试和挑战。

一、揣摩剧中人物形象，深入领会塞罕坝精神内涵

我认为，参与这部剧的排演，不同于参与一般综艺晚会、文艺演出，因为它是一部剧，需要演员不仅有很高的专业演唱能力，还要具备驾驭剧中演员身份的表演能力。首先剧中的演员不是一个独立的个体，也就是戏剧中常说的"我不再是我"，台上的每一个演员都是有人物形象和定位的。我在剧中的人物形象定位是塞罕坝机械林场第一代建设者刘文仕场长，是一位"清清白白做人，踏踏实实做事"的领导者，通过查阅资料、采风、调研了解到，刘文仕在 18 岁时加入了中国共产党，做过乡镇书记，在林业部门做过局长，后因国家决定在塞罕坝建立大型国有机械化林场，刘文仕调任首任场长。到了塞罕坝，刘文仕一心扑在工作上，亲自勘察土壤、地貌，和同事们一起想点子，提高树苗成活率。20 世纪 60 年代的塞罕坝条件非常艰苦，吃不饱穿不暖，住地窨子，喝河沟水，吃黑莜面就咸菜，冬天最低气温零下 40 多摄氏度，有的同志有所动摇，刘文仕率先做出榜样，将自己的一家人接到坝上，

其中也包括自己年迈的母亲和两个孩子。从这些方面可以看出刘文仕的思想觉悟很高，同时有较强的业务能力、执行能力与办事能力。我在揣摩剧中人物形象的过程中，深刻理解了"牢记使命、艰苦创业、绿色发展"的塞罕坝精神。作为一名老党员，要具有不辜负党和国家、人民群众交付的使命的信念，要具有不论艰苦与危险，率先垂范，冲锋在前的精神，也要具有力挽狂澜、开拓进取的勇气和能力。这也是我在这部剧排演过程中收获的宝贵精神财富。

二、融入角色，注重舞台表演细节把握

在充分揣摩人物形象后，我领会到了演员和剧中人物的身份关系，在演唱时，举止言行表演与剧中人物身份做到融为一体。在角色塑造上尽力做到我就是剧中人物刘文仕，而不是我在演。据资料记载，刘文仕是一个大嗓门、雷厉风行的人，所以除了正常的演唱技巧以外，我注意了塑造人物的细节：首先是在手势上做"减法"，尽量减少平时演唱的辅助手势，其次在位置调度时，走路尽量坚定有力，转身尽量坚决，不拖泥带水。最后就是在与其他演员眼神之间进行交流与互动时，做到"讲故事、不随意"。例如，在《情愿是一棵树》中，和其他演员交流过程中，眼神应该是欣慰的、坚定的，望向远方时，应该是带有憧憬和希望的。在《花的世界林的海洋》四重唱表演中，我以一代塞罕坝建设者的身份出现，在演唱表演中要充满自豪、坚定、洋溢着老一辈建设者热情、幸福的精神面貌，因为是全剧的压轴段落，演唱者的表演需把观众情绪调动到全剧最高潮，每次排演我都是全身心投入极限，演出结束身心疲惫。但我能以第一代塞罕坝建设者的身份站在舞台上放声高歌传承塞罕坝精神，我感到很自豪、很幸福，我享受着舞台上的每一个瞬间。

在这部剧的排演过程中，我们遇到的困难也很多，每当遇到困难时总是能想起刘文仕场长的故事，一件件一幕幕，他的故事坚定着我的信念，让我时刻提醒自己是一名共产党员，要冲锋在前，无论遇到任何困难，和演职员们一起，团结一致、共克难关。通过歌舞剧《情系塞罕坝》的排演，更坚定了我们将塞罕坝精神永远"种"在观众和我们每个人心里的信念。

三、扎实做好本职工作

"牢记使命、艰苦创业、绿色发展"的塞罕坝精神不仅为我们带来了广袤的林海，更为广大师生深深地上了一课。塞罕坝精神绝不只局限于育林治沙上，它也是新时期党员干部为民服务的必备素质，更是实现中国梦的强大助力！

平时，一些教师不止一次地抱怨工作太辛苦、课多、待遇又差，干着没动力。究其原因，就是缺乏塞罕坝人"牢记使命、艰苦创业、绿色发展"的意志品质。当下，全校正在开展党史学习教育，要求把塞罕坝精神蕴于我们的工作中，提升党员干部的敬业思想和服务意识，使广大教职工在工作中能够更好地以人为本，增加责任心。

首先，"态度决定一切"，端正的工作态度是做好工作的前提。人们所从事的工作可能千差万别，但对待工作的态度要求是一致的，那就是"敬业"，用心做好本职工作。"敬业"首先要热爱自己的本职工作，干一行、爱一行，不仅能激发自己的工作热情，而且能产生无穷无尽的动力。作为高校教师，虽然我们所从事的工作很平凡，但只要我们摆正工作态度，用心教育学生，照样可以为国家培养出优秀的人才。

其次，"敬业"要体现在实际行动中，也就是我们在自己的工作岗位上如何去做。我们的能力有大小，长处也各有千秋，但是既然我们选择了一个岗位，我们就应该埋头苦干，做出成绩，展示自己的才能。这就要求我们在工作中要在"专、精"上下功夫，把每项工作做细、做深、做透。在我们的日常工作中要树立强烈的事业心和责任感，严格要求自己，进一步提高我们的业务素质，服务学生。

在今后的工作中，我将以塞罕坝群体为榜样，学习并弘扬塞罕坝精神，立足教育岗位，真抓实干，切实以学生为中心，从思想认识出发，围绕全心全意为人民服务的宗旨，将塞罕坝精神传承下去，为教育事业贡献自己的微薄之力。

作者系音乐舞蹈学院院长、教授

用舞台艺术赓续红色血脉

周丽娟

一代代的塞罕坝人用青春热血和奋斗激情，为百年大党的精神谱系添写了浓墨重彩的一笔。前不久，习近平总书记风尘仆仆来到这里，赞扬塞罕坝林场建设史是一部可歌可泣的艰苦奋斗史，要求宣传好、弘扬好、学习好塞罕坝精神。为落实好习近平总书记的谆谆嘱托，让塞罕坝精神不断赓续，我院师生自编、自导、自演了大型歌舞剧《情系塞罕坝》。通过舞蹈、情景表演、歌曲等综合性舞台艺术形式，为观众倾情奉上一个充满艺术魅力的震撼舞台，让观众真正感受到了林场人的创业史诗。作为舞台艺术总监，在这个歌舞剧的孕育和诞生中深切地感受到了动人、壮美的力量。

大型歌舞剧《情系塞罕坝》是内在精神和力量的艺术展现。可以不夸张地说，大型歌舞剧《情系塞罕坝》是面向全国的一个作品，它没有局限于展示"美丽高岭"秀美山川和建设历程，而是要向全国广大观众集中展现塞罕坝林场的建设者们用实际行动诠释"绿水青山就是金山银山"的理念，铸就了"牢记使命、艰苦创业、绿色发展"的塞罕坝精神。河北民族师范学院作为根植于承德的民族类师范院校，对塞罕坝这方水土有着很深的情感和依恋。一直以来塞罕坝的故事就是音乐舞蹈学院艺术创作的题材和背景，此次将三代塞罕坝林场人的奋斗历程和风采进行完整的生动再现，是我院师生长期艺术和教学积累的一次爆发，也是我们河北民族师范学院构建"大思政课"育人格局所产生精神力量的体现。

大型歌舞剧《情系塞罕坝》是全体师生挖掘自身极限的艺术表达。大型歌舞剧对我院这个非专业演职团队来说是完全陌生的领域，剧本的策划、演出的组织、舞台的构建、灯光的安排、后勤的管理等都要在几十天内由空白生疏到丰富娴熟，面对的困难可想而知。不但要对三代塞罕坝林场人的哭、笑、喜、怒、哀、乐用各种艺术方式综合表达，同时要对塞罕坝精神思想性进行体现、对心灵深处进行挖掘，这更是难上之难。在 2021 年七八月份的十几个夜晚，在学校大操场上每天面对滂沱的大雨和蚊虫的叮咬，整夜地排练走位，有的青年演职人员下来扑到我怀里大哭，说"我实在是太累了"，但是音乐一响起立即擦干眼泪欢快地随着节奏舞动，这是"不绿塞罕终不还"的精神鼓舞，也是习近平总书记深情寄语青年"奋斗是青春最亮丽的底色"的真实体现。

大型歌舞剧《情系塞罕坝》是没有观看"门槛"雅俗共赏的艺术形式。在舞美上没有气势磅礴的装置、场面，也没有绚丽复杂的服饰，简简单单的几块布和基本设施，就完完全全地呈现了黄沙遮天日、白毛风嘶吼和万亩绿波荡漾的场景，真实地表现了塞罕坝的历史与现在，吸引着观众去畅想塞罕坝的创业艰辛。充分恰当的舞蹈、演唱和情景表演形式可以让不同职业、不同年龄的观众都能看得懂。舞台剧要讲述的内容，要传达的信息，让每个人都产生了共鸣。在每一场演出中，台上的演员发自肺腑地把自己感动了，台下的观众也被演员感动了，现场座无虚席，满含热泪，掌声雷动，就是对这个精神力量最生动的肯定。

经过我们的不懈努力，歌舞剧《情系塞罕坝》一定能够走向全国，感动世界，让红色血脉赓续永传。

作者系音乐舞蹈学院党总支副书记

坚 守

王海东

塞罕坝精神是一种坚守，更是一种感动，值得我们每一个人学习。塞罕坝从半个世纪前的"黄沙遮天日，飞鸟无栖树"到今天的"花的世界、林的海洋"，它强大的感染力正在影响着我们这个时代的每一个人。

从 2021 年 4 月开始，我有幸参演学校的原创歌舞剧《情系塞罕坝》，剧中我扮演林森的父亲，一个望海楼的瞭望员，第一次尝试表演，这让我多少有些紧张和激动。记得刚开始的时候，经过两三个月排练，终于迎来了 6 月在学校的首演，那时基本上就是没有台词的舞蹈情景，一场下来要上场四五次，虽然频繁上场，但就是些简单的动作情景，没有什么压力，感觉还挺好玩的。那次演出后，市领导提出反映艰苦创业的戏份少，导演和主创们就在我们的情景表演上做起了文章。之后就是买道具、加台词，营造出艰苦的环境来展现望海楼夫妻在严酷生活环境下的坚守。给我印象最深刻的就是大灶台和羊皮袄，尤其是那件超厚带着浓厚膻味的羊皮袄，大夏天在台上穿着羊皮袄，不透气不说，还得忍受那浓重的膻味，再加上有了台词，演起来就没那么轻松了，排练时间也是越来越长，录台词，细化表演。有了辛勤的付出和导演的打磨，7 月在大剧院的演出也很成功，得到了观众和媒体的好评。但随之而来的是郭靖宇导演更加专业和深入的修改，在山庄宾馆的座谈让我意识到我们所谓的表演与专业表演还有多大差距，随后就是专业演员陈丽君老师对我们表演和台词逐字逐句的严格打磨，经常是三四个小时过去了，一个小片段还没有下来，下午排完了吃盒饭晚上接着排，排到深夜是常事。那时候压力真的很大，战战兢兢生怕自己达不到老师的要求，在别人上场排练的时候，自己还不忘在后台一遍一遍重复自己的表演。每一句台词的语气，每一个动作手势都不可大意马虎。让我印象最深的就是我最开始在台上排练的时候，我的手比画得太多，老师指出后一紧张还会犯，好像只有比画着才会放松下来。有时候也会得到陈老师的鼓励，表现好的时候，老师看完了说："嗯，这段有专业的样了，你们的表演让我很感动。"这个时候是开心的、幸福的，也是鞭策我们前进的动力。之后，我们的演出也从大剧院到了话剧团，再到后来的围场县。每一次演出，情景表演也依然是改动的重点。那个时候，没有别的想法，只想着克服困难、迎难而上，经常是下午晚上连轴转，顾不上回家接一趟孩子。

在排演的过程中，随着对角色更深入的理解，我逐渐认识到这对平凡望海楼夫妻的不平凡和伟大，塞罕坝精神也在逐渐融入我的内心。年平均气温零下1.3摄氏度，最冷零下40摄氏度，滴水成冰。不是所有人都能在那样艰苦的环境中执着和坚守，不是所有人都能忍受那种极度的寂寞。日复一日，年复一年，每隔15分钟的一次瞭望和一次记录，十几年来没有一天记录的缺失。近乎无限的重复，让一切没那么简单。坚守，是他们在用自己的行动践行着塞罕坝精神的真谛。

舞台剧《情系塞罕坝》一次次演出成功，也把它推向更广阔的舞台，去省会演出也被提上日程，同时为申报国家级的项目，主创团队又带着剧本去北京找专家座谈，然后就是郭靖宇导演带领大家对剧本进行最大的一次修改，增加贯穿人物，情景表演也达到了13段之多，而朗诵、声乐、舞蹈大大删减，只为这台剧更加名副其实。巨大改动背后是残酷的排练，但大家依然克服困难，毫无怨言。功夫不负有心人，10月在河北师范大学礼堂的两场演出获得巨大成功，记得当时最感人的一幕就是在我们谢幕后向他们挥手告别的时候，所有观众还在座位上一次又一次为我们鼓掌，不愿离去。看得出，这种认可不是出于礼貌，而是发自内心，这时候突然感到所做的一切努力都是值得的。

半年来，情景表演中每一个细节的打磨，每一句台词的心理活动，每一次表演老师的谆谆教导都给我留下了深刻的印象，让我逐渐喜欢上了表演，也让我更加热爱和尊敬这个角色。花的世界、林的海洋，是几代塞罕坝人奋斗的结果，这背后是伟大精神的传承。

作者系音乐舞蹈学院教师

"塞罕坝人"永远在路上

赵绪帅

　　一天，周书记与我联系，说学院有一部歌舞剧正在创作编排，剧务和后勤保障方面还需要人手，问能否参与。我当即答应。这便是我与歌舞剧《情系塞罕坝》的缘起。这样平淡无奇的开始，与之后演出的成功和我从中得到的收获，以及过程中所付出的艰辛，有着强烈的反差。简单地说，当时我并没有意识到自己参与的活动有多么重要。

　　参与了工作协调会，听学校党委副书记高俊虎讲塞罕坝造林事迹，了解到了塞罕坝精神，看到了那"美丽的高岭"千里林海松涛的影像资料，我逐渐对这部剧产生了新的认识，并很快融入剧组繁忙的工作中。

　　6月底，该剧首演。当时定名《最美的青春》，演给2021届毕业生。演出结束后听一些毕业生感慨，震撼的节目给他们在校园的最后一天留下了美好的青春回忆。而作为演职人员的我们，当时的感受恐怕并不美好，因为排演的过程比日常教学生活的任何环节都辛苦。排练演出期间，大家没睡过几个囫囵觉。在露天舞台排练，我们接受了夏日阳光的暴晒，也接受了暴雨的洗礼。但当我看到蒋导演和高书记都还在通宵地为剧奋斗，也就不好意思叫苦喊累了。当我们听到观众好评的时候，那些辛苦更是全都抛到了脑后。也是在那个时候，我可能第一次切身体会到了塞罕坝精神中"艰苦创业"的内涵。

　　剧务组的工作很辛苦，也很不"讨巧"。我们无处不在，却又必须隐藏。我们需要在演出前确保服装道具甚至一瓶矿泉水、一张流程表的准备情况。演出后，要在第一时间整理服装道具入库，收拾场地。事无巨细，面面俱到。演出时，大到两台1:1复制的拖拉机（后来的铁制版本被我们戏称为"坦克"，足见其形制之重、大）、那块能铺满整个舞台的大绿布、三四米高的望海楼、犁地机、植苗机，小到树苗、水桶、木棍、植苗锹等，都要提前备好，确保能够精准上场、撤场。而这些工作又不能妨碍观众的观剧感受，如果观众被我们这些工作吸引，那将会产生很差的观看体验。所以剧务组工作的要求是"不能有存在感"。为此，几次演出后，包括舞蹈演员在内的一些人决定退出，毕竟不是所有人都甘愿"默默奉献"，而且需要长期奉献。

令人欣慰的是，绝大部分同学还是坚持下来了，并且越做越好。大家的责任意识、团队意识和积极的行动，越来越令我感动。

2021年暑假，一百多名师生没有休息，每天往返于学校和剧场之间，早出晚归、披星戴月，为承德市民奉献了歌舞剧《塞罕坝》（当时的暂定名）。在市委书记董晓宇同志的建议下，剧情做了大幅修改，增加了更能体现塞罕坝人艰苦奋斗的故事情节，很多观众被剧情感动到流泪。而一直忙碌于后台的我，更是被同学们感动着。为了保持剧场卫生，我们自觉在剧场外领餐，蹲在小街边吃饭；中午太累了就在后台席地而卧；暑天忙出一身臭汗，每次回到宿舍已是半夜，顶多只能冲个凉水澡。

除了这些，我们剧务组还面临着新的挑战——装卸车。因为从暑假开始，我们的舞台剧就走出了校园，走进了承德大剧院、话剧团、围场电视台，甚至是位于省会的河北师大真知讲堂。每次外出都需要提前装好服装道具，由大货车拉到剧场，我们再进行卸车和整理。两台道具拖拉机已从木制换成铁制，虽然这样不容易损坏，但也真的像"坦克"一样庞大。同时需要搬运的还有各式各样的道具，以及装满十箱的服装，这十个黑箱子每个约有1.2米见方。大大小小的道具每次都能装满三四辆货车，而且是超大的解放货车。货车白天不能进市区，所以我们的装卸搬运工作总是在半夜进行，经常到凌晨。

但师生们依然坚持着，并且很乐观。我想这不是"奉献"二字就能概括和解释的，而是因为大家都明白我们在坚持什么。这已经不是一次普通的艺术实践活动，而是一项政治任务，宣传弘扬塞罕坝精神，是我们的责任。作为剧务总监的周书记每次在协调好车辆后，都会与同学们一起奋战，确保人财物安全后才回家休息。同学们从老师的坚持中，也能体会到这项任务的重要性。

2021年8月23日，习近平总书记在塞罕坝机械林场视察时强调，塞罕坝精神是中国共产党精神谱系的组成部分，全党全国人民要发扬这种精神，把绿色经济和生态文明发展好。看到媒体报道观剧后深受伟大精神的震撼，听到观众说被塞罕坝人的故事感动得流泪，这一刻，我似乎理解了"牢记使命"的意义。如果说塞罕坝造林的前辈们是牢记"绿化祖国"和"绿色发展"的使命，我们则是牢记"弘扬塞罕坝精神"的使命。只有牢记使命，才有足够的动力去艰苦奋斗，才会持续发展。

10月18日，我们奔赴省会石家庄，在河北师范大学真知讲堂为省会专家领导和高校师生演出歌舞剧《情系塞罕坝》，演出再次取得成功，得到各级领导和各界观众的认可和好评。同志们的辛苦付出也被我校党委书记苏国安同志看在眼里，他每每亲临现场慰问演职人员，为大家加油鼓劲，评价我们"在用塞罕坝精神排演《塞罕坝》"。

说起来，剧务人从来没有看过完整的节目，即使看，也有着"独特"视角。先说这"没时间看"。第一幕主题是第一代塞罕坝人牢记党的召唤，战天斗地，开展造林运动。这幕结束时，趁着暗场，两个"坦克"似的拖拉机连同其后的植苗机、犁地机一起迅速撤到舞台两边。并且在一段很短的旁白中，剧务组要紧急集合到下场口，趁着暗场，把20多米长、叠成长龙一般的大绿布摆到舞台一侧，并给演员露出演出时套脚的"窟窿"。撤拖拉机和上绿布这两个任务都很艰巨，却因为节目需要，被安排在了同一个时间段。当导演布置任务时，我只说了"好，明白"！因为这是我们的使命。

这块20多米见方的大绿布可不是随意卷起来就行的。它要在舞蹈中由男舞者们把一个边套在脚上，随着舞者一步一步走向舞台另一侧而铺满整个舞台，艺术地将"荒漠变绿洲"的寓意传达给观众。后续还会在舞者们的造型支持下幻化成"绿水青山"的意象。这就对绿布的整理准备工作提出了要求，如果绿布在舞台上不能顺利展开，就不是意象被破坏这么简单了，而是会造成一场"灾难"。每次开始排练或演出前，我会组织剧务组全体男生集合，铺开绿布，听口令一起把它折叠成便于拉开、不会卷成一团的长条。剧务同志们的默契也在这项工作中不断加深，从一开始需要给大家做"长篇解释说明"，到后来只需"走，放，起"。舞蹈结束时，我们又要在短暂的暗场时间将这铺满舞台的绿布收回到场外。效率和默契的提高，也是我敢答应导演在极短时间内完成撤拖拉机和上绿布两项大任务的底气所在。

再说这"独特视角"。每次道具撤场工作完成后，我会躲在幕后看一看，看着舞台上演员们认真的侧脸或背影，思绪万千。小合唱《情愿是一棵树》的音乐响起时，我会在心里默默跟着唱，想象自己是塞罕坝上的一棵树，看着一代代塞罕坝人奉献青春、奉献终身，看着荒原变绿洲。这一刻，我会想到永恒，会想到人作为个体的渺小和作为集体注入精神的伟大。日月交替、四季更迭、花开花落，一切都在变化着，只有伟大的精神永恒。

一年来，这部剧已经公演20余场，我们的剧务工作也一次次顺利完成任务。记得每次装车卸车时都会有老师同学开玩笑地说道，"塞罕坝人又要出发啦"？我也会开心地回答，"塞罕坝人永远在路上"！

作者系音乐舞蹈学院教师、博士

《情系塞罕坝》感动着我们

鱼 翔

2021 年 3 月开始，我参与了歌舞剧《情系塞罕坝》，在剧中饰演第二代护林员的妻子。从校园操场到承德市大剧院再到省会石家庄，演出 20 余场，历经 5 次改版，我的角色也从只有动作，逐渐到增加台词、舞台表演，自己也随着角色慢慢成长了起来。

这部剧的排演让我体验了人生中太多第一次——第一次表演舞台剧、第一次了解戏剧知识、第一次扮演这么具有挑战性的角色、第一次完成自己觉得有意义而又喜欢的事情。剧中我饰演的角色是第二代护林员也就是人们口中"望火楼夫妻"中的妻子，角色的年龄是从 20 多岁到 60 多岁，跨度比较大。我本身是一名高校器乐专业教师，对舞台表演就只限于自己的乐器演奏，对于舞台的站位、说台词、肢体动作完全是"门外汉"。我对自己所扮演的角色了解和知道得太少，一开始排练很难进入角色，舞台动作十分僵硬，在舞台上的"走动"也非常程式化，表演的结果也不理想。此时的塞罕坝在我的脑海中，只是一个美丽的旅游胜地，这就需要我更加深刻地去了解塞罕坝和塞罕坝感人的故事。通过网上查阅资料，请教一些对塞罕坝历史比较了解的前辈，看郭靖宇导演的《最美的青春》，我逐渐了解这些守林员需要常年待在荒无人烟的山上，与世隔绝的他们生活在一个不足 10 平方米的小小空间里，一张铁架子双人床、一张破旧的办公桌、一把已经破裂的椅子、一部电话、一个望远镜、一个记录本，就是望火楼夫妻的全部家当。护林员白天需要每隔 15 分钟做一次瞭望汇报，用水用电甚至与外界联系都非常困难。在冬季，因为交通不便，蔬菜和粮食的供给不及时，护林员只能一日三餐吃土豆，饮用水也只是化雪水来喝。艰苦的条件并没有影响他们对森林的看护。通过不断地了解和排练，我逐渐了解并领会到了护林员的宝贵精神，也慢慢把自己融入角色当中，在第二幕《守护绿色》中我们饰演的角色已经退休，自己的孩子也长大继续在塞罕坝工作，在看望孩子的过程中我深刻地感受到一个母亲，一个在塞罕坝生活和工作几十年的母亲对儿子复杂的感情，有激动、不舍、难过、高兴，在最后分别时儿子的呼唤和我的转身，都让我落下了眼泪，我为剧中人感动，剧中人也感染着我，打动着我。

通过排演这台歌舞剧，我深刻了解到了几代塞罕坝人不怕苦、不怕累，不为名、不为利，甘于奉献、甘于寂寞，献身林业、无怨无悔、鞠躬尽瘁、"衣带渐宽终不悔"的奉献精神。塞罕坝，意为"美丽的高岭"，可是在中华人民共和国成立初期，这里被荒漠、流沙占据，最高气温 33.4℃，最低气温 -43.3℃，年均气温 -1.3℃，年均积雪达 7 个月，年均无霜期只有 52 天，年均 6 级以上大风天数多达 83 天。55 年的艰苦创业，三代塞罕坝人在极端困难的立地条件下，成功营造出 115 万亩的世界上面积最大人工林的绿色奇迹。

作为新一代的高校教师，我们要做到吃苦在前，享乐在后，牢固树立责任意识，牢记党的嘱托，立德树人，把自己的专业作为"传声筒"，讲好塞罕坝故事，将塞罕坝精神永远地传承下去。

作者系音乐舞蹈学院教师

用塞罕坝精神做塞罕坝的事

张明阁

作为承德人，作为喜欢树的人，我虽然爱看避暑山庄万树园里的树，因为那里的名贵树种成就了皇家园林的气派，但山庄之外的塞罕坝有世界上最大的人工林海。每当谈起塞罕坝，总能引我心驰神往。塞罕坝的景色美丽壮观不是徒有虚名，从"一棵松"变成一片海，那一张张黑白老照片记载着"一片荒沙、一片痴情"的感人至深的故事。如果你听了塞罕坝从"黄沙遮天日，飞鸟无栖树"到"花的世界、林的海洋"的坎坷而又神奇的经历，你就会无限感慨，拂去历史的积垢，心生一片光明，会聚神圣的敬意。

2021 年，我有幸成为大型原创歌舞剧《情系塞罕坝》的一员，有机会向塞罕坝这美丽的高岭致敬，实践了"用塞罕坝精神做塞罕坝的事"。

《情系塞罕坝》剧组刚一组建，校党委副书记高俊虎就强调"用塞罕坝精神做塞罕坝的事"，师生倍受鼓舞，精神兴奋，信心满满。毕竟以往长期的排练经验告诉我们还是可以完成任务的，没有多大的困难，尤其带着为中国共产党建党 100 周年献礼的神圣使命，是抱着一定要出色完成任务的信心的。刚开始还嘻嘻哈哈地彼此打趣，见面打招呼都习惯用这句话。但慢慢地随着排练深入，整个剧组的气氛发生了变化，这句话就变得格外沉重起来。整个剧组通过亲身经历感受到了什么是真正的"用塞罕坝精神做塞罕坝的事"。排练演出《情系塞罕坝》让每个人的心灵都受到了洗礼。在说这句话的时候热泪就要上涌，感慨万千。

《情系塞罕坝》第一幕《牢记使命》的情节和我们入剧组的经历很相似，大家都是听从召唤，牢记使命。第一幕由三个节目组成，真实再现了塞罕坝林一代建设者们与天斗、与地斗的豪情。1962 年，党中央、国务院高瞻远瞩，决定建设林业部直属塞罕坝机械林场总场。来自 18 个省的林业专业大中专毕业生听从《党的召唤》，一声声"报到"，带着必胜的信念，奔赴塞罕坝。即使黄沙漫天也盖不过《豆蔻年华》的青年人刚上坝，对恶劣环境的懵懂好奇，苦也不觉得苦，累也不觉得累，从轻松的音乐基调、舞蹈演员舒展的舞姿中能感受到年轻人热情洋溢的旺盛生命力。然而随着光线变暗及音乐烘托，情节发生了逆转，残酷的现实露出本来的狰狞面目，暴雪突降，在大雪漫天的塞罕坝，年轻的生命用《最美的青春》树立起壮烈丰碑。剧组排练的困难也随之出现了。

各级领导、专家观看研讨，提出了很多宝贵的意见和建议，每个节目都仔仔细细地审查。剧组主创人员不断开会、不断研讨，争议渐起。开会时大家刚开始都心平气和、字斟句酌小心翼翼地说出改进意见，后来就会滔滔不绝，据理力争，常常争得面红耳赤。每个节目的取舍都是艰难的。

导演蒋小娟说每个节目都是她的孩子，因为每次排练都是艰辛的。为求完美，带着伤病的她推掉手术，从早到晚指导排练，最早到的是她，最晚走的也是她，往往带着年轻的节目指导老师，连夜调整舞蹈动作。往往在短暂彩排间隔后，节目瞬间就会发生巨大的变化，在艺术灵感的触发下呈现出更高的艺术表现水平。所有演创人员在导演的带动下一切以节目为重，演出效果为重，熬夜习以为常。周丽娟副书记常常撸起胳膊摆出随时战斗的架势，因为她要陪着导演、节目指导老师和学生台上台下来回跑。大家排练期间往往三更半夜返回驻地休息。每次演出成功大家就会喜笑颜开，相拥而泣，紧接着又会进入紧张的研讨环节。而每次研讨大家又会争得面红耳赤，经常争着争着就把新的节目、新的表演情节、形式争出来了，也把一个个没那么契合的节目争没了。我和薛梅的诗朗诵节目就是这样被一点一点挤出节目组。就是因为有了这样的争论才使剧组的创作思路越来越清晰，节目越来越精致，也和郭靖宇导演的想法碰出了火花。一次次的研讨会后我和薛梅又重新进入新的节目排练中，接着研讨争论。每个成员都不知道自己到底能不能登上最终的舞台，一分耕耘之后，到底有没有结果，一切都是未知的，但又是必练的、不能停止的，是艰难的、迷惘的又是必胜的，因为每个演员心里都明确地知道这是一场我们剧组用实际行动进行的大会战。就像塞罕坝的林一代们种苗一样，苗是要种的，能不能成活，把握有多大，是无法马上有定论的，必须进行一次次的试验，在实践中不断摸索出经验，而且必须充满信心，要让小苗成活。一个节目上不上不是重要的，除了保障每个节目的质量以外更要确保整台舞台剧的演出效果，让这台大型原创歌舞剧从校园走出去，让塞罕坝精神传播四方。

校党委书记苏国安、校长杨宏在每次重要演出结束之后都会鼓励大家总结经验教训，为下一次演出做好准备，嘱咐大家再次审查、打磨每个节目的细节，"用塞罕坝精神做塞罕坝的事"。节目《马蹄坑会战》，徐思海书记饰演的王书记那句台词"我有信心打赢这一仗，你们有没有信心"，大家都会情不自禁地回应："有——有——"是的，大家台上台下，嘴里心里都在喊着这句话。

　　剧组的师生们每天都在讲述塞罕坝的故事，都从中受到教育，也少了抱怨和计较，克服了娇气和傲气，多了一份成熟与坚强，学会了苦中作乐。让我印象深刻的是，在迎接市里重大演出的排练期间，天天下雨。本来准备就绪的彩排，在雨中延迟了。气温骤降，大家瑟瑟发抖抱成一团。可剧务组还在继续，合光老师不断调整灯光，五彩灯光穿过如帘大雨打在舞台上，如梦如幻。老师们都说难得雨中看到这样的景观，同学们也跟着欢呼起来，整个操场沸腾了。这很像剧情，沮丧之后，又重新振作起来。大家在雨中自发地走场排练，展现了另一种独特的美，一种无惧困难的精神之美。这种精神感动了天，几天前报的大雨天气，在汇报演出中没有下起来，演出竟然出奇得顺利。大家用实际行动验证了"人定胜天"的人间奇迹。验证了《情系塞罕坝》第二幕"艰苦创业"所描述的林一代们"老天虽无情，也怕铁打汉，满地栽上树，看你变不变"的钢铁意志。

　　随着收看节目演出人群的增多，节目受到了广大市民的欢迎。整个剧组的气氛变得格外深情，大家倍加珍惜彼此在剧组长期相处的情谊。剧组的人开始哼唱《情愿是一棵树》。舞台上随着林二代扮演者们一声声绿的呼喊，唤醒了台下观众那份激情、那份执着。观众们热血澎湃，掌声如潮。梦想与拼搏、专注与热爱、牺牲与奉献，都在第二幕《艰苦创业》的《艰辛历程》《守护绿色》中表现得淋漓尽致。当以徐升院长为首的男合唱团唱起"不知不觉时间斑白了两鬓，更珍惜你和我坚定的脚步"时，塞罕坝上的"白毛风、望海楼、地窨子、暖泉子"，还有那里的哈里哈镇莫里莫村都浮现在脑海中。你就不难理解，后期作为群演的我们每次登台之前都要仔仔细细地把节目看完。每次看到满台的绿色，"爱"便会自然地流露出来和节目融为一体，"情愿是一棵树""忠诚无语、真情永远"地《守护绿色》。

　　看每一次的排练，我从没觉得厌倦。而是每一次都陷入深思，每一次都和音乐舞蹈融入一起，灵魂得到净化。一片人类赖以生存的绿色的涵养之林被侵略、被毁坏又重新焕发新的生命力。人类就是从大自然的树林中走出来的，必须保护好我们赖以生存的自然环境。不能让自己的生存环境变得恶劣，不允许战争的摧残，必须让这种生态文明根植于每一个人的心里。这一片人工林体现出了一种敬业精神，一种不畏艰苦的精神，一种默默守望的精神。当塞罕坝这片人工林经过三代人的奋斗展现在世人面前时，体现的是大国的精神力量、自强不息的精神，牢记使命的信念，一种爱我中华、守护地球、呵护家园的使命与担当。这份爱深深地融进每棵树的树根、树干、树枝、树叶中。我终于知道了自己喜欢塞罕坝的原因，我喜欢树的高大挺拔、顽强的生命力，更喜欢它一圈一圈的年轮所记载的人和事。也喜欢并敬畏着那些坚强的护林战士，他们是中国人的榜样。

当全场灯光第三次亮起，韩立民副院长一句嘹亮的"山清水秀"拉开了《塞罕坝之歌》的序曲，我们饰演的塞罕坝三代护林人深情款款地歌颂着建设者们身上体现出的中华民族不屈不挠的奋斗精神。林一代们是怎样一点儿一点儿地把第一棵树种活。这种激情来源于心里最纯洁、最神圣的情感。众志成城，一种大自然的反作用力激发出人的主观能动性，在不断复活的状态下，形成巨大的能量，势不可当，这是何等震撼。这是一种弥补伤痕，自我修复的过程。让真正的绿的希望种满了每一寸被摧毁的大地肌肤。一派生机勃勃的绿啊，把过去历史的伤痛完全治愈，反而让历史的伤痛成了滋养生命的源源不断的补给。

"情系塞罕坝"第三幕《绿色发展》的主题气氛是深情与欢乐的，通过林一代的《绿色之旅》展现作为生态文明的《塞罕坝——花的世界林的海洋》的美丽风光。每次唱起《塞罕坝之歌》，我就感叹她今日之四季美轮美奂，她的美已融入我的生活，她已不是简单的自然之美，而是融合了人文的美。她启发我去思考有些事值不值得做，该不该去做，能不能去做，一切答案都要在埋头苦干之后方能明白。埋头苦干，不求回报，从做中学，在学中做，总结经验，不畏艰难，鼓舞自己，激励他人，无论在平凡的生活里还是在精神的家园中。

树有很多品种，但树连树，根连根，因为它们同属于大地。人类分不同国家，但生老病死命运与共。只要有一线希望，一棵松也能成绿色的海洋，只要有一线希望，人类必能战胜困难，生生不息……这就是一片林海、一部剧告诉我的。用塞罕坝精神做塞罕坝的事就是贯彻落实习近平生态文明思想。2021年8月23日，习近平总书记到塞罕坝机械林场考察时指出："要传承好塞罕坝精神，深刻理解和落实生态文明理念，再接再厉、二次创业，在实现第二个百年奋斗目标新征程上再建功立业。"塞罕坝获得了联合国环保署"地球卫士奖"、联合国防治荒漠化领域"土地生命奖"的殊荣。《情系塞罕坝》作为展现塞罕坝精神，弘扬传承中国共产党精神谱系的生动范例，也获得了承德市舞台剧精品节目奖。当大家看到证书时，更懂得了塞罕坝三代人的付出。

作者系文学与传媒学院教师

让塞罕坝精神焕发出强大的力量

鲁超然

2021 年，是我成长最快的一年，更是我专业能力与思想收获颇丰的一年。就是因为我有幸参与了歌舞剧《情系塞罕坝》的排练以及演出，使我对塞罕坝精神以及塞罕坝三代建设者的事迹，有了更深刻的认知，也更好地理解了"牢记使命、艰苦创业、绿色发展"的塞罕坝精神。

从 5 月开始排练，一直到 10 月 19 日至 20 日在省会汇报演出，我一直承担着舞台监督一职。协调道具、舞台设备、服装与演员的上下台、演员食宿问题等工作，让我切实体会了一台演出背后的每一个环节，使我的舞台统筹及协调能力得以大幅度提升。

在剧中，我非常荣幸地饰演了主要角色之一——王建国。最初接到通知要演这台剧的时候，我内心充满了激动。因为我是一个非常热爱舞台的人。后来在排练过程中，又承担了舞台监督的工作，也负责安排所有演员的食宿等问题，导致工作时间跟排练有了一小部分的冲突，又要忙排练，又要背台词，又要安排大家的食宿，又要去研究情景表演的舞台走位，真的是手忙脚乱，致使我也有了一些消极情绪。直到后来，在领导们的开导和帮助下，才逐渐适应了这样的节奏，终于把最完美的舞台呈现给观众。这个经历也正如我在剧中所饰演的王建国的内心变化。王建国作为第一代塞罕坝建设者，是最早投身塞罕坝建设的"林一代"大学生。起初也是满怀信心、充满干劲的，可是坝上生活确实艰苦，渴饮河沟水、饥食黑莜面，雨雪来查铺、夜宿草窝间，劲风扬飞沙、银霜镶被边。风沙、寒冷和饥饿是塞罕坝建设者最大的敌人，作为大学生，他也是咬紧了牙关，才在一次次的磨难面前站稳了脚跟。可是，坝上种树实在是太难了，光他所在的一个小组就种出去 10000 多棵树苗，只活了 47 棵。他经历了绝望，萌生了下坝的想法。直到塞罕坝机械林场王尚海书记为大家加油鼓劲之后，才又充满了干劲，再次积极投身到塞罕坝建设中。由最早因为没办法种活树苗而感到"这活儿没啥干头"，到马蹄坑会战后，积极响应党的号召，全心全意投身塞罕坝建设；从初步造林成功，到经历了 1977 年的"雨凇"灾害，又经历了 1980 年的旱灾，一直也没说苦，也没放弃。终于，经过大家的不懈努力，漫山遍野都种满了绿色，他落下了感动的泪水，高喊出了："我们的塞罕坝，绿了!"。最后，终于带着塞罕坝建设成功的荣耀下坝返回了天津，功成身退。在天津生活若干年后，却发现自己早已属于塞罕坝，心里想的念的都是塞罕坝。在迟暮之年，又带着自己的外孙女前往塞罕坝，鼓励外孙女投身塞罕坝的第三代建设，切实体现了老一代建设者对塞罕坝建设的挚爱。

这一角色贯穿全剧始终，从第一幕听从《党的召唤》，到第二幕的《艰苦创业》，再到第三幕的《绿色发展》。充分体现了塞罕坝精神，也为后续的塞罕坝建设者以及祖国的新一代年轻人树立了榜样。

从艺术方面讲，我们出演的舞台剧，具有高度的思想性，富有表现力和感染力。从音乐、舞蹈以及情景表演等方面来说，具备了现今高校舞台表演的较高水准。真实客观地将塞罕坝的历史展现给了观众，能使观众更好地了解塞罕坝，认识塞罕坝，也深刻地体会到三代塞罕坝人为塞罕坝建设付出的艰辛，具象化地诠释了塞罕坝精神。

从思想方面来看，整个歌舞剧不只是展现的内容，排练及演出的过程，也充分地体现了塞罕坝精神。歌舞剧演出之后，省领导多次对演员提出表扬，说演员是在用塞罕坝精神排练《情系塞罕坝》，用塞罕坝精神演绎《情系塞罕坝》。而且在排练及演出的过程中，师生也更深地了解了塞罕坝。

作为歌舞剧《情系塞罕坝》的演职人员之一，我感到非常幸运。因为这是我作为一名 90 后，能体会和学习塞罕坝精神最便捷的途径。为了演好这台剧，我们去塞罕坝采风，亲眼见了尚海林，见了那成林成海的落叶松、樟子松。这对我的内心产生了极大的冲击，促使我未来的生活，能更好地体会塞罕坝精神，更好地用塞罕坝精神去工作，去生活，去建设我们伟大的祖国。

作为河北民族师范学院的一名教师，我非常荣幸能在这个时间节点上，参演这台舞台歌舞剧，这让我更加深刻地理解了塞罕坝以及塞罕坝精神，使我受益一生，它将成为我不断进步、努力前行的动力来源，更将成为我一生都取之不尽、用之不竭的宝贵精神财富。

作者系音乐舞蹈学院教师

塞罕坝精神感染着《情系塞罕坝》

王 杰

非常荣幸，我参与了歌舞剧《情系塞罕坝》的演出，我在剧中参演了男声小合唱《情愿是一棵树》、大合唱《美丽的高岭》、结尾四重唱《花的世界林的海洋》，以及大合唱《美丽的高岭》的统筹排练工作。

塞罕坝曾经是美丽的高岭，是皇家狩猎场。在清朝末期由于过度砍伐，植被受到严重破坏，变成了"黄沙遮天日，飞鸟无栖树"的高原荒漠。20世纪60年代，为响应党的号召，从祖国四面八方赶来的建设者们在坝上建林场，从此开始了让荒原变林海，沙漠变绿洲的畅想，经过三代人的不懈努力，现如今已经变成了115万亩的林海。

作为演员，这部剧所有的排练我都是全程参与的，尤其排练的过程是非常辛苦的。还记得首场演出，正值6月毕业季，空旷的操场上一个遮阴凉的地方都没有，师生们顶着烈日对节目进行排练整改，老师们的脸和脖子都被晒伤了也毫无怨言。排练到凌晨一两点，怕打扰周边的居民，演员们关闭大音响，改用手机等小的外放音响设备播放音乐进行排练，接近无声状态坚持排练，虽然辛苦，但却值得。正如校党委苏书记说的那样，大家在用塞罕坝精神排练《情系塞罕坝》舞台剧。通过所有演职人员的共同努力，首场演出便为毕业生送来了一场视听盛宴，也为全校师生宣传了三代人无怨无悔的塞罕坝精神，得到了市委领导的高度好评。

这部歌舞剧的所有编创、演职人员均是学院的老师和学生，而且几十场的演出也获得了巨大的成功，得到了省市领导和社会各界的赞誉。我想我们收获的不光是观众的掌声，更多的是人们对塞罕坝精神的充分肯定，正是有了三代人无怨无悔的精神信念，才使我们的塞罕坝有了今天的成绩，谱写了不朽的绿色篇章。

十年树木，百年树人。相信塞罕坝精神必定会一代代传承下去。

作者系音乐舞蹈学院教师

塞罕坝精神再传承

贾志伟

　　《情系塞罕坝》是我校编创的大型歌舞剧。我有幸在其中参演《情愿是一棵树》小合唱和《塞罕坝之歌》大合唱。在接到参演通知时，我感到无比的荣幸。

　　《情系塞罕坝》以塞罕坝建设者的真实身份和特有的亲身经历为原型，共分为《牢记使命》《艰苦创业》《绿色发展》三幕。该剧完整展现了第一代塞罕坝建设者听从党的召唤，从全国各地奔赴塞罕坝林场，奉献自己最美的青春，打响马蹄坑会战；第二代塞罕坝建设者将目光对准难以进行大规模机械造林的山地，筚路蓝缕、人背肩挑，在陡峭贫瘠的山地上，栽种一棵棵幼苗，培植一株株希望；第三代塞罕坝建设者贯彻落实新时代生态文明理念，再接再厉，二次创业，在实现第二个百年奋斗目标新征程上再建功立业。

　　我院师生对歌舞剧《情系塞罕坝》倾注了大量心血，为呈现更精彩的演出效果，参演人员每天几乎一有时间就进行排练，那段日子让我印象最深。2021年夏，得知暑假期间我们可能会在承德各地进行露天演出，学校为支持我们排练，在操场上搭起舞台，支起灯光，无论刮风下雨，一个通知人员全体迅速到齐，有时因为效果不太满意，学生老师全体要求再合一次。甚至有好几次排练到天边露出鱼肚白。

　　我们为传承塞罕坝精神、践行前辈所留下的塞罕坝精神而做出我们的努力。

　　塞罕坝林场三代人60年的坚守、不离不弃，创造了沙漠变绿洲、荒原变林海的人间奇迹，以实际行动诠释了"绿水青山就是金山银山"的理念，这一片片绿色是一种信念，更是一种精神。

　　塞罕坝精神，就是要坚持艰苦创业，以"功成不必在我"的品格艰苦奋斗、攻坚克难。在当年恶劣的环境下，塞罕坝人吃黑莜面、喝冰雪水、睡地窨子，激发起的是"一日三餐有味无味无所谓，爬冰卧雪冷乎冻乎不在乎"的乐观主义情怀，更是要坚持依靠科学精神解决技术难题，一代接着一代干，创造了从一棵树到百万亩林海的人间奇迹。在建设美丽中国的进程中，无论是破除能源资源约束难题，还是偿还生态环境欠账，都不是一次冲锋就可以解决的。但只要我们坚持发扬艰苦奋斗的革命传统，发扬爬冰卧雪，以苦为乐的大无畏精神，发扬"前人栽树、后人乘凉"的奉献精神，持之以恒、久久为功，什么难题不能解决，什么大事不能干成？

参演《情系塞罕坝》歌舞剧让我更加深入地了解、感知了塞罕坝精神，塞罕坝精神指引着我今后的道路，在未来的生活工作中我都会努力践行塞罕坝精神。

作者系音乐舞蹈学院教师

歌舞剧《情系塞罕坝》感想

李兰君

2021 年，我非常有幸参与到歌舞剧《情系塞罕坝》中来。这台歌舞剧的创作与演出，让我感受到许多，收获许多，感想许多。

我的工作主要集中在舞剧的彩排与演出当中，记得第一次正式演出时，学校在操场搭建了舞台，正值盛夏，时间紧任务重，白天，老师和同学们顶着 30℃的高温一遍遍地演练，到了晚上好不容易凉快一些了，又遇到降雨，老师和同学们为了不耽误排练只能在雨中一遍又一遍地不停演练，舞台灯光是一部歌舞剧的灵魂，为了呈现更好的演出效果，所有演职人员一丝不苟地一遍遍走位，一心一意地完成市委、市政府和学校对我们的委托，就这样我们渴了喝矿泉水，饿了吃盒饭，累了直接躺在地上……经过连续 5 天的高强度演练，最终我们的首演取得了成功，获得了市委、市政府的充分肯定，为我们继续攀登更高的舞台打下了良好的基础。

因为首演的成功，我们迎来了更高难度的挑战，转战另一个舞台，记得在承德大剧院那场演出，老师同学们依然不辞辛苦，因为换了舞台和演出场地、换了灯光所有一切都得重来，而这些幕后工作更是不能有一丝的懈怠，因为舞台的局限加上灯光老化的严重，有一些具体效果表现不出来，为把灯光的效果调整出来，我们所有人齐心协力一遍遍地演练，这样比平时所付出的辛苦会更多一些，直到所有的效果调整到位我们才松了一口气。最关键的还是演出现场，我们拿出如战场打仗一样的专注，丝毫不敢走神，生怕出一点点差错，一直到演出结束我们的心才轻松些。每一场演出我们都付出了巨大的努力，我们用行动践行着塞罕坝精神，用塞罕坝精神来排塞罕坝歌舞剧！

还记得去围场演出，这是最紧张的一次，因为时间太紧了，只有一天的时间进行排练合光，因为对方舞台没有操控人员，我们自己上场。由于场所、设备的陌生，所有都得重新熟悉磨合，一遍遍地排练，一遍遍地对光，一步步地编程，神经保持高度紧张，我们从进场地到演出之前只进行了一遍完整的彩排，说不累那是假的，支撑到正式演出结束就感觉身体里一丝力气都没有了，只想倒头就睡。

　　像这样的演出经历我们所有的演职人员都在经历着，通过这场舞台剧，我们更深刻地体会到什么是塞罕坝精神。正是这种精神让我们无怨无悔，奋发向上，争取更大进步。

作者系音乐舞蹈学院教师

从荒漠到林海　塞罕坝精神的传递

杜欣潼

从"黄沙遮天日，飞鸟无栖树"的荒漠沙海到"水的源头、云的故乡、花的世界、林的海洋"的世间美景，河北塞罕坝林场的建设者们听从党的召唤，历经三代，将这片曾经林木稀疏、风沙肆虐的荒僻高岭，变为 115 万亩人工林海，创造了荒原变林海的人间奇迹，用实际行动诠释了"绿水青山就是金山银山"的理念，铸就了"牢记使命、艰苦创业、绿色发展"的塞罕坝精神。2021 年 2 月 25 日，党中央、国务院授予塞罕坝机械林场"全国脱贫攻坚楷模"荣誉称号。

我们音乐舞蹈学院从策划、排练到演出大型歌舞剧《情系塞罕坝》，经过了一段漫长的时光。2021 年 1 月开始策划，学校多次组织教师在排练前期开会学习有关塞罕坝的伟大历史及精神，领导、导演多次修改剧本，调整细节，不断改善。为了演出更融入真情实感，4 月，学校党委副书记高俊虎多次带领教师团队采风，大家于尚海林感受马蹄坑会战的艰辛与奋斗精神；沿途与年轻的坝上工作者深入交流，感受他们守护塞罕坝的决心与热爱；在博物馆里详细了解塞罕坝的历史；在脱贫工作者那里具体了解惠民利民的举措与政策；立于寒风中回望山地造林的困难与执着，感受着前辈们不畏艰辛、不惧寒苦的塞罕坝精神。坝上采风活动给编导们不仅带来了大量灵感，更使大家深层地感受并践行不畏艰辛的那种艰苦创业精神。

在排练初期，从导演到编导，从演员到工作人员，大家都能感受到完成这部剧的艰难。各位舞蹈老师在没有音乐的情况下，经过与导演多次沟通，仅靠语言想象舞蹈的结构与编排。其间反反复复修改，学生高度配合，不叫苦不喊累。在这期间能够看出我们学院全体师生对此台歌舞剧的高度重视。高俊虎副书记每周检查一次节目排演的进度，督促各位教师完成节目的排演。我们反复推敲，反复琢磨，舞蹈动作改了又改，为的就是把最好的一面展现给观众。在这期间，舞蹈演员们及幕后的工作人员，从来没有怨言，时刻保持着高昂的精神配合完成任务。我想这就是对塞罕坝精神很好的弘扬与传承。

虽然艰辛重重，但我们非常高兴能够经历这个越来越好的过程。老师们不分昼夜地编排整改，学生们不畏辛苦地排练，我们真切体会到了这种刻苦拼搏的塞罕坝精神。演出的成功，也证明了我们的努力是有用的，正像塞罕坝一样，从荒漠沙海变为如今青草依依、绿树成荫、百花齐放的盛况。

作者系音乐舞蹈学院教师

用行动践行塞罕坝精神

刘泽华

能参与此次排练，我是幸运的！塞罕坝精神是中国共产党精神谱系的组成部分，河北民族师范学院党委副书记高俊虎和音乐学院副院长蒋小娟齐心协力打造、由学院众多师生参与的歌舞剧《情系塞罕坝》经过半年多的策划和统筹，集聚了舞蹈、歌曲、情景的表演形式，讲述了塞罕坝三代人的建设历史，弘扬了塞罕坝精神。通过参与这次编排，我对塞罕坝艰辛的建设历程有了深刻的认识。

能与张帆老师编排《豆蔻年华》和《最美的青春》，我受益匪浅。作为一名民间舞教学专业的老师，我在编创作品这块几乎没有经验，缺少这方面的知识。在作品的结构、形式、逻辑、动作编排、道具、舞美方面我没有具体的想法。在张帆老师的一路带领下，我慢慢融入了作品的编排和指导中。"你可以的！"是张帆老师对我说过最多的一句话。在她看来，我虽然没有学过编创方面的知识，但可以用我的表演经验去大胆创作。我被她的敬业精神所打动，投入编排中。大胆走出第一步是最难的，但后面的路，就会越来越好走。我的导师曾经辅导我编作品时说必须开始做，才能有机会给我改作业，总是不动脑，脑袋就锈了不会转了。张帆老师让我懂得如何在编创过程中审视自己，让作品更完美。

能与学生一起奋战，我是幸福的！这两个节目从编排到演出，只花了5天，是学生的积极态度推进了整个作品的进展，可以用"脱胎换骨"这个词来形容他们的成长。学生从最初不知道如何发力能表现作品的情节，到后来用情跳舞，用情去发挥动作到极致。舞台作品确实可以练就一名好演员，使他们把课堂所学的内容加上自己的二度创作，再融入编导的动作中，呈现较好的舞台效果。张帆老师编创的动作有张力、节奏鲜明，最初在我看来学生是无法完成的，我曾经建议把动作改简单，保证在短期内能呈现较好的效果。可是张帆老师坚持自己，给学生增加难度、施加压力，说这是锻炼他们的最好时机。我也没想到，学生认为难的东西有挑战，通过短短的几天训练竟然能达到预期的效果。可见学生的可塑性很强、潜力无穷。

演出的成功离不开导演、老师、学生和剧务人员的辛苦付出。同时，每个参与本剧的人都有很大收获。希望本台歌舞剧能够走出河北、走向全国，用最真实的情感践行塞罕坝精神！

作者系音乐舞蹈学院教师

在艺术体验中感悟精神的力量

鲁思微

　　塞罕坝，学生时代的我曾多次走进这片美丽神奇的高地，它在我的记忆中永远是"万里蓝天白云游，绿野繁花无尽头"的万亩林海，具有历史深邃厚重、满蒙民俗浓郁独特的别样风情。从没想到，它也曾是"黄沙遮天日，飞鸟无栖树"的荒原山峦。这由"一棵松"变成115万亩林海的奇迹背后是中国共产党人勇敢地向风沙宣战，是三代塞罕坝人历经60年的艰苦奋战。2021年8月23日，习近平总书记在塞罕坝机械林场考察时强调，塞罕坝林场建设史是一部可歌可泣的艰苦奋斗史。称赞林场三代职工用实际行动铸就了牢记使命、艰苦创业、绿色发展的塞罕坝精神。

　　我刚一入职就接到在大型原创歌舞剧《情系塞罕坝》中饰演"林一代"方莉的任务。剧中的方莉是中华人民共和国培养的育苗专业大学生，是一个家在北京、有着优越生活条件的城市女孩，希望能够用所学专业为国家作出贡献，响应号召毅然决然地舍弃了舒适安逸的大城市生活来到塞罕坝，成为最早一批来到塞罕坝机械林场的大学生之一。她不但自己为塞罕坝建设奉献了青春与热血，同时用行动教育感召自己的孙辈成为塞罕坝的"林三代"，是塞罕坝英雄群体中女性知识分子的杰出代表。面对饰演与自己的生活相距甚远的陌生角色，面对需要从青葱少女演到耄耋老人的挑战，面对从播音主持人到舞台剧演员的变化，我确实迷茫过，也在内心抗拒过。但是看到高俊虎副书记、蒋小娟院长等领导和主创人员，用排除万难的使命感和人民艺术家的使命感为弘扬塞罕坝精神而拼搏努力，深深地吸引和感染了我，极大地带动了我的创作热情，我全身心地投入了方莉这个角色的塑造中来。通过一遍一遍地研究揣摩剧本，在各种媒体渠道上了解和学习塞罕坝精神，郭靖宇导演执导的电视剧《最美的青春》就看了多遍，我加入了塞罕坝创业者英雄群体，成了方莉。

　　在整个舞台剧的排演过程中，我也遇到了从来没有遇到过的困难，深秋的冷、排练的累、深夜的困、蚊虫的咬和角色把握不到位的沮丧心情，一波波地向我袭来。换作以前我会退缩、会掉眼泪，但是一想到我要展现的是塞罕坝精神，我塑造的是从北京上坝的女英雄方莉，再难难不过在沙漠种树、在雪中育苗，再苦苦不过睡地窨子、吃冻土豆，再累累不过山上种树、马蹄坑会战。正是这种精神的感召让我成功地塑造了方莉、演好了方莉、宣传了以方莉同志为代表的优秀知识分子。尤其是重新回到母校河北师范大学演出《情系塞罕坝》，站在熟悉的舞台给自己的恩师、师弟师妹诠释塞罕坝精神，自豪的心情难以言表。

大型歌舞剧《情系塞罕坝》的巡演工作并没有结束，而我从事的琐碎繁重的教学秘书工作也在每天紧张地进行着。但现在的我和学生时代的我、和在广播电视台做主持人的我，以及刚刚入职时候的我，已如脱胎换骨，截然不同。这个不同来源于此次难忘的排演经历，来源于对塞罕坝精神的感悟。我十分感谢学校和学院领导给我这次演出的机会，十分感谢在排练表演过程中给过我指导和帮助的每一位同事。在这次排演中我找到了仰望对象，仰望对党忠诚、不负人民的力量。369 名来自全国 18 个省区市，平均年龄不到 24 岁的创业者豪迈上坝，在平均海拔 1500 米的坝上，在年均大风日 53 天、积雪 7 个月、最低气温达零下 43.3 摄氏度的恶劣环境里历经 60 年的艰苦奋战，只有对党和人民忠诚的力量才能做到。

在这次排演中我学到守望，守望坚守理想、践行初心的力量。战胜雪凇灾害重拾的信心、"六女上坝"无悔的追求、"夫妻望火楼"的漫长坚守，王尚海、刘文仕、陈彦娴、陈锐军，犹如一棵棵参天的劲松，昂首挺立在塞罕坝美丽的四季里，这是不忘初心、牢记使命坚守的力量。在这次排演中我看到了希望，种下绿色，就能收获美丽；种下希望，就能收获未来！"牢记使命、艰苦创业、绿色发展"的塞罕坝精神的成功实践证明了只要坚定信念、久久为功，就一定能够成功！作为新时代的人民教师，要坚守好这份仰望、守望和希望，为自己、为学生系好人生的一粒粒纽扣，为实现中华民族的伟大复兴贡献自己的智慧和力量！

作者系音乐舞蹈学院教师

践行塞罕坝精神 从我们做起

王 欢

2021 年 6 月，我参与了歌舞剧《情系塞罕坝》的演出。在参与这部剧之前，我对塞罕坝是完全陌生的，虽然来到承德已有 10 年，但是由于种种原因，始终没有机会一睹塞罕坝的风采，因此对塞罕坝及其传递的精神非常模糊。随着排练的逐步深入，我对塞罕坝精神的了解日益加深。全院师生的整个排练过程就是塞罕坝精神的有力践行。

本人参与了该部剧中的合唱作品《塞罕之歌》以及最后的四重唱《花的世界 林的海洋》。在录制以上两首作品的过程中，我们遇到了很多困难。合唱作品涉及四个声部，由学生合唱团录制，我担任其中的女声领唱，为了使录音达到最好的效果，姜老师陪着我们一起坚持了 9 个小时，从下午一直录到晚上 12 点。在合唱部分的录制时，各个声部由于包含很多变化音，多次录出来的声音都不是十分理想，但是为了达到最好的效果，没有一个学生抱怨，仍然十分认真地练习，最后功夫不负有心人，我们终于获得了比较满意的版本。在这个过程中，我们深刻地体会到了塞罕坝精神的真正含义。

由于时间紧、任务重，顶风冒雨已经成为排练常态。很多教师和学生都带病坚持排练。并且为了呈现一台高质量的节目，师生们更是放弃了节假日与家人、朋友团聚的机会，这一切带给我很大的感动。这部歌舞剧的音乐编创也能够打动人心，让人百听不厌，加之舞蹈老师的精心编排，使音乐与画面结合得非常贴切。而且通过故事情节的串联，更能够把观众带入其中。尤其是其中一场林场员工为了保护树苗而献出自己生命的情节将整部剧推向了高潮，让在场观众无不深受感动。作为习近平总书记视察塞罕坝之后的第一部宣传塞罕坝精神的文艺精品，这部剧不仅为塞罕坝精神的弘扬起到了很好的宣传作用，而且提升了我校在省内的知名度，为我校今后的发展起到了有力的推动作用。

作者系音乐舞蹈学院教师

不忘初心、砥砺前行

李振奇

2021 年 6 月至 10 月，我非常荣幸地参与了歌舞剧《情系塞罕坝》数十场的演出。此剧公演后受到了社会各界人士的肯定与好评。通过每场演出的亲身参与，我看到了所有老师和同学们的辛苦与付出。为了使整场节目达到更加真实、完美的演出效果，每次演出结束后，按照各级领导提出的建议，校党委副书记高俊虎总策划和学院副院长蒋小娟总导演反复对剧本进行修改、打磨。在此期间他们不辞辛苦、不厌其烦地多次到北京邀请著名电视剧导演郭靖宇先生指导说戏，歌舞剧舞台效果有了稳步提升。2021 年 12 月，歌舞剧《情系塞罕坝》被承德市委宣传部授予"承德市文艺精品奖"称号。

通过参与本剧演出，我深刻地体会到我们每一位领导、老师、同学，总策划、总导演，的确是在用塞罕坝精神在策划、排练、演出《情系塞罕坝》。但是我们的排练、演出与塞罕坝三代人的艰苦创业精神相比还远远不够，我们所有演职人员通过此次演出都应该从精神上、从心灵深处践行塞罕坝精神，发扬塞罕坝精神，在今后的学习工作中用塞罕坝精神激励鼓舞我们不忘初心、牢记使命、砥砺前行，为教育事业奋斗终身。

作者系音乐舞蹈学院教师

用塞罕坝精神，创作演好《情系塞罕坝》

王浩然

2021 年 8 月 23 日至 24 日，习近平总书记在承德视察时强调："要传承好塞罕坝精神，深刻理解和落实生态文明理念，再接再厉、二次创业，在实现第二个百年奋斗目标新征程上再建功立业。"在承德市第十五次党代会上，董晓宇书记提出要大力弘扬习近平总书记亲自确立的"牢记使命、艰苦创业、绿色发展"的塞罕坝精神，将塞罕坝精神全面植入灵魂血脉、植入高质量发展全过程、植入为人民服务的实践中去。

河北民族师范学院为庆祝中国共产党建党 100 周年，深入贯彻习近平总书记的讲话批示精神，认真落实董晓宇书记"三个植入"部署要求，组织学校师生创作了大型歌舞剧《情系塞罕坝》，以此大力弘扬塞罕坝精神，使塞罕坝精神与高校思政教育有机结合，践行立德树人根本任务。

《情系塞罕坝》参演教师职工 20 人，在校学生 120 人，在学院党委副书记高俊虎的带领下，在剧目的策划创作初排、细排、联排和彩排过程中，认真吸纳各级领导和专家意见，不断修改打磨，精益求精，历经四个月三次改版最终完成剧目排练。该剧在省市县演出后，得到省市领导的高度认可和观众的一致好评。作为参演人员中的一员我倍感光荣，在这几个月的排演过程中也深深地为塞罕坝精神所触动，我将把塞罕坝精神植入今后的生活和工作中去，以实际行动弘扬和践行塞罕坝精神。

重温历史，不忘初心、牢记使命。《情系塞罕坝》以塞罕坝建设者的真实身份和特有的亲身经历为原型，共分为《牢记使命》《艰苦创业》《绿色发展》三幕。完整展现了第一代塞罕坝建设者听从党的召唤，从各地奔赴塞罕坝林场，奉献自己最美的青春，打响马蹄坑会战；第二代塞罕坝建设者将目光对准无法进行大规模机械造林的山地，通过人背肩挑的方式，在陡峭贫瘠的山地上，种下一棵棵幼苗；第三代塞罕坝建设者深刻理解和落实生态文明理念，再接再厉、二次创业，在实现第二个百年奋斗目标新征程上再建功立业。演员们通过舞蹈、情景表演、歌曲等综合性舞台表演形式，讴歌了"牢记使命、艰苦创业、绿色发展"的塞罕坝精神，充分展现了三代塞罕坝建设者的奋斗风采。

今天，建设美丽中国是我们这一代人的历史使命。面对资源约束趋紧、环境污染严重、生态系统退化的严峻形势，我们必须深刻铭记任何对自然的伤害最终会伤及人类自身的历史教训，必须深刻认识建设生态文明是关系人民福祉、关乎民族未来的长远大计，以切实之举践行初心使命，以身体力行落实责任，汇聚起14亿人共同建设美丽中国的磅礴之力。

融入角色，艰苦奋斗、攻坚克难。在当年恶劣的环境条件下，塞罕坝人吃黑莜面、喝冰雪水、睡地窖子，激发起的是"一日三餐有味无味无所谓，爬冰卧雪冷乎冻乎不在乎"的乐观主义情怀。更坚持依靠科学精神解决高寒地区造林育林的技术难题，一代接着一代干，创造了从一棵树到百万亩林海的人间奇迹。出演机械林场第三代场领导后，我深知肩负着党和人民的希望与重托，要继续发扬艰苦奋斗的传统，发扬爬冰卧雪、以苦为乐的精神，发扬"前人栽树，后人乘凉"的精神，持之以恒、久久为功。

在排练的这4个月里，全体演职人员，放弃个人休息时间，随叫随到，认真解读自身出演的角色，在台上反复打磨，老师和学生们经常排练到忘记时间、忘记吃饭，那段日子经常到深夜12点。演员们累了就在候场大厅地上躺一会儿，但从不喊苦喊累，想想我们的先辈们为造林育林受的苦难，我们这点苦又算得了什么呢！就这样经过4个月的艰苦排练，才有了今天的《情系塞罕坝》，正是由于全体演员的深情演出，观众在观看演出时，无不被塞罕坝精神所感动，现场频频响起向英雄群体致敬的掌声。

倍受鼓舞，履职尽责、砥砺前行。习近平总书记指出："理想信念就是共产党人精神上的'钙'，没有理想信念，理想信念不坚定，精神上就会'缺钙'，就会得'软骨病'。"塞罕坝林场人之所以能够战天斗地、攻坚克难，就是因为有着坚定的理想信念。塞罕坝精神所展示出的强大生命力、感召力和凝聚力，所蕴含的强大力量，将不断感染、鼓励、引领广大党员干部投身伟大事业、共筑伟大梦想，自觉做共产主义远大理想和中国特色社会主义共同理想的坚定信仰者和忠实实践者。作为河北民族师范学院的一名老师，我将把"塞罕坝精神"根植于内心，转化为大学老师的基本品质，转化为教学工作的不竭动力，转化为全心全意为学生服务的坚定信念。在工作中严谨教学、不怕困难、创新理念、履职尽责、砥砺前行！

作者系音乐舞蹈学院教师

不忘初心

邹占维

2021年6月26日至10月20日，河北民族师范学院音乐舞蹈学院全体师生以中国共产党建党百年为契机，在校党委构建大思政课育人格局、用塞罕坝精神铸魂育人理念的引领下，以习近平总书记对河北塞罕坝林场建设者感人事迹作出的重要批示为切入点，以塞罕坝林场建设者获"联合国地球卫士奖"、塞罕坝林场获"全国脱贫攻坚楷模"等荣誉称号为节点，编创大型歌舞剧《情系塞罕坝》，感悟、讴歌和传承塞罕坝建设者"牢记使命、艰苦创业、绿色发展"的塞罕坝精神，生动再现了三代塞罕坝人的奋斗历程。

在剧中，我参演了《情愿是一棵树》和《塞罕坝之歌》。作品旋律优美动听，歌词真挚感人，从中能够深刻领悟到塞罕坝人的艰苦奋斗、百折不挠的精神信仰。

几代塞罕坝人不惧风沙吹打，忍受寒冷饥饿，甚至付出生命的代价。他们的奋斗目标就是将茫茫黄沙变成林海，他们凭借着不服输、不言败的信念与恶劣的环境作斗争。遇到困难，他们想尽一切办法攻克，并以科学手段育苗种树，他们发挥愚公移山精神，不忘初心、代代坚守，使"黄沙遮天地，飞鸟无栖树"的荒漠沙地变成了"花的世界、林的海洋、水的源头、云的故乡"，如今塞罕坝变成了京津冀乃至华北地区的风沙屏障与水源地。

在高强度的排练演出过程中，我曾经产生过退出的念头，但正是塞罕坝精神感染鼓舞着我顽强地坚持下去，最终成为这台成功演出的歌舞剧中的一分子。

台上一分钟，台下十年功，一部好的作品需要全体演职人员的不懈努力与精心打造。为了呈现更好的舞台效果，我们每天投入大量的时间去排练、感受和磨合。时值夏季，天气阴晴不定，为了歌舞剧的顺利推进，团队师生顶烈日冒风雨，摸爬滚打，整日奋战在排演一线，辛苦的付出获得了多方的赞赏，同时，在塞罕坝精神的宣传中培育出每个人的"塞罕坝精神"。

"心中有信仰，脚下有力量，民族有希望"，在校党委的领导下，音乐舞蹈学院运用专业优势传承和弘扬塞罕坝精神，充分展现了学院"用专业塑造品牌，凝心聚力、打造精品"的核心目标。

成功的汇报演出，是真正以塞罕坝精神在践行初心使命。在未来的工作中，我定会不忘初心，继续弘扬和传承塞罕坝精神，牢记教师的使命，教好书、育好人，为国家、为社会贡献力量。

作者系音乐舞蹈学院教师

传承塞罕坝精神，强化使命意识

左桂龙

2021 年 6 月 26 日至 10 月 20 日，歌舞剧《情系塞罕坝》剧组从本校到承德大剧院、承德市儿童剧场、围场县，再到省会石家庄，为省市委领导、公检法人员、银行系统人员、在校师生等广大市民演出几十场。作为参演人员、辅导员，作为学工办主任，我为参与其中感到十分荣幸。

以中国共产党建党百年为契机，在校党委构建"大思政课"育人格局、用塞罕坝精神铸魂育人理念引领下，剧组师生以习近平总书记对河北塞罕坝林场建设者感人事迹作出的重要批示为切入点，以塞罕坝林场建设者获"联合国地球卫士奖"、塞罕坝林场获"全国脱贫攻坚楷模"荣誉称号为节点，以习近平总书记在河北承德考察调研时的重要指示为落脚点，将思政教育与专业教学相结合，编创大型歌舞剧《情系塞罕坝》。感悟、讴歌和传承塞罕坝建设者"牢记使命、艰苦创业、绿色发展"的塞罕坝精神，生动再现三代塞罕坝林场人的奋斗风采。

在剧中，我参演《情愿是一棵树》和《塞罕坝之歌》两个剧目。当初拿到歌谱，除了感受到歌词旋律的真挚、优美、感人之外，感悟更多的，是作品蕴含的艰苦奋斗、百折不挠、无怨无悔的力量，一种精神和信仰。

每一次登台表演，都有新的感悟。几代塞罕坝人顶风冒雪、不畏风沙侵袭、不畏严寒挨饿，哪怕付出生命的代价。凭着不服输的精神与恶劣的环境作斗争，动脑筋、想办法、科学育苗、代代坚守，将'黄沙遮天日，飞鸟无栖树'的荒漠沙地，变成了百万亩波澜壮阔、郁郁葱葱的人造森林，仿佛一道雄伟的绿色长城，一道亮丽的风景线，成为京津冀乃至华北地区的"风沙屏障、水源卫士"，成为花的世界、林的海洋、水的源头、云的故乡，创造了人间奇迹。每一次登台表演，塞罕坝人艰苦奋斗的情景就像过电影一样，在眼前浮现，那么清晰，那么令人感动，又那么让人仰望。

那么，塞罕坝林场今日成就的取得靠的是什么？塞罕坝精神的背后是什么？除了执着坚守，更多的是中国共产党的领导。党是旗帜、是方向、是力量。作为剧目的参与者、作为学生的管理者，我坚信中国共产党的领导，肩负责任担当，决心以塞罕坝精神鞭策自己、影响他人，做好学生思想引领工作，以实际行动演绎和传承这种精神。

"台上一分钟，台下十年功"。一部作品的感动不在于某一瞬间，而在于每一个瞬间。为了呈现更好的舞台效果，我们每天投入大量的时间去排练、感受和磨合。时值夏季，天气阴晴不定，为了歌舞剧的顺利推进，团队师生顶烈日冒风雨，摸爬滚打，整日奋战在排演一线。

演员们穿着棉袄在台上排练，汗水浸透了衣服。累了困了，就在后台席地休息。由于排练强度大，一些同学因低血糖而晕倒。排演过程中受伤也是时而发生。但是，轻伤不下火线，大家凭着一股韧劲儿和执着，依然在舞台上坚守。

正如领导和观众们说的那样，汇报演出的成功，大家真的是以弘扬塞罕坝精神在排演塞罕坝，以塞罕坝精神在践行初心使命。在未来的工作和学习中，我会不忘初心，继续传承和弘扬塞罕坝精神，强化责任、使命、担当意识，教好书、演好剧、育好人，增长本领、服务社会。

作者系体育学院教师

坚定信念　共筑梦想

刘德兵

　　大型歌舞剧《情系塞罕坝》的成功演出，深深地打动了现场观众的心，使观众深受感染。我也不例外，不仅仅是因为故事情节和演员的演技，更是因为我曾几次到塞罕坝林场做客小住，在静谧深邃的林场感受万籁俱静，在无与伦比的氧吧中尽情呼吸，因而对剧中的情节颇有感触。

　　塞罕坝原本是一片寸草不生的荒漠。然而，就是一个个有志青年不畏艰难困苦，毅然决然地来到这片荒凉土地才彻底改变了它的面貌。塞罕坝意为"美丽的高岭"。为恢复百年前的高岭美景，三代塞罕坝人历经60年的艰苦造林事业，最终造出了115万亩的世界最大人工林。歌舞剧《情系塞罕坝》讲述的正是这段往事，紧扣塞罕坝几代造林人的奋斗史，用现代视角重述60年的造林奇迹。

　　2017年，塞罕坝林场作为我国大力推进生态文明建设的一个生动范例，其建设者被联合国授予"地球卫士奖"。这个奖来之不易，20世纪60年代初，来自全国18个省市林业专业的大中专毕业生，与承德围场林业干部职工一起共369人积极响应祖国号召来到塞罕坝造林。他们不但遭到恶劣环境的严酷考验，还承受着一次次植树失败带来的打击，但他们始终不抛弃、不放弃对理想的追逐，终用心血、汗水和生命凝结成攻坚克难的信念，经过几十载的艰苦奋斗，终让茫茫荒漠变成浩瀚林海，谱写出创造绿野奇迹的壮丽篇章。

　　建场60年来，在物质和技术几乎一片空白的情况下，塞罕坝人坚持依靠科学精神解决技术难题，将林学理论同塞罕坝的具体实际相结合，大胆创新、敢闯敢试，不断开展科技攻关，闯出了科技创新促进林场可持续发展的成功模式。当前我们向塞罕坝人学习，只有按照科学规律推动改革发展，才能不断提高发展的能力和水平。塞罕坝人用坚定的信念、执着的追求成就了最美的青春。

　　塞罕坝不仅是一座有故事的美丽高岭，更是耸立于茫茫林海中的一座精神丰碑，它熔铸锻造了可歌可泣的塞罕坝精神。而一种精神得以传承，在于它顽强的基因，也在于其绵延不绝的生命力。

因此，反映当代精神，坚持文化自信和文化自觉，是文学艺术创作的使命和职责所在。那么，如何进一步展示时代的温度和文化的高度，创作出记录这个伟大时代的优秀作品，满足人民日益增长的精神文化需求，续写属于中国人的信念与梦想，对此，歌舞剧《情系塞罕坝》无疑交出了一份令人满意的答卷。

今天我们学习塞罕坝精神，对个人而言是青春的意义所在，于国家而言是生态发展的理念指引。

作者系体育学院教师

一场心灵的洗礼

崔净植

2021 年 10 月，由我校原创的歌舞剧《情系塞罕坝》受邀到河北师范大学演出，我荣幸地接到了参演的任务。那时的我刚刚参与完招聘面试，取得了全校第一名的好成绩，还没有正式入职，作为一名新老师能够参与其中，我感到非常幸运也非常荣幸。在这之前就耳闻河北民族师范学院创作的歌舞剧《情系塞罕坝》精彩纷呈，艺术价值、现实意义皆高。虽然没有参与创作，但能够参与这次演出，也让我在表演的同时受到了一次心灵上的洗礼。

剧中我参演了片段《塞罕坝之歌》和《花的世界 林的海洋》，这两段均给我带来了思索与感悟。《塞罕坝之歌》唱出了成百上千名塞罕坝务林人的奉献奋斗，成长于塞罕坝日益辉煌的绿色事业之上，是几代塞罕坝人用心血、汗水和生命凝结而成的；同样唱出了"天当床，地当房，草滩窝子做工房"的一代代塞罕坝人薪火相传，用半个多世纪的接力传承，以青春、汗水甚至血肉之躯，筑起为京津阻沙涵水的"绿色长城"，从茫茫荒原到百万亩人工林海，谱写了一曲守卫京津生态屏障的赞歌。若说《塞罕坝之歌》让我们感悟到了塞罕坝精神的时代背景和精神内涵，那么《花的世界 林的海洋》就体现了塞罕坝精神的现实意义。如今的塞罕坝不仅是"水的源头、云的故乡、花的世界、林的海洋"，更是享誉世界的旅游度假胜地。我们追寻着几代创业者奋斗的足迹，享受着绿水青山、蓝天白云的美好，这是多么幸福和幸运！我们更应该珍惜当下，发扬"牢记使命、艰苦创业、绿色发展"的塞罕坝精神。

我虽然没有参与创作阶段的排练，但是看到复排期间主创团队兢兢业业、精益求精，教师演员、学生演员配合默契，就知道整个团队是一支训练有素的队伍。这次演出让我进一步理解了塞罕坝精神，排练中，三代塞罕坝人克服恶劣自然条件植树造林的场景常常浮现在眼前，也使我一次次流下感慨的泪水，更感叹他们的伟大！塞罕坝精神是当代青年教师应该学习的，我会把塞罕坝精神融汇到教育事业上，为河北民族师范学院的发展作出自己的贡献！

作者系音乐舞蹈学院教师

二、学生

学好、演好、传承好塞罕坝精神

满子璇

在庆祝中国共产党成立 100 周年之际，为大力弘扬塞罕坝精神，我校创作排演了大型歌舞剧《情系塞罕坝》。全剧分《牢记使命》《艰苦创业》《绿色发展》三幕。该剧完整展现了第一代塞罕坝建设者听从党的召唤，从各地奔赴塞罕坝林场，奉献自己最美的青春，打响马蹄坑会战；第二代塞罕坝建设者将目光对准无法进行大规模机械造林的山地，通过人背肩挑的方式，在陡峭贫瘠的山地上，种下一棵棵幼苗；第三代塞罕坝建设者深刻理解和落实生态文明理念，再接再厉、二次创业，在实现第二个百年奋斗目标新征程上再建功立业的全过程。

在叙事上，以塞罕坝建设者真实身份和特有的亲身经历为原型，通过主人公于丽娜的戏剧人生贯穿全剧。以舞蹈、情景表演、歌曲等综合性舞台艺术形式，讴歌了塞罕坝建设者"牢记使命、艰苦创业、绿色发展"的塞罕坝精神，生动再现了三代塞罕坝林场人的奋斗风采。

我十分幸运能扮演"于丽娜"这一角色。为了演好这一角色，我怀着十分激动喜悦的心情搜索所有有关塞罕坝的故事，了解到剧中"于丽娜"这一人物确实真实存在。她年仅 20 岁就和同学们主动去塞罕坝植树造林，后来成为一名女拖拉机手，还收获了自己的爱情，将一生都奉献给了塞罕坝。

在第一幕中，于丽娜当时 20 多岁，她带着青春梦想来到塞罕坝，应该是一种干劲十足并乐观向上，具有年轻精气神的状态。在排练中，我只是一味地念台词，没有注入自己的内心情感，因此并没有把人物形象清楚地表达出来，加上自己本身是舞蹈专业而不是表演专业，所以情景表演的部分对于我来说无疑是一项艰难的考验。在排练中，我不断搜索有关人物表达的技巧，反复练习自己的语言情感和基调，终于慢慢有所领悟。在《最美的青春》节目中，来自全国各地的塞罕坝人经历了各种困苦，诸如缺衣少粮、狂风大作、风沙肆虐、刺骨的寒冷。就在这漫天的大雪中，那青松同志为了救下于丽娜，他的生命永远定格在皑皑的雪地里。队友们悲伤地抬起他已经冻僵的身躯，蹒跚前行……他们撑起的，是一座用生命铸成的丰碑。回想从《豆蔻年华》那青松与于丽娜的相识相知相伴到《最美的春春》那青松为救于丽娜而牺牲，"我"终于控制不住自己绝望悲痛的心情，在舞蹈最后的结尾放声大喊，淋漓尽致地表现出她自责悲痛绝望的情感，而这也更加坚定了于丽娜要把自己的一生奉献给塞罕坝的决心与勇气。于是我加强自己的练习，在宿舍、在舞蹈房反复找感觉。内心默默想着要想把她的人物形象树立好，一定要成为"于丽娜"。

第二幕中，于丽娜人到中年，比起活泼有朝气的青年时刻多了一些稳重与成熟，故语言上要有轻有缓。我清晰记得与林森一家的戏经过一次又一次的修改才最终确定下来，在这期间自己刚记住的调度又要推翻重新编排，那时候内心压力大到整晚都睡不着觉，闭上眼都是舞蹈排练和情景剧的调度。后来渐渐地适应了这种训练方式，排练也越来越得心应手。随着舞蹈和情景表演的结合，我更好地体验到于丽娜这一人物，还有她想要把自己一生奉献给塞罕坝的决心。

第三幕中，于丽娜为老年，相比青年和中年，老年的于丽娜眼神里多了坚定，步调和语速上要放轻、放慢、放缓，此时的塞罕坝已经变成了林海，内心独白上更要有欣慰骄傲的感情。说实话老年的于丽娜是最难练的，无论是身体上的变化，还是心理上的变化，都必须经过深深地思考和反复地琢磨。在这过程中遇到了很多专业上的问题，还好有领导、导演和老师的指点才让我一步步完成排练。最后观众在观看演出时，无不被塞罕坝精神所感动，与剧情产生深刻共鸣，直观认识了塞罕坝精神的深刻内涵和今日的塞罕坝，演出结束后，现场频频响起热烈掌声表达对塞罕坝人的致敬。到石家庄演出后，得到了省领导的高度赞誉和媒体的关注，引起了强烈的社会反响，此时我回望几个月的辛苦付出太值得了！

这场歌舞剧让我加深了对塞罕坝的了解，知道了塞罕坝机械林场三代人的故事，深刻体会到了剧中"于奶奶"在塞罕坝无私奉献自己一生的精神。我想当我再次去到坝上，在草地恣意奔逐时，在林间低吟浅唱时，在呼吸着清新空气时，在沉醉于松树的挺拔与白桦林的浪漫时，我不会像以前那样只是单纯欣赏它的美，而是会发自内心地感悟：在人间仙境的背后，是一代代造林人、守林人的努力与奉献；看似齐整、规矩的人工林背后，是三代塞罕坝人几十年的艰辛付出。他们创造的不仅是塞罕坝的绿色奇迹，更重要的是留给我们"牢记使命、艰苦创业、绿色发展"的塞罕坝精神。我们作为新一代大学生要有信心有责任弘扬好塞罕坝精神，为社会主义现代化建设贡献青春和汗水！

写下这次经历和感受，我更加发现这次舞台剧让我受益匪浅，不仅学到了情景语言上的技巧，更是得到了表演上的锻炼。塞罕坝成就了于丽娜，而于丽娜也深深地影响了我……

一部歌舞剧的完成离不开学校领导、老师以及学生们的共同努力。在排练过程中，最让我感动的就是在遇到困难时大家都勇于面对、坚强克服，不退缩、不抱怨。而我从中得到的最大收获是明白要想完成好一件事，必定需付出百分之百的努力并要有决心坚持下去。在排练演出的时候，我发现塞罕坝精神也在潜移默化地影响着我，渗透到了我的排练和学习生活中。

参与演出的经历使我的青春变得更加绚丽多彩，为我的人生积累了最宝贵的财富，留下了最珍贵的记忆和最难忘的时光。感恩所有老师的信任和支持，我会一直努力，朝着自己的热爱坚持下去。

通过排演歌舞剧《情系塞罕坝》，我体会到了塞罕坝精神的强大力量，在日后的学习生活中，我一定学好、演好、传承好塞罕坝精神！

作者系音乐舞蹈学院 2020 级舞蹈学专业 3 班学生

守护"种子"，让一棵树长成了一片林海

武帅博

在歌舞剧《情系塞罕坝》剧中，我非常荣幸地出演了"消防员"的角色，在现实中的塞罕坝林场上，消防员这一职位必不可少，他们共同守护着属于坝上的绿色，日日夜夜都在坚守着自己的岗位。我每当听到"消防员"这个名词，尊敬和自豪感就会油然而生。消防员是一个危险度极高的职业，并且在塞罕坝林场上的消防员更是异常艰苦，向坚守和奉献的守护者致敬。我虽然不是塞罕坝林场的一员，但我是《情系塞罕坝》的一员。

为了更好地、更加真实地还原"消防员"这个角色，我深入了解了塞罕坝消防员的故事。通过实地走访，了解到消防员们从小生活在这里，看不到外面多彩的世界，甚至有时因吃不到美味的食物而和父母发小脾气。渐渐地他长大了，看到自己周围的绿色，从两山之间的一小抹绿变成了绿色的汪洋，他明白了父母工作的意义，更坚定了他要留在塞罕坝、守护塞罕坝的信心。虽然每天做着重复的事情，看似简单，事实上却关乎塞罕坝的"生命"，这项工作是光荣的、至高无上的。他作为众多守林员的代表，克服了内心的屏障，并愿意成为塞罕坝的守护者，他身负重任，坚守岗位，把忠于职责刻入生命年轮，用寂寞与单调，换来塞罕坝百万亩林海的平安，这是他的骄傲，更是我的骄傲！三代塞罕坝人，前仆后继创造了人类生态文明建设的奇迹。这种精神值得我们每个人铭记在心里，而且要落实到我们的生活和工作当中。

经过这次排练，我从导演和老师、同学身上学习到了很多，对以后走上工作岗位的我有很大的帮助。这段经历我铭记在心。虽然排练中很苦很累，遇到了很多很多困难，比如在室外练习的时候会遇到突然下雨的情况，为了保护我们的演出服不被淋湿大家一起淋雨搭帐篷，等到雨停再继续练习。还有在夏天排《最美青春》，演员的服装是大棉袄，衣服也需要穿很多，跳完衣服都会湿透，甚至有人晕倒，但是再难再累大家也没有什么怨言，我们和老师一起修改每一个作品，一起完成每一场演出。

在即将毕业的大学能出演塞罕坝舞台剧是很难得的，争取这个机会来丰

富自身是很不易的，所以我们都没有因为困难而停止前进的脚步，勇敢面对问题。我们学到的不只是塞罕坝舞剧和塞罕坝精神，还有我们在排练中怎么解决问题、怎么释放压力，以及如何进行自我反省和管理，这都是我们由塞罕坝舞台剧得到的东西。确实在当时会觉得很难，但是到以后想一想，排练的过程还是很值得怀念的，尤其是在每次演出站在舞台上的那一刻非常激动，在每次演出结束谢幕的时候听到台下观众的掌声，觉得所有的苦都是值得的，非常荣幸在我实习期间可以参演这样一部舞台剧，让我的大学生活有了不一样的色彩。

自从出演塞罕坝舞台剧后，我暗自下决心：要在以后的学习生活中用塞罕坝精神激励自己，学习先进、追赶先进，充分发挥自己的长处，到那时，我才可以欣慰地说："我无愧于这个伟大的时代，因为我对自己以后的道路充满了信心！"作为新一代的年轻人，我们要学习三代建设者创造的"牢记使命、艰苦创业、绿色发展"的塞罕坝精神，在平凡的岗位上成就不平凡的事业。不断追求，提升自己，不忘初心、牢记使命，努力前进！

作者系音乐舞蹈学院 2020 级舞蹈学专接本班级学生

历练　成长　收获

王怡凡

2021 年，我非常有幸参与了我们学校编创的大型歌舞剧《情系塞罕坝》的演出。

为了演好这个具有深刻意义的歌舞剧，在这个暑假，我们始终在紧张的排练中，从早到晚，从一遍到多遍，从简单到复杂。整个排练过程让我们记忆深刻。通过每天的紧张排练，我们感触很多，经历了很多、成长了很多，也收获了很多。同时，提高了自己多方面的能力，也填补了许多地方的不足。最感动自己的就是因为许多舞蹈前期还没有那么完善，很多地方需要改进，所以老师和同学们几乎每天都熬到很晚才能回去睡觉，有时候一天睡不到几个小时就又开始排练，同学们几乎站着都快睡着了，但是，我们依然坚持了下来。其间好多同学出现了中暑、低血糖等，但是他们都尽自己最大的努力来克服这些困难，大部分同学也都怀着积极的心态来完成这场演出。也会有极个别的同学因为接受不了这种强度的排练而打退堂鼓，但是坚持下来就会发现其实这些困难算不了什么，我们就是要用塞罕坝的精神来排练塞罕坝。

传承"蜡炬成灰泪始干"的奉献精神，在奋斗中擦亮青春底色。从漫天黄沙到满目青山，从穷山秃岭到绿水潺潺，是谁让塞罕坝由荒漠变成了绿洲？是无数的塞罕坝林场建设者。难以想象，曾经的塞罕坝是"飞鸟无栖树，黄沙遮天日"的荒原，如今却成为拥有 115 万亩林海的世界最大人工林。"为首都阻沙源，为京津涵水源"，塞罕坝人践行着"绿水青山就是金山银山"的理念，以吃苦耐劳、攻坚克难、无私奉献的精神，住窝棚、住地窖子、吃黑莜面也无所畏惧。我们要弘扬塞罕坝精神，汲取营养、滋润心田，在实现中华民族伟大复兴的道路上，以"踏平坎坷成大道"的昂扬斗志，以"蜡炬成灰泪始干"的奉献精神，擦亮青春底色，书写人生辉煌。

这部剧给了我很大的收获，参与塞罕坝舞台剧演出的同学确实比其他没有参与演出的同学有很大的进步。首先心态方面就有很大的改变，因为第一次进行这么大强度的排练，心理和身体上一时有些难以接受，但这部剧排练下来不仅锻炼了我吃苦耐劳的能力，也磨炼了我的意志。同时也接触了在课堂以外其他类型的舞蹈，让我在专业上也有了一定的提升。因为演出也去到了很多地方，校领导为了让我们充分感受什么是塞罕坝以及塞罕坝精神，于是带领我们去了塞罕坝，亲身感受了塞罕坝的美，让我们有了更深层次的了解，同时也拓宽了自己的视野。

当我们回酒店休息的时候打开电视，电视里正巧在播放电视剧《最美的青春》，我们看到之后心里更是充满了骄傲与自豪。

我看到观众在观看演出时无不被塞罕坝精神所感动，现场频频响起向英雄群体致敬的掌声，让我感到非常的自豪，认为吃的这些苦都是值得的！就是这种不怕苦不怕累的塞罕坝精神激励着我们，鼓舞着我们，才有了我们今天的成就。

在大学期间，能够有幸参与这样大规模的歌舞剧演出，真的给我的人生增添了浓墨重彩的一笔，对我今后的成长有了非常大的帮助。我会怀着一颗感恩的心，继续弘扬和传承塞罕坝精神！

作者系音乐舞蹈学院 2019 级舞蹈师范专业 1 班学生

以青春为笔，绘绿色华章

王　毅

假如我是一只鸟，

我也应该用嘶哑的喉咙歌唱；这被暴风雨所打击着的土地，

这永远汹涌着我们的悲愤的河流，

这无止息地吹刮着的激怒的风，

和那来自林间的无比温柔的黎明……

——然后我死了，

连羽毛也腐烂在土地里面。

为什么我的眼里常含泪水？

因为我对这土地爱得深沉……

这是诗人艾青《我爱这土地》中的诗句。塞罕坝精神还未在我脑海中生根发芽之际，这令人激动而又振奋人心的声音如清泉般出现在我的生活里，而一部关于塞罕坝题材的电视剧《最美的青春》此时也正让"塞罕坝"出现在我的精神世界中。从那时起，我的生活竟阴差阳错地渐渐离这个神圣而令人向往的地方越来越近。

可随着新冠肺炎疫情的到来，我一直想到塞罕坝去看看，这个机会如泡沫幻影般消失不见。直到 2021 年，学校为迎接中国共产党建党 100 周年，安排老师、学生们编创展演歌舞剧《情系塞罕坝》。"塞罕坝"这一词又一次冲击着我心中那颗快要丧失希望的种子。作为大一刚入学的新生来说，我的内心无比的激动，虽然我没有真真切切地去过塞罕坝这个地方，但在排练前期，在老师和各级领导和我们讲述的过程中，在塞罕坝的美丽风光与背后的青春故事中，塞罕坝渐渐成了一幅画卷，在我的脑海中逐渐清晰了起来。

在《情系塞罕坝》这台歌舞剧演出中，我参演了《豆蔻年华》《最美的青春》《马蹄坑会战》《艰辛历程》《守护绿色》《绿色之旅》等单元节目，在《守护绿色》这个单元节目中，我扮演的是"火"这个角色，让我感触最深的也是这个节目。

白皑皑的雪地里，一棵棵松树，成队成行成排，像威武庄严的战士，巍然屹立在那里，随风飘动，渐渐变为绿的世界。在它们更上面的就是远离人烟的望火楼，防火瞭望员刘军夫妇还有他们的儿子，就住在这远离人烟的望火楼上。在这个节目中，我虽然扮演了"火"这个角色，但后来自己查阅资料后才知道，60余年来，上百万亩林区的塞罕坝，没有发生过一起森林火灾，"我"也从未在这片绿色的海洋中出现过，60余年啊，人短短一生不过如此，可它却是护林员的青春，而这片一望无际的树林，也早已成为护林员的家。在60余年不断的感动下，他们的儿子也渐渐理解了父母的选择与付出，中专上学回来后也选择进入林场，成为一名扑火队员，父母对林场的爱与责任，也传承到儿子身上，而这份责任，将代代传承、生生不息，这份传承也将在塞罕坝，成为一颗永升不落的太阳。未来将会有不计其数的60年，印证着一次又一次有价值的青春，他们将不顾艰难险阻，不顾春夏秋冬，一天一月一年地守护着这一片又一片的绿色。

在排练期间虽然很累，舞蹈一遍又一遍地跳，一次又一次地改进，用坏了一件又一件的道具，穿破了一件又一件的舞蹈鞋，但从中我们真真正正地感受塞罕坝人的艰苦条件和努力，以舞蹈人的理解，用舞蹈人的方式，诠释着那些青春。我们常说"干一行，爱一行"，塞罕坝人脚踏实地，在平凡的岗位中坚守，在短暂的青春中发光，这就是塞罕坝精神。在演出中，我们也各司其职，用自己的青春去诠释塞罕坝精神，用自己的舞蹈去演绎塞罕坝精神，用自己的心去感受塞罕坝精神。

功夫不负有心人，经过两个多月的磨炼与修整排练，10月20日，我们赴石家庄河北师范大学汇报演出，这次演出获得了圆满成功，我校党委副书记高俊虎向老师和同学们转达了省领导对我校歌舞剧《情系塞罕坝》的肯定、赞扬，以及提出的宝贵意见。这一刻，我觉得付出的一切都值得。

2021年8月23日，习近平总书记来到河北省塞罕坝机械林场月亮山，察看林场自然风貌，并高度肯定"塞罕坝人"长期以来的坚守和奉献，为塞罕坝精神深情点赞。

塞罕坝精神值得赞扬，它将融入每一个年轻人的血脉当中，在我们的青春中辉煌，以青春作笔，用其独有的方式，在那片一望无际的林场中，绘出独一无二的绿色华章……

作者系音乐舞蹈学院2020级舞蹈学专业1班学生

踏歌而行——绿色的旋律激荡塞罕坝

谢学伟

　　走绿色发展之路。塞罕坝是功在当代、利在千秋，造福子孙后代的伟大工程。塞罕坝之路就是播种绿色之路、捍卫绿色之路、绿色发展之路。"花的世界、林的海洋、水的源头、云的故乡"是对塞罕坝美丽景色的真实写照。2021年6月中旬，继《情系塞罕坝》在学校首演成功之后，老师带领我们登上塞罕塔。往远处一看，"太壮观了"！我情不自禁地喊了出来。

　　东观碧绿草原上耸立着的一排排白色风力发电机，在远处熠熠闪烁着银光。西望瓦蓝瓦蓝的天空中白云缭绕，自由飘荡的片片云朵，犹如草原上低头衔草的羊群。北瞰百万亩人工林海，与乌兰布统相接，令人浮想联翩。

　　此行的路途中，我们还看到了开着拖拉机的塞罕坝人，她们头上戴着头巾，手里拿着铁锹，脸上充满了喜悦，她们把种下的每一棵树都当作自己的孩子细心呵护着。这让我想到了《马蹄坑会战》里我们的服饰：女生身着深蓝色工装、头戴五颜六色的花格头巾，男生身穿灰色工装、手戴粗布手套，还有舞蹈《攻坚造林》里的套袖，等等。在演出之前我们第一次见到这些服装时，便立马穿上，也许是因为服装的年代感比较强烈，引得大家捧腹大笑，但是现在看到了真实的塞罕坝人穿着，她们头上围的不仅仅是头巾，更是多年的风吹日晒；肩上扛的不仅仅是铁锹，更是塞罕坝的护林重担；手上戴的不仅仅是粗布手套，更是长年干活落下的老茧……远处那一片一片的森林让人感觉那么舒服，又那么满足，这需要他们付出多大的力量和心血啊！

　　走入塞罕坝森林，映入眼帘的有橙黄似火的金莲花，还有黄色的野百合、纯白的唐松草、粉红的杜鹃、浅蓝的勿忘草、湛黄的野罂粟，数不清的野花漫山遍野竞相开放。这里的每一棵树、每一片森林都是塞罕坝人用自己勤劳的双手铸造出来的。他们为小动物们造出了一个个温暖的家，让首都有了一个丰富多彩的后花园！

　　作为《情系塞罕坝》中的一员，我很荣幸可以把塞罕坝的美通过歌舞表现出来，也更加懂得了塞罕坝人那种艰苦奋斗和持之以恒的精神。在排练

《艰辛历程》节目时，每个人的道具是一根不到两米的长棍，并且多有旋转、跳跃的动作，特别容易互相打到而受伤，我的手背也因此落下一道长长的疤痕，这让我感到非常骄傲，每次看到这条疤痕时，都会想起和大家一起排练的日子，有些人膝盖磨破、肩膀受伤，但坚持排练，这正是我们所体现的集体荣誉，正是我们要展现的塞罕坝精神。有时大家在夜晚冒雨打伞合光，不畏寒冷，贴心的老师们还及时为我们准备了热姜汤，以防大家感冒。有时因为时间紧张，彩排到凌晨，尽管身体很疲惫，但当作品演完站在舞台上的那一刻，会觉得所有努力都值得。

塞罕坝精神以绿色发展为核心，以牢记使命艰苦创业为支撑，既充满了塞罕坝人献身"绿色事业"的豪情壮志，又体现了塞罕坝人特有的理想追求。我们应该学习塞罕坝精神，弘扬塞罕坝精神，不负时代、不负青春！

作者系音乐舞蹈学院 2019 级舞蹈学（非师范）专业学生

守护心中的那片绿色

修浩恺

人无精神则不立，国无精神则不强。

我们伟大的中国共产党之所以历经百年而风华正茂、饱经磨难而生生不息，就是凭着那么一股革命加拼命的强大精神。2017 年 8 月，习近平总书记对河北塞罕坝机械林场建设者感人事迹作出重要指示，确立了塞罕坝精神。2021 年 8 月 23 日至 24 日，习近平总书记来到河北省承德市考察，首先考察了位于河北省最北部的塞罕坝机械林场并强调："要传承好塞罕坝精神，深刻理解和落实生态文明理念，再接再厉、二次创业，在实现第二个百年奋斗目标新征程上再建功立业。"这充分体现了习近平总书记对传承好塞罕坝精神、加强生态文明建设的高度重视。

1962 年，数百名创业者来到塞罕坝，开始了荒漠造林的世纪工程，半个多世纪的付出，终于将一望无际的茫茫荒原改造成了碧绿的林海。而且凝练成"牢记使命，艰苦创业、绿色发展"的塞罕坝精神。

2021 年，我过得非常充实，是因为有幸参与了歌舞剧《情系塞罕坝》的演出，有了许多锻炼的机会，从上大学到现在也有过许多次演出，但永远难忘的只有这次参演歌舞剧《情系塞罕坝》。我们花了半年的时间创作打磨，经过一次次的调整最后呈现出来。一开始其实不太理解为什么要耽误上课，而去每天很累地排练，可后来学校党委副书记高俊虎为我们讲解塞罕坝一代又一代建设者们的艰苦创业事迹，是他们使荒原漠地变成今日的绿水青山。我渐渐懂得了参与这部舞台剧的意义，逐渐越来越有动力。

在《情系塞罕坝》歌舞剧中，我参演了《马蹄坑会战》《艰辛历程》《守护绿色》《绿色之旅》和《花的世界 林的海洋》五个单元节目。让我印象最深的是《守护绿色》这个节目，我在其中扮演的是树，描述从冬天到春天的过程，同时也在讲述望火楼夫妇的故事。这个节目我们已经准备了 1 年的时间，是整个舞台剧里时间最长的一个节目，一开始找不到这个舞蹈的感觉，后来通过老师的讲述找到了感觉，觉得自己仿佛真的是塞罕坝中的一棵树。

在望火楼上有一对夫妻，他们每年9月上去第二年6月才会下来，在那上面没有肉和蔬菜吃，交通也不方便，但他们还是一年又一年地坚守，他们的儿子也接了班来守护塞罕坝，我听到这个故事内心深受感动。

和老师同学们一起排练，虽然很累很困，但是当作品完成站在舞台上那一刻，觉得所有的努力都值得。大家团结一心、共同努力，在每场演出结束谢幕后都会喜极而泣。

我们作为新一代年轻人，学习塞罕坝精神，弘扬塞罕坝精神，守护我们的"金山银山"，我们不怕苦不怕累，继续把塞罕坝精神发扬光大！"纤纤不绝林薄成，涓涓不止江河生。"人人呵护绿色、保护生态的力量汇集起来就是"绿色海洋"，时间积累下来就是社会风尚。让生态意识融为公众意识，生态道德成为社会公德，每个人心间的美丽愿景，一定能生长为人人、事事、时时崇尚生态文明的社会风尚。

最后我想感谢我的老师们，他们陪着我们一起排练、创作到深夜。在老师的身上我也学习到了很多东西，我会继续努力勇敢前行，把塞罕坝精神永远铭记于心、传承下去！

作者系音乐舞蹈学院 2019 级舞蹈学（非师范）专业学生

塞罕情思　我辈牢记

阴汶材

塞罕坝这座美丽的高岭，它是荒漠变林海的人间奇迹，更是推动现代生态文明建设的一个生动范例。2017 年 8 月，习近平总书记对塞罕坝林场建设者感人事迹作出重要指示，并于 2021 年 8 月 23 日亲临塞罕坝机械林场参观考察。这就是习近平总书记牵挂的塞罕坝！塞罕坝的感人事迹和精神也是我人生路上的指向标。而这次参与歌舞剧《情系塞罕坝》演出，让我对塞罕坝精神的理解更上一层楼，也为我的人生路点燃了最明亮的一束光！

在这部歌舞剧中，我参演了《党的召唤》《豆蔻年华》《最美的青春》《马蹄坑会战》《艰辛历程》《守护绿色》《绿色之旅》7 个单元的节目，扮演多重角色。从第一幕怀揣着理想与抱负的东北林业大学生听从党的召唤，牢记使命，赴承德塞罕坝种树，到第二幕扮演泥土和树来体现绿色这一象征着生命的颜色，再到第三幕扮演蒙古族牧民来突出当代塞罕坝绿色发展的主题，展现出一片欢乐祥和的景象。不光是这些，在前期的排练过程中，我一直组织同学们进行有效排练、道具分工与整理、排练时间及教室的分配，课后的有效练习辅助老师完成，起到了模范带头作用。到中期去到各个剧院演出，也以身作则，辅助老师带同学们排练走场，整理清点道具。后期也就是寒假之前，在老师的指导下，我带领 2019 级参演《情系塞罕坝》歌舞剧的同学把自己学到的东西教给 2020 级的师弟师妹们。我安排排练的时间地点、各个舞蹈的人员分配、道具的作用等等，在同学们的帮助下我们圆满完成任务，也从中学到了很多课堂上学不到的东西，收获了进步成长！参与歌舞剧《情系塞罕坝》的排练与演出是我人生中的幸运！

俗话说得好，"台上一分钟，台下十年功"。这台歌舞剧成功的背后也有着鲜为人知的辛酸与痛苦。在排演过程中，我们与老师们并肩同行、同甘共苦。苦其心志、劳其筋骨、饿其体肤才能有所成就。再苦再累，我们不是一个人，也不是几个人，而是一群人，拧成一股绳，势不可挡；聚成一团火，照亮前方；散为满天星，各自发光。为了呈现最好的舞台效果，演员们每天都要投入大量的时间去排练，这对演员的耐性是一个极大的考验。还记得我当时有七个节目，每个节目的衔接也非常紧密，服装调换很不便。于是，我们想出了一个办法，按照节目顺序，从外到内依次套上相应节目的服装，然后演完一个节目就褪去一套衣服，这样就节省了时间，可以准备下一个节目。但是，炎热的夏天，在不透风的候场室里，六七套服装套在身上，那种感觉可想而知。汗水浸透了我们的衣服，由于排练的强度大加上厚重的服装一些同学因低血糖而晕倒，在舞台上受伤更是家常便饭。但是，我们毫无怨言，继续勇往直前。这台歌舞剧的成功都是老师和同学们用"越是艰险越向前"的意志换来的！

《情系塞罕坝》歌舞剧的演出虽然已经告一段落，但这正是新的开始，为之付出的努力和奋斗过后的收获深深烙印在我们每一位"塞罕坝人"心中。时代呼唤塞罕坝精神！需要塞罕坝精神！"塞罕坝人"的骨子里都藏着这种精神。作为青年的我们更应该铭记"牢记使命、艰苦创业、绿色发展"的塞罕坝精神。塞罕坝精神是我们的精神支柱和力量源泉，让我们不忘初心、砥砺前行，牢记使命、不负韶华。我们是一群用塞罕坝精神排练的舞蹈演员，尽己所能，让塞罕坝精神永传承！

每次演出都是经历，每次经历都是历练，每次历练都是成长，让我们携手共进、砥砺前行，向着更大更广阔的舞台迈进，让塞罕坝精神熠熠生辉！

作者系音乐舞蹈学院 2019 级舞蹈学（非师范）专业学生

草木植成，不负青山

张慧敏

对于塞罕坝精神的理解，在上大学之前，我的认识只在课本上、电视上，只是浅显的、粗略的。在参演了歌舞剧《情系塞罕坝》之后，我对塞罕坝精神有了更深刻的理解。

在剧中，我参演了《艰辛历程》《守护绿色》《绿色之旅》《花的世界林的海洋》等单元节目。《艰辛历程》用植树造林的情景舞蹈形式，再现了塞罕坝人的艰苦创业。我在里面是种树人的角色，我切身地感受到塞罕坝人的艰辛，感受到了什么是"黄沙遮天日，飞鸟无栖树"，也感受到了前辈们的艰难。在造林的过程中，塞罕坝人不仅经受了恶劣环境的严酷考验，还要承受一次次植树失败带来的打击，但是前辈们始终不抛弃不放弃对理想的追求。经过塞罕坝三代人几十载的艰苦奋斗，茫茫荒漠变成了浩瀚林海。塞罕坝人书写了一部可歌可泣的艰苦奋斗史。

非常荣幸能够参演该剧，这让我积累了很多的演出经验，也让我在专业方面有了很大的进步。更重要的是真正体会到了塞罕坝精神。本舞剧中的很多情景表演，不光是简单的肢体动作，表演也占很大的比重。排练的过程是辛苦的，正值盛夏，一层又一层的演出服也被我们的汗水慢慢浸透，我们冒着雨排练，有时候也会排练到凌晨。过程很艰辛，但校领导和老师们一直陪伴鼓舞着我们，见证了作品的成熟，也看见了我们的成长。大家都被塞罕坝精神鼓舞着，没有一句怨言。作为大学生我们是年轻的一代，不怕苦不怕累正是我们在排练过程中学习到的塞罕坝精神。塞罕坝不仅成就了塞罕坝人，也成就了传播塞罕坝精神的我们。尤其是在石家庄演出的这一次，《情系塞罕坝》真正走了出去。我们来到河北师范大学，接受省领导的检查。我感到非常荣幸的同时也十分紧张，怕自己不能完美地呈现在舞台上，也怕自己不能够将塞罕坝精神很好地演绎出来。但好在大家团结一心，就像当时的塞罕坝先辈们一样，这一刻，我们每一个人都成了塞罕坝人，在排练厅努力耕种，在舞台上尽情享受，我们的演出取得了圆满成功。

　　这部歌舞剧不只是单纯的激情和热血，更不是简单的高喊口号，而是从人物的塑造、演绎以及时代特色的真实写照出发。通过排练与演出，我了解并体验到了塞罕坝人让荒漠变绿洲的过程。这种精神也激励自己，每次演出完台下热烈的掌声，就是对我们的认可。作为新时代的年轻人，虽已没有了当时艰苦的环境，但是在我们的人生路上，一定会面对很多的困难，我们应该像塞罕坝人一样，团结奋斗！

作者系音乐舞蹈学院 2019 级舞蹈学师范专业 2 班学生

致敬塞罕坝

张子尚

"花的世界、林的海洋、水的源头、云的故乡",是后人对于塞罕坝美景的描绘。2019 年我来到承德上大学,便知道了塞罕坝这个美丽的地方,在得知我们排练的歌舞剧是弘扬习近平总书记确立的塞罕坝精神的时候,心里非常激动。

在剧中,我一共参演了八个单元节目。在排练过程中,师生夜以继日,有时会排练到凌晨一两点。我认真揣摩每一个舞蹈动作,将情感真正投入歌舞剧之中。在演出的时候,导演和负责排练的老师们都在紧张地看着演员们的演出,生怕出一点儿错误,道具组也很认真负责,每次都清点完毕道具了才最后离开剧场。参与这场演出确实很辛苦,但是我只觉得光荣,觉得是老师相信我,我为此也很感激我的老师们。我们用辛勤的汗水换来了成功,我们的演出得到中央电视台等众多媒体和社会的广泛关注。通过参与这部剧的演出,我收获颇丰,不仅专业能力得到很大提升,思想也受到了洗礼。

一是提高了我的思维转换能力。因为参演节目比较多,排练的时间很长,有时候上午进行舞蹈《艰辛历程》的排练,下午又会进入舞蹈《绿色之旅》的排练,我能够很好地实现舞蹈动作的转换。

二是提高了我的舞台表现能力。我所参演的八个节目,每个节目所要表达的意思都有不同之处,所以在每个节目排练之前,负责排练的老师都会向我们描述我们要用怎样的情感来展现这个节目。比如表演《马蹄坑会战》这个节目,我的角色心理是大学生第一次来到塞罕坝看到树苗,内心十分激动也非常好奇,所以在这个时候我需要表达的情感是眼里有光,对一切事物都充满好奇的表情。在表演《艰辛历程》时,是要表达绿化塞罕坝的艰难,所以我们要表现出一种非常艰苦、困难重重的表情。每个节目要表现的情感都不同,所以我的舞台表现能力就有了很大的提升。

三是提高了我的舞蹈专业能力。在排练中,一个比较难的动作,如果只做一遍并不会做好,但是如果把它反反复复做 100 遍,就会觉得这个动作很简单就能完成，这就是台上一分钟台下十年功的道理。每个动作的重复练习都是为了在舞台上能够展现得更好，所以在排练过后，我的舞蹈专业能力有了很大的提升。

歌舞剧《情系塞罕坝》从河北民族师范学院走了出来，从承德走了出来，很快就要从河北走向全国。取得的所有成功，离不开老师导演的通宵编排、演职人员的付出。经过这场演出，我成长了很多，在这里向创造塞罕坝精神的建设者致敬，向弘扬塞罕坝精神的人致敬！

作者系音乐舞蹈学院 2019 级舞蹈师范专业 1 班学生

传承塞罕坝精神　做新时代进步青年

赵鼎禄

从半个世纪前的黄沙漫天到今天碧波万顷的绿色海洋，塞罕坝林场三代建设者义无反顾地追逐绿色梦、生态梦的奋斗史、光荣史，正是中华人民共和国几代人为了国家富强、民族复兴而努力的生动写照。塞罕坝人追梦的精神值得我们每一个人学习。

2021年，我校以塞罕坝三代建设者的感人故事为背景编创了大型歌舞剧《情系塞罕坝》。本人有幸在这台歌舞剧中扮演那青松这个角色。那青松是一个来自承德的汉子，1962年，党中央、国务院高瞻远瞩决定建设塞罕坝机械林场，来自18个省的林业大中专毕业生纷纷听从党的召唤从四面八方来到了塞罕坝。而"我"在这时与来自广西的于丽娜相识了，"我"很欣赏这个怕冷的小姑娘，并许下诺言一定会好好照顾她，再后来于丽娜在做实验时遇到了大暴雪，在大家抢救树苗时，"我"碰到了没有穿大衣的于丽娜，于是把"我"的大衣披给了她，后来"我"迷失在了大雪里，牺牲在了大雪里。

刚接到这个排练任务的时候很是兴奋，因为这对我来说不仅是一个锻炼的机会，更是一大挑战，我不仅要了解当时的历史背景，还要琢磨人物的思想和情感，只有在表演中饱含情感，才能打动观众。在排练台词时，由于我的声音跟角色的声音不符，老师专门手把手教我如何断句，如何在话语中加上该有的感情，有时不好意思大声讲，老师就会用她的情绪带动我，一句台词往往要练好长时间，才能说出那种应有的感觉。还记得在排练厅老师为了让我放开演，让我围着排练厅边跑边喊，就为了打破我心中的障碍。既然要演好塞罕坝的建设者们，还要通过肢体动作与表情来塑造塞罕坝建设者们那种艰苦创业与执着奋斗的精神。在排练时老师和同学们兢兢业业、勤勤恳恳，有时往往要排练到凌晨，但是大家并没有什么怨言，为了把当时建设者们的艰辛呈现给大家，只要最后结果是好的，得到大家的认可和鉴赏，一切都是值得的。

在排练的准备期间，我了解到了塞罕坝的故事，体会到了塞罕坝精神，感触颇深。美丽中国的基石，不仅在于天蓝地绿水秀山清，也在于千千万万颗像塞罕坝人一样的美丽心灵。"同呼吸，共奋斗"，每个人其实都是生态文明音符的演奏者。我们也许不能都成为造林不断、护绿不止的"生态卫士"，却可以成为像塞罕坝人那样珍惜生态、保护资源、爱护环境的积极行动者。观山水则赋予山水以生命情感，在城市则装点生活以自然情怀，不是所有的美景都在远方，心间的生态意识，日常的环保行动，汇集起来就是一道亮丽风景。

作者系音乐舞蹈学院 2019 级舞蹈学（非师范）专业学生

让绿色神圣使命代代传承

周 悦

如果奇迹有颜色，那么塞罕坝的绿色应当是其中浓墨重彩的一笔。跨越半个多世纪，三代塞罕坝建设者奋斗不息，把"黄沙遮天日，飞鸟无栖树"的荒漠沙地变成了广茂林海，塞罕坝成为"水的源头、云的故乡、花的世界、林的海洋、鸟的天堂"。塞罕坝建设者成就了一个绿色梦想，创造了人间奇迹。

我校为弘扬塞罕坝精神，以塞罕坝三代林场建设者的先进事迹为原型，创作了大型歌舞剧《情系塞罕坝》。我很荣幸参演了这台歌舞剧，能够成为弘扬塞罕坝精神的其中一员。在舞剧中，我参演了《马蹄坑会战》《艰辛历程》《守护绿色》《绿色之旅》《花的世界 林的海洋》五个单元节目，其中《守护绿色》《绿色之旅》《花的世界 林的海洋》这三个节目充分展现出塞罕坝的美丽景色，《守护绿色》展现出林海从寒冬到春暖花开的变化，树木从被雪覆盖，到渐渐苏醒，长出绿色，引来虫鸣鸟叫。《绿色之旅》展现塞罕坝建设好后，男青年和女青年在蓝天白云下的这片美丽的草原游览并相遇。《花的世界 林的海洋》更是展现出小动物们在花草树木中间穿梭的美好场景。

排练开始时间正值夏天，烈日酷暑，我们顶着太阳在操场走位置，到了晚上裹着几层衣服在操场合灯光到凌晨三四点，因节目衔接时间紧，要套上好几个节目的衣服、两三双鞋来节省抢装时间，以免影响演出。当时整场剧刚有雏形，有的节目排练到一半又推翻重来。排练期间经常连吃饭时间都要挤出来，刚刚结束这个节目的排练，又要紧接着排下一个，早起排练到半夜也是家常便饭，也确实很累，中间休息时间躺在排练厅地上就能睡上一觉，但现在想起来那确实是一段很有意义的时光，大家一起努力，虽然有时也有怨言，也经常累到崩溃，但绿色神圣使命在肩，没有一个人放弃排练。经过师生们的不懈努力，这台剧获得了成功。我也受益匪浅，大大提高了我的专业能力，不仅了解了塞罕坝机械林场的建设史，也更加深入理解了习近平生态文明思想。

　　在以后的人生道路上，我要坚定绿色使命，坚定"绿水青山就是金山银山"的发展理念，大力弘扬塞罕坝精神，让绿色使命代代相传。

作者系音乐舞蹈学院 2019 级舞蹈学（非师范）专业学生

让塞罕坝精神永驻于心

杜晔慧

　　塞罕坝三代建设者用青春、热血乃至生命的奉献，让荒漠变成了林海，实现了伟大的绿色梦想，铸就了"牢记使命、艰苦创业、绿色发展"的塞罕坝精神。塞罕坝成为推进生态文明建设的一个生动范例、世界生态文明典范，成为我们青年学生必须学习的中国共产党精神谱系的组成部分。

　　我从没去过塞罕坝实地体验它的生态美，但我有幸参演了学校编创的歌舞剧《情系塞罕坝》。在这部剧中，我总共参演了四个单元节目，而让我印象最深刻的角色就是《花的世界　林的海洋》里的"羊驼"，在扮演它的过程中要把羊驼的灵动与可爱展现出来，并且要把动作做得熟练，刚开始的时候我很喜欢扮演这个小动物，但当我看到大家在舞台上，穿着漂亮的裙子，演绎各个角色的时候，我的内心是有些许波动的，因为在操场排练的时候正赶上酷暑，烈日炎炎下，羊驼的服饰显得格外笨重，每次当我脱下服饰的时候都是大汗淋漓的，所以刚开始的时候我很羡慕别的同学。但当我了解了塞罕坝人艰苦奋斗、不畏艰辛的历程后，我明白了付出努力才有回报，而羊驼也是塞罕坝林场的重要一员，它也是塞罕坝林场的一部分，所以我不再去羡慕别人，而是积极地饰演好我的角色，最终也得到了大家的认可，很多同学都很喜欢这个灵动的羊驼，并且在演出结束后都会来找羊驼合照。所以，我认为每个角色都有它的价值所在，我们一定要积极努力地完成它。

　　在排练这台剧的时候，由于时间紧任务重，老师和同学们每天都在高强度地排练着，某一个节目遇到一些问题可能还要进行翻改，所以当时每个人都是身心疲惫的。我印象最深刻的是一个晚上，在操场联排的时候突然下起了滂沱大雨，在老师的带领帮助下我们躲到了帐篷里面避雨，细心的老师还给我们送来了暖身体的红糖姜水，所以当时我们坚持完成了整部舞台剧的联排，在大雨滂沱之时大家冒雨排练也毫无怨言，当我们想要放弃时，就会想一想塞罕坝林场三代人一代又一代坚持下来的决心。当我们得知去石家庄的河北师范大学汇报演出的时候，同学们都十分振奋，为了演出的顺利进行，放假期间我们也没有休息，每天都精神集中地排练。

河北省和石家庄市的相关部门领导和部分高校师生观看了我们的演出并给予高度评价，许多媒体都报道了我们的演出。付出总会有回报，我们的演出取得了巨大的成功。

2021 年，是我最充实的一年。我们在舞台上挥洒自己的汗水，在老师的带领下，我们用塞罕坝精神去排塞罕坝，在一次次的排练演出中收获知识与经验。"牢记使命、艰苦创业、绿色发展"的塞罕坝精神已深深植入我们的心灵。作为新时代的大学生，我们一定听从党的召唤，牢记使命，为建设社会主义现代化强国增光添彩！

作者系音乐舞蹈学院 2020 级舞蹈学专业 1 班学生

这一年，很值得

郭文君

2021 年，正值中国共产党建党 100 周年之际，我有幸参与了歌舞剧《情系塞罕坝》的排演，内心无比激动。从前都是听说塞罕坝的故事和塞罕坝精神，这次终于有机会去了解塞罕坝。为了让我们了解塞罕坝，学校党委副书记高俊虎亲自给我们讲述塞罕坝精神，听过之后，我热血沸腾，更加坚定了能排演好这台剧的决心和信心。

在排练过程中也会遇到许多问题，但是校领导和老师们都积极为我们解决排练中的各种问题，比如，下雨天我们顶着雨在室外排练，排练完后他们会给我们做好姜汤，在外演出排练到凌晨时，老师们都一直陪着我们到结束，有了这坚实的后盾，还有什么可怕的呢？想到当年义无反顾上坝的先辈们，我们现在受的苦又算什么呢？

在排练期间，为了演好这场歌舞剧，我们有幸来到塞罕坝，见到了夏天的塞罕坝，看到了塞罕坝的美，也懂了塞罕坝为什么美。万物勃勃生机，仿佛都是精灵一样，林子里边新鲜的空气让我心旷神怡，这里的景色仿佛神话般。高耸的树木，湛蓝的天空，我的每一寸肌肤都好像受到了洗礼，回想以前的荒原沙地，现在的美丽是多少人用青春、汗水和生命换来的啊！我不禁感叹。

在歌舞剧《情系塞罕坝》中，我扮演的是来自白城子林业机械学校的一名大学生，听从党的召唤来到塞罕坝，整台剧我参演了《党的召唤》《马蹄坑会战》《守护绿色》《花的世界　林的海洋》四个单元节目。

《守护绿色》让我在整台剧中印象最为深刻，它讲述的是林森爸妈在年轻时就来到塞罕坝的望火楼，一年 365 天都在这望火楼里看守这片林子。听高俊虎副书记给我们讲述过，望火楼最困难的就是吃水。春夏秋都还好，一到冬天塞罕坝的气温达到零下 40 多摄氏度，水都冻成了冰。他们两口子只能吃雪水，蔬菜根本吃不上，生活非常艰苦，在这么艰苦的条件下，林森爸妈任劳任怨，数十年如一日地在此守候，这就是塞罕坝精神——牢记使命、艰苦创业、绿色发展。

从不了解塞罕坝到领导老师给我们讲塞罕坝的故事，再到参演这场歌舞剧，内心深处的心酸涌上心头，塞罕坝人能吃苦的精神打动了我，排练的这种苦跟塞罕坝老一辈人的付出相比，真的是差太多太多！

2021 年 8 月 23 日，习近平总书记亲自到塞罕坝机械林场视察，并指出塞罕坝是世界生态文明典范，中国共产党精神谱系的组成部分，要求传承好塞罕坝精神。通过排演歌舞剧《情系塞罕坝》，我收获的不只是专业能力的提高，更重要的是思想的洗礼。

在以后的学习工作中，我要牢记塞罕坝精神，弘扬塞罕坝精神，不负时代、不负韶华、艰苦奋斗、爱岗敬业、甘于奉献，在建设社会主义现代化强国的征程上建功立业！

这一年，很值得！

作者系音乐舞蹈学院 2020 级舞蹈学专业 3 班学生

让塞罕坝精神之花在舞台上绽放

李伯熙

2021年，我非常荣幸成为歌舞剧《情系塞罕坝》中的舞蹈演员，这将是我人生中最深刻、最难忘的回忆。

在排练之前，我对塞罕坝精神的理解不是很透彻，随着排演的深入，我进一步了解了塞罕坝。塞罕坝曾经是茫茫荒原，自然条件十分恶劣，冬天大雪封山，极端气温达到零下43.3摄氏度，一年一场风，年始到年终。塞罕坝建设者们的生活条件十分艰苦，他们住窝棚、地窖子，喝河沟水、吃黑莜面，缺医少药。这些条件没有难住三代建设者，他们以永不言败的斗志，听从党的召唤、艰苦创业，用半个多世纪使荒漠变成了林海，使塞罕坝成为世界生态文明典范，获联合国"地球卫士奖"。

塞罕坝林场成功的背后，是林场的建设者们一年接着一年干，一代接着一代干，久久为功、驰而不息，用辛勤汗水浇灌的结果。塞罕坝建设者用实际行动诠释了"绿水青山就是金山银山"的理念，走出了一条矢志不渝、拼搏奋斗、科学治沙、绿色发展的奋斗之路，为美丽中国、世界生态文明建设积累了经验，创造了样板。

三代建设者的感人事迹深深感染了我们，我们用塞罕坝精神排演《情系塞罕坝》。排练的过程十分辛苦，有时为了合灯光直到凌晨3点才结束，第二天依旧要排练，仅仅有几小时的休息时间，困了累了我们把凳子拼一起躺下，有的干脆就躺在学校操场上休息。在承德大剧院排练时早出晚归，中午蜷缩在座椅上休息，还有的将道具大绿布铺在地上睡。剧务人员更是辛苦，演出结束后，常常整理到后半夜才离开。

环境就是民生，青山就是美丽，蓝天也是幸福。弘扬塞罕坝精神是我们的历史责任。我们师生要用自身的才艺排演好这台歌舞剧，让塞罕坝精神之花在舞台上绽放，为弘扬塞罕坝精神建功立业。

作者系音乐舞蹈学院2019级舞蹈学（非师范）专业班学生

为弘扬塞罕坝精神流汗付出，值得！

刘海旸

2017 年，中共中央总书记、国家主席、中央军委主席习近平对塞罕坝机械林场建设者感人事迹作出重要指示，确立"牢记使命、艰苦创业、绿色发展"的塞罕坝精神时，我还在上高中，当时塞罕坝就在我心中留下了深刻印象。

2019 年，我有幸来到河北民族师范学院上大学，带着青春梦想，很想到习近平总书记亲自批示的地方去看看，但突如其来的新冠肺炎疫情把我们困在了学校，去塞罕坝一直留在我梦里。

2021 年开学返校后，学院通知我们为迎接中国共产党建党 100 周年，要排演歌舞剧《情系塞罕坝》。接到任务后，我为有机会深入了解塞罕坝而感到十分高兴。为了演好这台剧，学校党委高俊虎副书记为我们讲塞罕坝精神。听过校领导讲述塞罕坝三代建设者创业的艰辛历程和看过今日的绿水青山生态美，我更加自信要排演好这台剧。

在歌舞剧《情系塞罕坝》中，我扮演的是来自白城子林业机械学校的一名大学生，整台剧我参演了《党的召唤》《豆蔻年华》《最美的青春》《马蹄坑会战》《艰辛历程》《绿色之旅》六个节目。给我留下最深刻印象的是《最美的青春》这个节目，它讲述的是在塞罕坝建场初期，在一个暴雪的黑夜，实验室被风雪吹倒，正在做实验的技术员于丽娜没有穿大衣，被正在抢救实验室和树苗的那青松发现，那青松将自己身上的大衣强行给于丽娜穿上，于丽娜同志得救，而那青松却被冻死在风雪中。每次排演到这个场景时我都非常感动，尤其是最后于丽娜抱着那青松同志冻僵的尸体痛哭的时候，我们每个人都在于丽娜的呐喊声中流下了眼泪。

由于演出时间紧，排练十分辛苦，每天早上 8 点就要去排练厅一直排到晚上九十点。有时因为种种原因要重新推翻再排，那时候几乎每天都处在崩溃的边缘，很累很乏。因为前面的几个节目都是连着的，我们演员在上下场换衣服换妆的时候非常着急，所以我们就把前几个节目的衣服都套在身上，酷暑盛夏，身上最多时穿 7 层衣服，演完一个节目就脱一件衣服，到最后最里面的衣服都能拧出水来。我们的汗水没有白流，演出引起社会各界的很大反响，我们的校领导和导演老师还做客中央电视台，介绍我们的演出。

2021 年 8 月 23 日，习近平总书记亲自到塞罕坝视察，并指出塞罕坝是世界生态文明典范、中国共产党精神谱系的组成部分，要求传承好塞罕坝精神。同学们听后十分振奋，为了到石家庄汇报演出，我们国庆节也没有休息，又进行了刻苦排练。

2021 年 10 月 19 日至 20 日，我们的汇报演出在石家庄的河北师大真知讲堂举行，省委领导，省委宣传部、组织部、教育厅、文旅厅、林业和草原厅领导和部分高校师生观看了我们的演出，演出获得巨大成功，得到了省委领导和各界的好评，许多媒体对我们的演出予以报道。

回想走过的 2021 年，这一年的大学生活让我永生难忘，通过排演歌舞剧《情系塞罕坝》，我的舞蹈水平大幅提升。更重要的是，通过排演，我知道了作为社会主义现代化强国建设者，要学习塞罕坝建设者听党话的使命精神，不怕吃苦、甘于奉献的艰苦创业精神。要牢记绿色发展理念，把塞罕坝精神弘扬好！

这一年，流下的汗水值得！

作者系音乐舞蹈学院 2019 级舞蹈学专业 2 班学生

参演《情系塞罕坝》收获精神财富

白舒菡

很荣幸能成为《情系塞罕坝》歌舞剧中的一分子，亲眼见证着这部剧如何像一粒沙，在岁月的贝壳中，汲取时代的精华，不断成长为一颗璀璨耀眼的明珠的过程。"山清水秀，鸟啼鹿鸣，日照千里，青松风茂。"这是出自《情系塞罕坝》第三幕大合唱里的歌词，而参与合唱的我，通过优美的歌词、动人的旋律，切实感受到了塞罕坝的美丽风景。

在技术组里，老师们的耐心指导，使我学到了许多在学校里学不到的知识。例如，如何正确使用追光、水雾机等技术。懂得了如何与老师配合，共同为舞台剧画上圆满的句号。都说我们是用塞罕坝精神来演塞罕坝这个节目，但对我而言，这无疑是一次成长，它教会了我许多。

一路走来，人生的每一段经历都是一处独一无二的美丽风景。全剧共三幕，可以说每一幕都有节目触动我。第一幕《最美的青春》在狂风暴雪的背景下，那青松为了保护于丽娜，将生命永远定格于风雪中。第二幕《艰辛历程》在结尾处，构思设计巧妙，男舞者们用一块绿布，撑起了一座座青山。背景音乐截取了国际歌中的一部分，体现了在中国共产党的带领下，黄沙遮天日的荒漠一点一点变成一片林海的绿色奇迹，从而与"绿水青山就是金山银山"的理念相呼应。第三幕中"林三代"自愿上坝工作，这是一代又一代塞罕坝精神的传承。

写到这里，想到《你好，生活》中的一段话："站在山巅与日月星辰对话，潜游海底和江河湖海晤谈。和每一棵树握手，和每一株草私语，方知宇宙浩瀚，自然可畏，生命可敬。"感谢学院让我们通过出演这台歌舞剧，深深感悟到了"牢记使命、艰苦创业、绿色发展"的塞罕坝精神，让我在演出中获得了宝贵的精神财富，这将使我受益终身。

作者系音乐舞蹈学院 2019 级音乐学（非师范）专业学生

守望一片林海，践行塞罕坝精神

陈禹庚

我在本台歌舞剧中既是演员，又是幕后剧务工作人员。从 2021 年 6 月开始一直到现在，我很荣幸见证这部歌舞剧一步步地修改，一点点地成长，越来越好，越来越完善，舞台也越来越大。在观众眼中呈现出一幅幅宏伟、壮观的场景。

夜以继日地排练，只是为了能呈现出更好的效果，每一滴汗水都见证了这部剧的成长。由于没有实际的经历，我原来对塞罕坝没有太深的感悟。但随着每次演出的成功，塞罕坝精神已经深入脑海。我们学习和弘扬塞罕坝精神，就要在任何时候、任何情况下都自觉践行艰苦创业的优良作风，发扬自强不息、与时俱进、开拓创新的时代精神，保持不畏困难、坚韧不拔、奋发有为的精神状态，为党和人民的事业努力奋斗。

习近平总书记在河北承德考察引发热烈反响。为大力弘扬塞罕坝精神，为中国共产党成立 100 周年献礼，我校用《情系塞罕坝》这部剧给党献上一份最真挚的礼物。塞罕坝精神是实现中华民族伟大复兴的中国梦的精神食粮和行动指南，是发扬艰苦奋斗精神的重要体现。争做"塞罕坝人"是我们的目标与责任。

作为青年一代的我们，要时刻铭记"牢记使命，艰苦创业，绿色发展"的塞罕坝精神，弘扬好塞罕坝精神，践行好塞罕坝精神，把塞罕坝精神运用到学习和生活中，坚持"绿水青山就是金山银山"的理念，不忘初心、砥砺前行！

作者系音乐舞蹈学院 2020 级音乐学专业 1 班学生

用青春守护绿色，用年华传承精神

翟瑞明

身为河北民族师范学院音乐舞蹈学院的一员，我有幸参演了原创歌舞剧《情系塞罕坝》，经过排演，塞罕坝精神深深地印在了我的心上。

塞罕坝三代建设者牢记使命，听从党的召唤，在党需要时，舍家为国，到祖国最艰苦、最需要的地方去战斗。

他们艰苦创业、甘于奉献。在 20 世纪 60 年代，第一代造林人上坝，外面引进的树苗成活不了就自己研究育苗，在一次次的失败中寻找那条成功的道路。树苗死了再种，在狂风暴雪中，不畏生活的艰辛，坚持守护那一抹绿色。我感受到了那一辈人的艰辛，在"黄沙遮天日，飞鸟无栖树"的荒漠沙地上艰苦奋斗、甘于奉献，创造了荒原变林海的人间奇迹，用实际行动诠释了"绿水青山就是金山银山"的理念。

"是谁把爱交给大地，茫茫荒漠变成多彩画卷，让荒山秃岭变成金山银山……"舞台剧中优美动听的旋律一直萦绕在我的脑海里。参演《情系塞罕坝》让我知道了，作为新时代的青年，要听党话、跟党走。做任何事情不要畏惧艰辛，要坚持奋斗、甘于奉献、敢于创新、久久为功、持之以恒。用我们的青春守护绿色，用我们的年华传承好塞罕坝精神。

作者系音乐舞蹈学院 2020 级音乐学专业 4 班学生

用行动践行塞罕坝精神

邸泽帅

参与完这次演出后，我感悟很多。虽然我只是一名幕后工作者，但我仍然带着无比激动的心情参与《情系塞罕坝》的演出。我负责的是所有后台的道具管理和为老师跟同学之间的及时配合沟通交流。这次演出，丰富了我们的艺术实践经验，也让我的大学生活多了一份珍贵的回忆，多了一份满满的幸福感。

我们每个人都有自己的责任，虽然职责不同，但都是不可或缺的。通过参演歌舞剧《情系塞罕坝》，我才真正了解到什么是塞罕坝精神，"牢记使命，艰苦创业，绿色发展"不仅是一个口号，更是一种精神，一种永不服输、永远为国家默默奉献的精神。每一次排练，我们都是带着百分之二百的精神去认真地履行我们自己应负的责任，每一个人都不允许自己出现一丁点的错误。一次不行，那就来第二次；第二次不行，就来第三次，一直到几近完美，确保在正式演出的时候顺利完成。"台上一分钟，台下十年功"，这种久久为功的精神，正是我们大学生应该学习、应该具备的品格！

此次演出，我们音乐舞蹈学院全体师生共同努力、共同配合，完成了这一剧目的演出。我们为之付出心血，足以让人感动落泪。也许别人感受不到这些幕后的付出，但音乐舞蹈学院的每一个成员都深有感触。一个人的幸福，再大也是微小的；许多人共同努力获得的幸福，再小也是巨大的。在忙忙碌碌的学习生活中，能参与该剧演出的我们是幸福的。这将是我人生中最宝贵的回忆！

作者系音乐舞蹈学院 2019 级音乐学专业 1 班学生

传承塞罕坝精神，收获实践经验

关　欣

在《情系塞罕坝》歌舞剧排演中，我担任化妆师一职，在幕后见证了舞蹈演员、指导老师们为这部剧的辛勤付出，同时得到了许多收获与感悟。

在这台歌舞剧的化妆中，有的化妆室狭窄拥挤，有的化妆室阔亮宽敞，有的间数不够和更衣室混在一起，有的干脆就成了道具堆放间。即便如此，舞蹈演员们、指导老师们克服并适应了种种外部因素，在彩排走位、踩点、合光的空隙中，抽出时间来试妆。在正式演出中，也会记住自己的化妆顺序来化妆，为舞剧演出前的准备节省了许多时间。

在彩排的过程中，我作为化妆师有一些空闲时间，这时会去后台转一转，去看看演员们的状态、道具的准备、妆发的完整度以及妆容是否合适，是否需要根据舞剧灯光的改变、剧本的变化再次做出调整。

在化妆过程中也收获了许多实践经验，例如，在舞台上，灯光直打在演员的脸上会很吃妆，所以必须在刚开始化妆时就"下狠手"；改妆时，手要快，空出时间长的演员多的有几个节目，少的只有三个八拍，在短短的几拍时间里，要做到"稳、准、狠"快速改妆，利索地把妆发造型做出符合剧中角色的改动；在昏暗的环境中，准确找出下一个节目需要抢妆的演员并做出改动，等等。

在化妆、补妆、抢妆的过程中也看出了舞蹈演员们的辛苦，有时候刚化好的妆，只走了一遍排练就花得不成样子，让汗晕得很厉害；有时在改妆的过程里，有的演员时间很紧为了及时赶上节目，通常都是提着没换完或者换了一半的衣服，就来匆忙地改妆……

为了这部舞剧的成功演出，为了把塞罕坝精神弘扬给更多的观众，演员们真的付出了许多汗水与努力，只为了让观众更加真实地感受到塞罕坝建设者的伟大和林场建成的不易。

这次的实践，不仅给我增加了舞台化妆的实践经验，也让我看到了大家齐心为舞台剧所付出的努力，感受到了塞罕坝精神的力量。我决心牢记塞罕坝精神，坚持学习新思想、新理念，好好学习自己的专业，争取为发扬塞罕坝精神贡献自己的一份微薄力量。

作者系音乐舞蹈学院 2019 级音乐学（非师范）专业学生

"独行快，众行远" ——幕后工作者在行动

李贺涛

在歌舞剧《情系塞罕坝》中，我担任剧务一职。通过这次歌舞剧《情系塞罕坝》的排练演出，我学到了很多在课堂上学不到的东西，也清晰地体会到了什么是塞罕坝精神。

最初在学校演出的时候，我能很认真地做好自己的工作。但随着战线的不断拉长，我慢慢地开始懈怠了。在经历了一段时间的磨合后，我越发感觉到自己已经是其中的一员，越发清楚了作为剧务的责任与担当。我知道这项工作需要很大的热情来支撑，并且需要持之以恒的精神。参与其中，磨炼了我吃苦耐劳的品质。同时，更重要的是在这段时间里，我第一次真正地融入了集体，像步入了社会，进入了工作岗位一样。这次难得的机会，使我们开阔了视野、增长了见识，为我们以后真正走向社会打下了坚实基础。

回想自己在这期间的工作情况，也并不尽如人意。对此我思考过，学习和工作的经验缺乏只是其中一个因素，更加重要的因素是心态的转变没有做到位。现在发现了这个不足之处，还算是及时。因为在演出期间难免会出现消极情绪，最重要的是怎么才能调整好自己的心态。这一次的工作你没有做，别人帮你做了，那么下一次的工作你还是会寄希望于其他人代劳，这样就会形成恶性循环。我们每个人一定要尽自己的所能把自己的事情做好，并尽可能地去帮助别人，这样才能把集体工作做好。

我认为发挥团队的整体效应很重要。充满凝聚力的团队，其战斗力是最强大的，势不可当。在我们演出期间，大家各司其职，自己承担好属于自己的那一份责任，比如，整理舞台道具、记住道具在台上的位置等。所以，对于每一个人来说，不管自己是负责哪一小部分，都必须时刻记得自己是团队中的一分子，是积极向上的一分子，认识到自己的行动会影响到团队，这样才能做到与团队共同努力、共同进步、共同收获。

在接下来的日子里，我会朝这个方向努力，相信自己能够把那些不该再存在的缺点改掉，并且由衷地感谢老师们在这段时间里对我的指导和教诲，我受益匪浅。

作者系音乐舞蹈学院 2020 级音乐学专业 1 班学生

用塞罕坝精神讲好塞罕坝故事

刘田宇

在歌舞剧《情系塞罕坝》中，我主要负责侧幕、节目单等文字方面的工作，同时参演了大合唱《塞罕坝之歌》。经过不断地排练，不断地更改完善，我和我的演出伙伴出色地完成了每次演出。不论是老师还是学生都以百分之一百的状态参与其中，不论排练到多晚，不论排练有多累，在站上舞台的那一刻，仿佛我们就是塞罕坝林场的建设者，浑身充满了干劲。在那一刻，我们真正理解了前辈们是以怎样的决心和斗志，把"黄沙遮天日，飞鸟无栖树"的荒漠沙地变成"花的世界、林的海洋、水的源头、云的故乡"。

通过参演歌舞剧《情系塞罕坝》，我真正理解了"牢记使命、艰苦创业、绿色发展"的塞罕坝精神，这不仅是一种口号，更是我们学习和努力的方向。他们"渴饮河沟水，饥食黑莜面；白天忙作业，夜宿草窝间；雨雪来查铺，鸟兽绕我眠；劲风扬飞沙，严霜镶被边""一日三餐有味无味无所谓，爬冰卧雪冷乎冻乎不在乎"。这是怎样的钢铁意志才能激励前辈们在荒漠高原上植树造林，不惧失败，不惧艰难险阻，一代接着一代干。强大的使命感、责任感在支撑着他们无畏向前，这也正是我们当代大学生应该学习的精神。为了改善生态环境，无数的人把自己的青春和生命献给了这里，而作为享受这一成果的我们，更应该爱护这里，继承和发扬塞罕坝精神，把塞罕坝精神融入我们的学习、工作和生活中。

这一次的演出经历也让我明白了，好的作品都是通过不断地打磨、更改、完善才能完美地演绎出来。世上没有一蹴而就的成功，看着老师们一遍一遍地抠动作，一次一次地合灯光，逐字逐句地分析旁白，我才真正明白什么是"台上一分钟，台下十年功"，每一场演出成功的背后都是每位老师和同学不断的付出。这次的演出更使我明白了怎样才能成为一个合格的大学生，怎样才算是不负青春。

在以后的学习和工作中，我会以饱满的精神面貌和充足的干劲来投入其中，遇到困难也会迎难而上，想出好的解决办法，做事情也要思考全面，以积极端正的态度去面对每一份工作。发扬和传承好塞罕坝精神，不畏艰难险阻，迎难而上，实现自身的价值，不负青春、不负韶华。

作者系音乐舞蹈学院 2019 级音乐学专业 1 班学生

在实践中学习塞罕坝精神

刘禹孜

  在这台歌舞剧的演出中，我是一名化妆人员。我认为歌舞剧化妆需要在演出的特定条件中以剧本为基础，运用化妆手段，结合演员的基本条件，塑造出符合剧情要求的人物形象。如各个主演扮演不同时期的人物，就需要相应的妆容来体现。

  在这场演出中，所有人员都付出了努力。《情系塞罕坝》共分《牢记使命》《艰苦创业》《绿色发展》三幕，讲述了从塞罕坝第一代建设者听从党的召唤，奔赴塞罕坝林场奉献最美的青春，到马蹄坑会战，他们不惧辛苦、艰苦奋斗，创造了沙漠变林海的人间奇迹，成为生态文明的典范，到第三代建设者继续守护林海的故事。我还参与了《塞罕坝之歌》的大合唱，这首歌的歌词充分地体现了塞罕坝精神，歌词中的"牢记嘱托，美好向往记心上"体现了牢记使命的精神；"艰苦创业，昔日荒漠变绿洲，拼搏奉献持之以恒"体现了艰苦创业的精神；"生态文明范例，引领绿色发展"体现了绿色发展的精神。整台演出，演员们通过舞蹈、情景表演、歌曲等舞台表演形式，歌颂了塞罕坝精神，充分展现了三代塞罕坝林场建设者的奋斗风采。

作者系音乐舞蹈学院 2019 级音乐学（非师范）专业学生

牢记嘱托　弘扬塞罕坝精神

邱　语

身为音乐舞蹈学院的一分子，我非常荣幸能够参与歌舞剧《情系塞罕坝》的排演。为贯彻落实习近平总书记视察塞罕坝机械林场时作出的重要指示精神，大力弘扬"牢记使命、艰苦奋斗、绿色发展"的塞罕坝精神，我校创作了原创大型歌舞剧《情系塞罕坝》。该剧讲述了塞罕坝机械林场建设者听从党的召唤、响应党的号召、忠诚党的事业的坚定信念，为了改变"风沙紧逼北京城"的严峻形势，几代塞罕坝人经过艰苦创业、不懈奋斗，在塞罕坝建成世界上面积最大的人工林。他们把茫茫荒漠变成了郁郁葱葱的林海，阻挡了风沙南侵，构筑起防风沙、养水源、固生态的绿色长城，创造了沙漠变绿洲、荒原变林海的绿色奇迹。

我是本部歌舞剧中剧务组的成员，并参演了三代人大合唱。剧务组负责整场节目所需服装道具的整理、搬运和管理。为保障演出的顺利进行，每次正式演出，我们剧务和演出人员都认真在上下台口搬运道具。每次演出结束后，团队成员都要连夜整理、搬运服装道具，无论排演到几点，无论刮风下雨。我在剧务组还负责追光、水雾、化妆工作。一场场演出提高了我的工作能力和应变能力。每场演出，我们各个部门必须配合好，必须以认真负责的工作态度做好自己的本职工作。给演职人员化妆，锻炼了我的化妆能力，也让我收获了很多友谊。

几个月来，通过一次次的排练、演出，我学习到了很多关于塞罕坝的知识，也更深刻理解了塞罕坝精神的内涵，我们用塞罕坝精神来演绎《情系塞罕坝》，我深深地被这种情感所打动吸引。以后我在学习中也会继续学习塞罕坝精神，传承好塞罕坝精神。做到吃苦在前、享乐在后，牢固树立乐于奉献的光荣感和责任感，在奉献中不断进步成长。

作者系音乐舞蹈学院 2019 级音乐学（非师范）专业学生

传承和历练——让塞罕坝精神常驻心中

宋乾昊

　　歌舞剧《情系塞罕坝》自开始到现在已半年有余。身为音乐舞蹈学院的一分子，我十分荣幸参演了这部剧，同时深深感受到了这个节目中蕴含的深厚感情，也深深体会到了塞罕坝人的艰辛！

　　我在《情系塞罕坝》中担任剧务、参演部分节目。我们整个团队，每人都有着不一样的责任，就像一台机器的运作，内部牵扯着大大小小的齿轮，任何一个人出错都会造成严重的后果。在这半年多的排演中，大家一开始对后台道具放置、时间卡点、舞台布置等各项事务都很陌生，慢慢地我们在老师的教导下，大家各司其职、服从安排，确保了演出顺利进行。

　　这部剧终将成为我们最难忘的回忆！在这部剧中，我们不仅收获了成熟稳重，更深深懂得了团队精神的宝贵和重要性。这样一部规模宏大的歌舞剧，如此大的工作量，两三人是绝无可能完成的，需要团队的默契配合，才能将工作效果做到最好。

　　弘扬塞罕坝精神是一项长期的政治任务，我们会继续秉持踏实能干、脚踏实地的作风，不断发扬塞罕坝精神，用最美的青春去真切地传扬这种精神！

作者系音乐舞蹈学院 2020 级音乐学专业学生

守护那片绿，牢记塞罕情

王钦翰

2021 年，我有幸参演了舞台剧《情系塞罕坝》，并担任该剧的舞台监督工作。回想起来，我的心路历程大抵经历了三个阶段：一是我刚接到演出任务时，内心自然十分开心，因为这不仅可以锻炼自己，而且当时的我认为这项任务应该并不困难，所以内心充满了热切的期待。二是当到了现场，一次又一次、没日没夜地排练终于磨平了我心里的激动与期待，我开始感到疲倦。三是经过将近一年的演出，经历了激动与疲倦，我越发觉得我们真真切切地在用塞罕坝精神来排演这台剧。

我清楚地记得在承德话剧团演出顺利结束后，被记者问的一个问题：你认为当代大学生如何理解和发扬塞罕坝精神？我当时脱口而出："塞罕坝精神就是牢记使命、艰苦奋斗，以奋斗为荣。"之后经过反复学习和不断体会，我对塞罕坝精神的理解更深了。

我相信，2021 年的夏天对于我们全体演职人员来说应该是记忆深刻的。也正是从这个夏天开始，我们肩上担着的责任更重了。我们不仅要做好每一场演出，还要"牢记使命"，做一名弘扬塞罕坝精神的使者。要说不苦不累那是不可能的，每一场演出都考验着每位演员的体力。一次又一次，无数次的彩排与核对工作给每一位演员的精神也带来极大的压力。我本人既作为演员又作为舞台监督的一员，可以说每一幕剧台前幕后都要兼顾，也想过要放弃，这时候"牢记使命、艰苦创业、绿色发展"的塞罕坝精神不断提醒着我，使我干劲十足。

2017 年 8 月，习近平总书记对塞罕坝林场建设者感人事迹作出重要指示，55 年来，河北塞罕坝林场的建设者们听从党的召唤，在"黄沙遮天日，飞鸟无栖树"的荒漠沙地上艰苦奋斗、甘于奉献，创造了荒原变林海的人间奇迹，用实际行动诠释了"绿水青山就是金山银山"的理念，铸就了牢记使命、艰苦创业、绿色发展的塞罕坝精神。他们的事迹感人至深，是推进生态文明建设的一个生动范例。2021 年 8 月 23 日至 24 日，习近平总书记在河北省承德市考察。23 日下午，习近平总书记首先考察了位于河北省最北部的塞罕坝机械林场并强调："要传承好塞罕坝精神，深刻理解和落实生态文明理念，再接再厉、二次创业，在实现第二个百年奋斗目标新征程上再建功立业。"

总书记的号召激励着我们。使命在肩，我们一定传承好塞罕坝精神。塞罕坝人用青春筑成绿色奇迹，用奋斗成就大美中国。我们要把这台剧演好，把塞罕坝精神弘扬出去！

作者系音乐舞蹈学院 2020 级音乐学专业 1 班学生

平凡岗位上的"塞罕坝人"

姚明亮

为期近一年的歌舞剧暂时落下了帷幕，我们为本部歌舞剧的完美展现付出了辛苦，也深深体会到了老一辈塞罕坝人的艰苦，两者相比之下，我们来演绎他们艰辛付出的辛苦也就微不足道了。

这部舞台剧给了我们终生难忘的经历，我在剧中担任剧务，负责后台服装道具的工作，又有男声小合唱的节目和《马蹄坑会战》开始的情景表演，以及大合唱。从上半年开始统筹和排练这部剧的整体内容，暑假前，我们先给全校领导老师和即将毕业的师哥师姐汇报演出，然后给市委、市政府做汇报演出。那时是刚开始，有的环节做得不是很好，直到后来我们做得越来越完美。那段时间确实很辛苦，一天要排练十几小时，在看到大家对我们的演出表示满意的一刹那，感觉一切都值了。

后来，我们又先后给市委领导，承德各大单位、企业，以及承德市民进行了汇报演出，演出结束的时候观众总是会向我们竖起大拇指。后来经过总导演和领导老师们不断精简改编，我们到石家庄给省委宣传部领导和石家庄各高校师生的汇报演出，同样得到了认可。没有想到我们这个团队可以走得这么远，也没有辜负这半年多的努力。我们也做到了坚守初心，大力宣扬了塞罕坝精神，让更多人了解了塞罕坝，让塞罕坝精神发扬光大。

我们在此次锻炼的机会中成长了，更清晰地认识到团队精神的重要性，要有团队意识才能走得久远。不论做什么，没有团队意识是走不长久的，就像汽车没有发动机，其他的东西再华丽也只是摆设。

不管负责什么、演什么，做一件事就要把它做好做漂亮，既然付出了辛苦，那何不更大地发挥它的价值。虽然因为疫情防控等原因，目前演出已经暂停，但是我们不能忘掉自己的本职工作，要随时能够拿得起，演出的热情依然在，这才叫真正做好了这件事。

弘扬塞罕坝精神的工作还要继续，这部剧的帷幕将再次拉开，期待着这个团队越走越远、越做越好！

作者系音乐舞蹈学院 2020 级音乐学专业学生

致敬塞罕坝人，传承塞罕坝精神

于子琨

在中国共产党成立 100 周年之际，我校自编自导自演了大型歌舞剧《情系塞罕坝》。该歌舞剧在石家庄的演出取得圆满成功，我有幸在其中参演角色，为党献出自己的一份力量。

在剧中我主要担任剧务组的职务，负责整理道具等一些后台工作，为演员的顺利演出提供方便，要对所有演出的道具负责。每当更换一个场地演出，我们就要把所有的演出道具搬到合适的位置，这样就要求我们对后台有着绝对的了解。演员道具摆放在哪里、杂乱东西放在哪里不会妨碍到别人、对讲机有没有电、水雾机有没有水等都是我们的工作职责。有的道具因节目需要临时上场，我们就要迅速行动，在指定的时间摆放在指定的位置。

除了这些，在融媒体部门的我还担任演出资料的留存工作，所以每次排练的时候我就会架起摄像机，在排练间隙拍一些同学老师的幕后花絮。

在这台歌舞剧中，我还担任第一幕开会情景的表演人员以及合唱团的演出人员。每次演出，在准备道具后要急忙换服装上场，参与情景表演，然后又急忙跑去换合唱团的衣服，再去搬拖拉机，再去上绿布，再进行接下来的表演，直到谢幕。不只是我，参与这部剧的每位演员、幕后工作人员都很辛苦，但是我们都累并快乐着、自豪着，有幸参与了这么一场具有重要意义的演出。

2021 年 8 月 23 日，习近平总书记来到河北省塞罕坝机械林场，察看林场自然风貌，听取河北统筹推进山水林田湖草沙系统治理和林场管护情况介绍，看望护林员。

从"一棵松"到"百万亩"，从茫茫荒原到生态宝地，几代塞罕坝林场人伏冰卧雪、艰苦奋斗，在高寒沙地上书写了改天换地的人间奇迹，铸就了感人至深、催人奋进的塞罕坝精神。

我们的这台剧则贯穿三代建设者，有开始的绝望也有最后的希望，让幕后观看的我也不禁热泪盈眶。在这次演出中我收获的东西有很多，有同学间的友谊、有师生间的交流，但是我觉得最可贵的是学习到了"牢记使命、艰苦创业、绿色发展"的塞罕坝精神，这些精神影响且滋养着我，更加点燃了我的爱国热情。

"塞罕坝精神，永续传唱……"

作者系音乐舞蹈学院 2020 级音乐学专业 3 班学生

愿为塞罕坝一棵树

袁清涛

我非常荣幸参演了塞罕坝舞台剧。一开始，我是小合唱团的一员，在歌词中能够感受到在当时的艰苦条件下，塞罕坝的种树人和护林员情愿自己成为一棵树映绿塞罕坝。除此之外，在参演大合唱的时候，我不仅能从歌词中感受到其中的艰苦卓绝，也能体会其中的坚持不懈，以及在成功之后的喜悦感，这份喜悦与艰辛是无法用语言来形容的。

演出谢幕，当看到观众为我们鼓掌的时候，我们便觉得一切都是最值得的，付出再多的辛苦也是无所谓的，因为我们真正传承了艰苦奋斗精神。这也是对于我自身而言最有意义的事情。

几十年来，一代代塞罕坝人把个人理想融入党和人民事业之中，忠实履行"为首都阻风沙、为京津涵水源"的神圣使命，建成了世界上最大的人工林，体现了始终牢记使命、对党绝对忠诚的政治品质。

革命先辈们的付出是我们永远也不能忘记的，塞罕坝精神也是我们必须要传承下去的。在学习和日常生活中都应时刻不忘初心、牢记使命，将革命先辈的意志一代一代地传承下去。

作者系音乐舞蹈学院 2019 级音乐学专业 2 班学生

扬塞罕坝精神，续塞罕坝真情

张 帝

本次参演舞台剧《情系塞罕坝》，我感受颇深。在扮演第一批塞罕坝开拓者开会的时候，即便没有台词，也能感受到当时塞罕坝人在那种艰苦条件下种树的不易，更能体会到他们的艰苦奋斗精神，也是在现在的舒适环境下不能忘记的。除此之外，在参演大合唱的时候，不仅能从歌词中感受到其中的艰苦卓绝，也能体会其中的坚持不懈，以及在成功之后的喜悦感，这其中的喜悦与艰辛是无法用语言来形容的。

在后台为演员们服务的时候，我们看到准备的道具有条不紊地被演员们完美地使用，使舞台效果更为突出的时候，心中的喜悦不禁涌上心头。大家即使都很辛苦，但在真正演出成功之后，看到观众为我们鼓掌的时候，仿佛一切都是最值得的，付出再多的辛苦也是无所谓的。因为我们真正传承了革命先辈们的艰苦奋斗精神，这也是对于我自身最有意义的事情。

学习弘扬塞罕坝精神，必须在强化宗旨上更上一层。习近平总书记在重要指示中高度评价了"塞罕坝林场的建设者们听从党的召唤"的使命担当。半个世纪以来，一代代塞罕坝人把个人理想融入党和人民事业之中，忠实履行"为首都阻风沙、为京津涵水源"的神圣使命，把塞罕坝建设成世界上最大的人工林，体现了始终牢记使命、对党绝对忠诚的政治品质。

学习弘扬塞罕坝精神，必须在狠抓落实上更勤一点。习近平总书记要求"持之以恒推进生态文明建设，一代接着一代干，驰而不息，久久为功"。塞罕坝人不急一时之功、不计一己之利，为了塞罕坝的长远发展默默付出无怨无悔，通过几代人的努力，书写了一部不忘初心、砥砺前行的奋斗传奇。

作者系音乐舞蹈学院 2020 级音乐学专业 1 班学生

筑梦绿色

张·瑾

2021 年，我有幸参与了学校组织的《情系塞罕坝》舞台剧排练和演出活动，在不知多少次的、反反复复的排练演出中，我深刻地学习和理解了塞罕坝精神。

塞罕坝精神就是"牢记使命、艰苦创业、绿色发展"。塞罕坝精神既体现了塞罕坝人特有的理想追求，又充满了塞罕坝人献身"绿色事业"的豪情壮志。从拓荒植绿到护林营林，塞罕坝人从未停下创业的脚步，荒原变成森林，森林换来绿水青山，绿水青山变成金山银山。绿色发展，是塞罕坝精神的根基。

塞罕坝精神的可贵之处不仅在于创业者们"敢教日月换新天"的英雄气概和历史创造，更珍贵的在于在一代代塞罕坝人的接力传承中发扬光大。它已深深融入每个塞罕坝人的血液之中，成为塞罕坝人气质的核心和精髓。在演出中，我真切地感受到了这种精神的存在。

在这部舞台剧中，我担任音响助理一职。从对专业知识一无所知到逐渐更加深刻地熟悉它、理解它。在这半年多的时间里，我成长了很多，学会了自己之前从来没有接触过的东西，收获了许多之前没有获得的知识和工作方法与技能，懂得了许多的人情世故。回顾过往的工作，认真反思，自己也出现了或多或少的错误，我会及时改正，积累更多的工作经验，改进自己的工作方法，以后要加强学习，多想多琢磨，理清自己的工作思路，总结工作方法。让自己变得更成熟，不懒惰、不松懈，提高自己的能力。

作为新一代的年轻人，我们要学习塞罕坝人牢记使命、艰苦创业的坚定信念，要学习他们直面困难、敢闯敢试的创新精神，攻坚克难、顽强拼搏、创新发展，在平凡的岗位上成就不平凡的事业。要学习他们善做善成、咬定青山不放松、一张蓝图绘到底的执着追求，以"功成不必在我、功成必定有我"的精神，为实现中华民族伟大复兴的中国梦做出不懈努力。

在排练中大家都很辛苦，这是努力贯彻塞罕坝精神的体现。在今后的学习生活中，我也要传承好塞罕坝精神，把它带到我的生活中，成为更好的自己。

作为新一代的年轻人，我们要做到吃苦在前、享乐在后，弘扬塞罕坝精神，筑梦绿色，将工作思维由被动应付向主动服务转变，想干事、会干事、能干成事，在奉献中不断进步成长。

作者系音乐舞蹈学院 2020 级音乐学专业 1 班学生

筑梦青春，践行塞罕坝精神

赵　维

我在这部歌舞剧中的职责是负责灯光，当我知道要参与这部剧的时候，内心非常期待。从 2021 年 6 月 15 日在学校操场把台子搭好，灯光 LED 屏幕、音响都调试好的那天晚上，这部歌舞剧就开始了一遍又一遍的排练。

最初是演员在舞台上合音乐，因为之前是在学校的排练教室排练的，换了舞台，演员需要重新走调度，所以我跟着熟悉音乐，因为舞台剧的灯光变换大多是和曲式的走向相关联的。前两天都是单个舞蹈调整动作合音乐，灯光老师初步熟悉后，根据每个编导老师的想法调出对应的灯光，并根据自己的经验给出建议。而我在旁边要做的只有两件事：一是听，二是记，听的是编导老师对舞蹈的讲解以及为什么要在这个地方换成这个灯光，记的是灯光老师如何编配灯光，怎么能简便快速地调出灯光。夏天的蚊虫多，雨水也多，所以我们排练到深夜的时候，总会和蚊虫做伴。

6 月 26 日，在学校操场演出了两场后，我的心情慢慢地平静了下来，我们在学校各个节目进行改动后，就开始了征途。

第一站是承德大剧院，到了大剧院后看到了我不熟悉的灯光控台——珍珠控台和老虎控台，操作起来比 MA 控台麻烦。因为歌舞剧的定点比较多，但是又无法直接多个选中灯光，只能逐个选择，在编配灯光的时候，花费的时间比较长。此外，值得一提的是剧务组的同学整理绿布已经非常熟练了。

第二站是承德话剧团，那里的灯光老师非常负责，在空闲时间会熟悉整体的灯光，在舞蹈演员排练的时候，会根据他们的队形设计灯光。我在观看时再次学会了一个技能，就是灯光可以根据音乐来编配，可以根据舞蹈服装编配，可以根据屏幕背景编配，还可以根据舞蹈队形来编配。同时也操作了二楼的追光，看着光圈调大调小，知道了追光对细节的重要，面光是整体的提亮，那么追光就是为了突出个别演员的作用。

第三站来到了围场县电视台，这里的灯光老师听到我们要去，提前进行了协商，并告诉我们那里有 MA 控台，如果我们去，可以让我们来操作。在这里我和李兰君老师进行了合作，李老师编灯光，我负责推灯光，虽然参与了很多场的演出，但是第一次上手操控，还是有些小紧张。演出结束后，那些模糊不清的音乐节点，一下子就印在了脑海。

第四站是河北师范大学，我们经历了假期的调整，歌舞变得更加严谨，一些细节也进行了调整。在这里，我遇到了同龄的灯光老师，她很认真，在排练的休息时间里，会反复地检查灯光是否正确，她在编灯光时，操作得非常熟练，在闲暇时，我们也会一起交流关于这部剧的想法，总而言之，值得我学习的地方有很多。

作为反映塞罕坝精神的艺术作品，《最美的青春》和《情系塞罕坝》用不同的表现形式，表达了同样的"牢记使命、艰苦创业、绿色发展"，而歌舞剧的参演人员，都切实体会到了塞罕坝精神。参与这部歌舞剧，让我积累了一些演出相关的经验，这是一次非常宝贵的锻炼机会，感谢《情系塞罕坝》！

作者系音乐舞蹈学院 2019 级音乐学专业学生

反 响 篇

一、教师

大型歌舞剧汇报演出在河北民族师范学院举行

来源：承德市人民政府网。网易、中国高校之窗网转载

6月26日晚，旨在弘扬塞罕坝精神的大型歌舞剧汇报演出在河北民族师范学院举行。市委书记董晓宇，市委副书记、代市长柴宝良出席活动。市委副书记郭旭涛等市领导观看了演出。

大型歌舞剧从20世纪60年代第一代塞罕坝机械林场建设者，听从党的召唤，从各地奔赴塞罕坝机械林场，打响"马蹄坑会战"开始，再现了塞罕坝建设者们，在党的领导下，以坚韧不拔的斗志和永不言败的担当，克服生活和工作中的艰难困苦，献了青春献终身，献了终身献子孙，把"黄沙遮天日，飞鸟无栖树"的荒漠沙地，变成"花的世界、林的海洋、水的源头、云的故乡"，让美丽高岭成为推进生态文明建设的生动范例。该剧共有4个篇章、15个剧目，通过舞蹈、歌曲、诗歌等综合性舞台表演形式，讴歌了"牢记使命、艰苦创业、绿色发展"的塞罕坝精神，生动再现了塞罕坝建设者的风采。观众在观看演出时，无不被塞罕坝精神所感动，现场频频响起向英雄群体致敬的掌声。

为迎接中国共产党建党100周年，河北民族师范学院组织学校师生创作出此台大型歌舞剧，以此大力弘扬塞罕坝精神，使塞罕坝精神与高校思政教育有机结合，更好地落实习近平总书记提出的立德树人要求，把塞罕坝打造成全国高校思政教育基地，落实承德市委提出的"大力弘扬塞罕坝精神，实现'三个植入'"，助力承德绿色发展、高质量发展。

据了解，河北民族师范学院以大力弘扬塞罕坝精神为己任，组织大批教师进行塞罕坝精神的研究，取得了一批学术成果。2020年，"塞罕坝精神与高校思政研究"被国家民委确定为人文社科重点研究平台，被高校思政教育中心列为河北重点课题。

市直各单位、各人民团体主要负责同志，承德高新区管委会主任一同观看演出。演出前河北民族师范学院党委书记苏国安致欢迎辞。（记者武海波、张丽莉）

歌舞剧《情系塞罕坝》汇报演出成功举办

来源：《承德日报》。和合承德网、承德市农业农村局、澎拜新闻、承德长安网转载

大力弘扬塞罕坝精神　生动再现奋斗者风采

歌舞剧《情系塞罕坝》汇报演出成功举行

董晓宇、柴宝良、刘文勤、吴清海等市领导观看演出

9月27日晚，大型歌舞剧《情系塞罕坝》汇报演出在承德大剧院举行。市委书记董晓宇，市委副书记、市长柴宝良，市人大常委会主任刘文勤，市政协主席吴清海等市领导观看了演出。

大型歌舞剧《情系塞罕坝》的序幕，以习近平总书记对河北塞罕坝林场建设者感人事迹作出重要指示为切入点，以塞罕坝林场建设者获联合国"地球卫士奖"、塞罕坝机械林场获"全国脱贫攻坚楷模"荣誉称号为节点，使观众直观认识今日塞罕坝。随后，分3幕10个段落，生动再现了塞罕坝林场建设者们，从20世纪60年代起，在党的领导下，以坚韧不拔的斗志和永不言败的担当，克服生活和工作中的艰难困苦，献了青春献终身，献了终身献子孙，把"黄沙遮天日，飞鸟无栖树"的荒漠沙地，变成"花的世界、林的海洋、水的源头、云的故乡"，让美丽高岭成为推进生态文明建设的生动范例。该剧以塞罕坝林场建设者特有的真实身份和亲身经历为原型，通过舞蹈、情景表演、歌曲等综合性舞台表演形式，讴歌了"牢记使命、艰苦创业、绿色发展"的塞罕坝精神，充分展现了塞罕坝林场建设者的风采。观众在观看演出时，无不被塞罕坝精神所感动，现场频频响起向英雄群体致敬的掌声。

据了解，为庆祝中国共产党成立100周年，河北民族师范学院组织学校师生创作了这台歌舞剧，以此大力弘扬塞罕坝精神，使塞罕坝精神与高校思政教育有机结合，深入落实立德树人根本任务，认真贯彻中共承德市委提出的"大力弘扬塞罕坝精神，实现'三个植入'"的部署要求，助推承德绿色发展、高质量发展。在剧目的初排、细排、联排和彩排过程中，主创人员认真吸纳各级领导和专家意见，不断修改打磨，精益求精，历经三次改版，最

终定名为《情系塞罕坝》，并举行了此次汇报演出。

市人大常委会、市政府、市政协秘书长，市直有关单位主要负责同志，各县（市、区）党委宣传部部长，承德高新区、御道口牧场管理区党工委党群工作部部长一同观看演出。

大型原创歌舞剧《情系塞罕坝》汇报演出在石家庄举行

来源：和合承德网

大型原创歌舞剧《情系塞罕坝》汇报演出在石家庄举行

郭旭涛出席并致辞

10月19日晚，由河北民族师范学院创作排演的大型原创歌舞剧《情系塞罕坝》，作为弘扬塞罕坝精神的文艺精品项目，在石家庄河北师范大学礼堂进行汇报演出。市委副书记郭旭涛出席活动并致辞。

郭旭涛指出，此次赴省进行汇报演出，旨在通过这种文艺宣传的形式，大力弘扬"牢记使命、艰苦创业、绿色发展"的塞罕坝精神，使其成为传承弘扬塞罕坝精神的一张靓丽名片。

郭旭涛表示，承德作为塞罕坝精神发源地，将始终牢记习近平总书记对承德高质量发展的殷切嘱托，完整准确全面贯彻新发展理念，大力弘扬塞罕坝精神，不断推进塞罕坝精神全面植入灵魂血脉、植入高质量发展全过程、植入为人民服务实践中，全面激发广大党员干部干事创业的热情，实现"十四五"良好开局，为奋力开创新时代全面建设"经济强省、美丽河北"新局面作出更大贡献。

《情系塞罕坝》以塞罕坝建设者特有的真实身份和亲身经历为原型，共分为《牢记使命》《艰苦创业》《绿色发展》三幕。该剧完整展现了第一代塞罕坝建设者听从党的召唤，从各地奔赴塞罕坝林场，奉献自己最美的青春，打响马蹄坑会战；第二代塞罕坝建设者将目光对准无法进行大规模机械造林的山地，通过人背肩挑的方式，在陡峭贫瘠的山地上，种下一棵棵幼苗；第三代塞罕坝建设者深刻理解和落实生态文明理念，再接再厉，二次创业，在实现第二个百年奋斗目标新征程上再建功立业。演员们通过舞蹈、情景表演、歌曲等综合性舞台表演形式，讴歌了"牢记使命、艰苦创业、绿色发展"的塞罕坝精神，充分展现了三代塞罕坝建设者的奋斗风采。观众在观看演出时，无不被塞罕坝精神所感动，现场频频响起向英雄群体致敬的掌声。

演出结束后，演职人员走上台前向观众致谢，观众再次用阵阵掌声表达着心中的感动与敬意。河北师范大学外语系一年级学生郭雪雪对记者说："作为新时代的大学生要坚定理想信念，积极参与社会实践并勇于探索创新，将塞罕坝精神融入日常的学习和生活中，以实际行动弘扬和践行塞罕坝精神。"（记者刘向南）

歌舞剧《情系塞罕坝》汇报演出在石家庄举行

来源：承德电视台

主持人：10月19日晚，由河北民族师范学院创作排演的大型原创歌舞剧《情系塞罕坝》，作为弘扬塞罕坝精神的文艺精品项目，在石家庄河北师范大学礼堂进行汇报演出。市委副书记郭旭涛出席活动并致辞。

解说：郭旭涛指出，此次赴省进行汇报演出，旨在通过这种文艺宣传的形式，大力弘扬牢记使命、艰苦创业、绿色发展的塞罕坝精神，使其成为传承塞罕坝精神的一张靓丽名片。

郭旭涛表示，承德作为塞罕坝精神发源地，将始终牢记习近平总书记对承德高质量发展的殷切嘱托，完整准确全面贯彻新发展理念，大力弘扬塞罕坝精神，不断推进塞罕坝精神全面植入灵魂血脉、植入高质量发展全过程、植入为人民服务实践中，全面激发广大党员干部干事创业的热情，实现"十四五"良好开局，为奋力开创新时代全面建设"经济强省、美丽河北"新局面作出更大贡献。

《情系塞罕坝》以塞罕坝建设者特有的真实身份和亲身经历为原型，共分为《牢记使命》《艰苦创业》《绿色发展》三幕，从20世纪60年代，第一代塞罕坝林场建设者听从党的召唤，从各地奔赴塞罕坝机械林场，奉献自己最美的青春打响马蹄坑会战，到第二代建设者将目光对准无法进行大规模机械造林的山地，通过人背肩挑的方式，在陡峭贫瘠的山地上种下一棵棵幼苗，再到第三代建设者深刻理解和落实生态文明理念，再接再厉，二次创业，在实现第二个百年奋斗目标新征程上再建功立业。演员们通过舞蹈、情景表演、歌曲等综合性舞台表演形式，讴歌了"牢记使命、艰苦创业、绿色发展"的塞罕坝精神，充分展现了三代塞罕坝林场建设者的奋斗风采。

大型歌舞剧《情系塞罕坝》在石家庄举行汇报演出

来源：中国新闻网

中新网承德 10 月 20 日电（丁国军 张桂芹）

10 月 19 日晚，由河北民族师范学院编创的大型歌舞剧《情系塞罕坝》汇报演出在河北师范大学礼堂举行。

"花的世界、林的海洋、水的源头、云的故乡"是对今日塞罕坝——全国生态文明建设绿色发展典型案例的生动描述。大型歌舞剧《情系塞罕坝》共分《牢记使命》《艰苦创业》《绿色发展》三幕。在叙事上以塞罕坝建设者特有的真实身份和亲身经历为原型，通过主人公于丽娜的戏剧人生贯穿全剧。通过舞蹈、情景表演、歌曲等综合性舞台艺术形式，讴歌了塞罕坝建设者"牢记使命、艰苦创业、绿色发展"的塞罕坝精神，生动再现了三代塞罕坝林场人的奋斗风采。

观众在观看演出时，无不被塞罕坝精神所感动，与剧情产生深刻共鸣，直观认识了塞罕坝精神的深刻内涵和今日塞罕坝，现场频频响起热烈掌声，表达对塞罕坝人的致敬。

据了解，为庆祝中国共产党成立 100 周年，河北民族师范学院组织师生用塞罕坝精神排演《情系塞罕坝》，以此大力弘扬塞罕坝精神，使塞罕坝精神与高校思政教育有机结合，构建"大思政课"育人格局，深入落实立德树人根本任务，贯彻中共承德市委提出的"大力弘扬塞罕坝精神，实现'三个植入'"的部署要求，助推承德绿色发展、高质量发展。

大型原创歌舞剧《情系塞罕坝》
汇报演出在石家庄举行

来源：和合承德网。腾讯网、搜狐网、荆楚网、中国经济网、中国社区发展网转载

和合承德网讯（记者石盈盈）

10 月 19 日晚，由河北民族师范学院编创的大型歌舞剧《情系塞罕坝》汇报演出在省会石家庄河北师范大学礼堂举行。

"花的世界、林的海洋、水的源头、云的故乡"是对今日塞罕坝——全国生态文明建设绿色发展典型案例的生动描述。大型歌舞剧《情系塞罕坝》共分《牢记使命》《艰苦创业》《绿色发展》三幕。在叙事上以塞罕坝建设者特有的真实身份和亲身经历为原型，通过主人公丁丽娜的戏剧人生贯穿全剧，再现塞罕坝建设者们在党的领导下，以坚韧不拔的斗志和永不言败的担当，克服生活和工作中的艰难困苦，"献了青春献终身，献了终身献子孙"，在"黄沙遮天日，飞鸟无栖树"的荒漠沙地上艰苦奋斗、甘于奉献，成功营造起百万亩人工林海人间奇迹，构筑起京津绿色屏障，创造了世界生态文明建设史上重要典型的艰苦历程。

演员们通过舞蹈、情景表演、歌曲等综合性舞台表演形式，讴歌了"牢记使命、艰苦创业、绿色发展"的塞罕坝精神，充分展现了三代塞罕坝林场建设者的奋斗风采。观众在观看演出时，无不被塞罕坝精神所感动，与剧情产生深刻共鸣，直观认识了塞罕坝精神的深刻内涵和今日塞罕坝，现场频频响起向英雄群体致敬的掌声。演出结束后，演职人员走上台前向观众致谢，观众再次用阵阵掌声表达着心中的感动与敬意。

大型原创歌舞剧《情系塞罕坝》在石家庄汇报演出

来源：河北广播电视台冀时客户端

主持人：为大力弘扬塞罕坝精神，庆祝中国共产党成立 100 周年，河北民族师范学院经过一年的创排试演，推出了大型原创歌舞剧《情系塞罕坝》，这台原创歌舞剧，作为弘扬塞罕坝精神的文艺精品项目，昨晚在河北师范大学礼堂进行了汇报演出。

解说词：大型原创歌舞剧《情系塞罕坝》，从 20 世纪 60 年代，第一代塞罕坝机械林场建设者，听从党的召唤，从各地奔赴塞罕坝机械林场，奉献了自己最美的青春开始，打响了马蹄坑会战，再现塞罕坝建设者们在党的领导下，以坚韧不拔的斗志和永不言败的担当，克服生活和工作中的艰难困苦，"献了青春献终身，献了终身献子孙"，把"黄沙遮天日，飞鸟无栖树"的荒漠沙地变成"水的源头、云的故乡、花的世界、林的海洋"，再现千里松林、美丽高岭，成为推进生态文明的生动范例的过程。

蒋小娟：该剧共分为三幕，是通过舞蹈、情景表演、歌曲等综合性的舞台表演形式，讴歌了塞罕坝建设者"牢记使命、艰苦创业、绿色发展"的过程。在本剧的初排、细排、连排和彩排过程中，我们听取了各级领导和专家们的意见，精益求精，不断修改打磨。经过五次的改版后，定名为歌舞剧《情系塞罕坝》。

解说词：《情系塞罕坝》在叙事上，采用塞罕坝建设者的真实身份和真实经历为原型。整部剧时间跨度大，结构框架以一纵三横形成本剧人物主线，纵线通过主人公于丽娜的戏剧人生贯穿整部剧。于丽娜是塞罕坝普普通通的建设者把终身献给塞罕坝的典型代表。横线为"林一代""林二代""林三代"，是不同时期不同节点所发生的典型事例、感人故事的真实写照。

苏国安：我们今天排演的这部舞台剧，是我校塞罕坝精神进校园的一个具体成果，对于我们音乐学院来讲，也是我们专业教育和思想政治教育有机结合的成果。这些节目都是我们广大师生自己到塞罕坝去写生采访，深入生活自编自创的。

解说词：从舞台呈现视角看歌舞剧《情系塞罕坝》，尽量拉近演员与观众的距离，架起舞台和观众之间的桥梁，相互产生积极的互动感，不生硬不刻板，艺术化地把塞罕坝的精神讲述给观众。让观众观看的同时去体验、感受、理解塞罕坝精神。

武帅博（表演同学）：我在这部剧中饰演的是刘军的儿子叫林森，从小就开始受父母的熏陶，然后成了一名消防员，我会发扬塞罕坝精神，然后传承塞罕坝精神，还要继续学习塞罕坝精神。

郭雪雪（河北师范大学学生）：有两句话我感慨挺深的，那就是种好树育好苗，然后学以致用，为育苗事业保驾护航。我现在是一名师大人，以后走上教师岗位，学以致用，将我的所学传递给学生，为祖国培养人才、输送栋梁。

大型原创歌舞剧《情系塞罕坝》在省会演出

来源：河北日报、承德市人民政府网

河北日报讯（记者尉迟国利）近日，由河北民族师范学院创作排演的大型原创歌舞剧《情系塞罕坝》，作为弘扬塞罕坝精神的文艺精品项目，在石家庄河北师范大学礼堂进行汇报演出。

《情系塞罕坝》以塞罕坝建设者特有的真实身份和亲身经历为原型，共分为《牢记使命》《艰苦创业》《绿色发展》三幕。该剧完整展现了第一代塞罕坝建设者听从党的召唤，从各地奔赴塞罕坝林场，奉献自己最美的青春，打响马蹄坑会战；第二代塞罕坝建设者将目光对准无法进行大规模机械造林的山地，通过人背肩挑的方式，在陡峭贫瘠的山地上，种下一棵棵幼苗；第三代塞罕坝建设者深刻理解和落实生态文明理念，再接再厉，二次创业，在实现第二个百年奋斗目标新征程上再建功立业。

演员们通过舞蹈、情景表演、歌曲等综合性舞台表演形式，讴歌了塞罕坝精神，充分展现了三代塞罕坝建设者的奋斗风采。观众在观看演出时，无不被塞罕坝精神所感动，现场频频响起掌声。

大型原创歌舞剧《情系塞罕坝》在石家庄上演

来源：河北旅游 TV。河北省文化和旅游厅、网易新闻、腾讯网转载

为大力弘扬塞罕坝精神，庆祝中国共产党成立 100 周年，河北民族师范学院经过近一年的创排、试演，推出了大型原创歌舞剧《情系塞罕坝》。这台原创歌舞剧，作为弘扬塞罕坝精神的文艺精品项目，昨晚在河北师范大学会堂进行了汇报演出。

大型原创歌舞剧《情系塞罕坝》从 20 世纪 60 年代第一代塞罕坝机械林场建设者，听从党的召唤，从各地奔赴塞罕坝机械林场，奉献了自己最美的青春开始，打响马蹄坑会战，再现塞罕坝建设者们在党的领导下，以坚韧不拔的斗志和永不言败的担当，克服生活和工作中的艰难困苦，"献了青春献终身，献了终身献子孙"，把"黄沙遮天日，飞鸟无栖树"的荒漠沙地变成"花的世界、林的海洋、水的源头、云的故乡"，再现千里松林、美丽高岭成为推进生态文明的生动范例的过程。

《情系塞罕坝》在叙事上，采用塞罕坝建设者的真实身份和亲身经历为原型。整部剧结构时间跨度大，结构框架以一纵三横形成本剧人物主线。纵线通过主人公于丽娜的戏剧人生贯穿整部剧，她是塞罕坝普普通通的建设者，把终身奉献给塞罕坝的典型代表。横线为林一代、林二代、林三代，是不同时期、不同节点所发生的典型事例、感人故事的真实写照。

从舞台呈现视角看，歌舞剧《情系塞罕坝》尽量拉近演员与观众的距离，架起舞台和观众之间的桥梁，产生相互积极的互动感，不生硬、不刻板，艺术化地把塞罕坝的精神讲述给观众，让观众欣赏的同时去体验、感受、理解塞罕坝精神。

绿水青山造福人民——塞罕坝精神述评

来源：《光明日报》。

转载：人民网、党史学习教育官网、中国西藏网、腾讯新闻、中国文明网、烟台新闻网、凤凰网、中国日报网、国际在线、张家口新闻网、中华网、中国江苏网、映象网、河北新闻网、东北网、新民网、重庆网络广播电视台

10月20日，由河北民族师范学院师生编创的大型歌舞剧《情系塞罕坝》在石家庄进行两场汇报演出。该歌舞剧通过舞蹈、情景表演、歌曲等综合性舞台艺术形式，讴歌了塞罕坝建设者"牢记使命、艰苦创业、绿色发展"的塞罕坝精神，生动再现了三代塞罕坝林场人的奋斗风采。现场座无虚席，掌声雷动，气氛热烈。该校党委书记苏国安说，组织师生排演《情系塞罕坝》，就是要使塞罕坝精神与高校思政教育有机结合，构建"大思政课"育人格局，深入落实立德树人根本任务，让塞罕坝精神影响更多的人。

近60载寒来暑往，三代塞罕坝人将这片曾经林木稀疏、风沙肆虐的荒僻高岭，变为115万亩人工林海。这里的4.8亿棵树木，排起来可以绕地球12圈。塞罕坝每年为京津地区输送净水1.37亿立方米、释放氧气55万吨，是守卫京津的重要生态屏障。

2017年8月，习近平总书记对塞罕坝林场建设者感人事迹作出重要指示指出，55年来，河北塞罕坝林场的建设者们听从党的召唤，在"黄沙遮天日，飞鸟无栖树"的荒漠沙地上艰苦奋斗、甘于奉献，创造了荒原变林海的人间奇迹，用实际行动诠释了绿水青山就是金山银山的理念，铸就了牢记使命、艰苦创业、绿色发展的塞罕坝精神。他们的事迹感人至深，是推进生态文明建设的一个生动范例。

2021年8月23日至24日，习近平总书记在河北省承德市考察。23日下午，习近平总书记首先考察了位于河北省最北部的塞罕坝机械林场，强调："要传承好塞罕坝精神，深刻理解和落实生态文明理念，再接再厉、二次创业，在实现第二个百年奋斗目标新征程上再建功立业。"

作为中国共产党人精神谱系的组成部分，塞罕坝精神为推动绿色发展、建设生态文明提供着源源不竭的精神力量。

1. 接续奉献　使命至上

走进塞罕坝展览馆，一张建场初期的示意图直观描绘了当时恶化的生态：沙地距离北京直线距离只有 180 千米，平均海拔 1000 多米，而北京平均海拔仅 40 多米。有人比喻：相当于站在屋顶向院里扬沙子。作为曾经水草丰沛、森林茂密的天然名苑，经过清末的开围放垦、砍伐不断，到新中国成立初期，塞罕坝的原始森林已荡然无存。昔日的"美丽高岭"变成了林木稀疏、人迹罕至的茫茫荒原。

"改变当地自然面貌，保持水土，为减少京津地带风沙危害创造条件。"1962 年，原国家林业部决定组建塞罕坝机械林场，原国家计委在批准建场方案时，发出了这 27 字号召。牢记"为首都阻沙源、为京津涵水源"的神圣使命，来自全国 18 个省区市的 127 名大中专毕业生奔赴塞罕坝，与当地林场的 242 名干部职工一起，组成了 369 人的创业队伍，开始了战天斗地的拓荒之路。

这支队伍里，有 20 岁出头的赵振宇。当时的他刚刚从承德农业专科学校毕业，就毅然踏上了前往塞罕坝的大卡车。虽然是承德本地人，但塞罕坝对于赵振宇来说仍然是一个陌生的世界，"从承德市到围场县城，全是土路，我们挤在一辆敞篷汽车上，整整走了一天。从围场县城再到坝上，全是爬坡，又要颠簸一天。茫茫沙地没有一棵树，全是一片片的衰草和一丛丛的柳墩子……"

这支队伍里，有 40 岁的承德地区农业农村局局长王尚海。当组织上动员他去林场任职时，这位抗战时期的游击队队长，后来曾担任围场第一任县委书记的汉子二话没说，放弃了城里舒适的生活条件，带着老婆孩子上了坝。搬家那天，王尚海只从家里带来了一个书柜、两个箱子、几件炊具，全家人在临时腾出的一间职工宿舍里安了家。

这支队伍里，有 35 岁的承德地区林业和草原局局长刘文仕，他被选拔担任第一任场长。出发前，刘文仕问母亲戴广英："我想把家搬到坝上，那里很苦，您能去吗？"母亲则回答说："我是党员，不怕吃苦。"

两年后，这支队伍里加入了还在读高三的陈彦娴。1964 年夏天，听闻林场刚成立不久，造林需要人手，怀着"到祖国最需要的地方去"的理想，在承德二中读书的陈彦娴和同宿舍的五个姐妹给刘文仕写了一封"求职信"。收到回信后，在高考的前几天，六位姑娘背起铺盖卷，坐上了大卡车奔赴林场。

响应党的号召，听从党的召唤，完成党的任务，对于塞罕坝的建设者们来说，"为首都阻沙源、为京津涵水源"就是他们的崇高理想，种树就是他们坚如磐石的使命。

这样的使命被一代代塞罕坝人不断传承着。20年后的1984年，19岁的刘海莹从河北林业专科学校毕业，舍弃了老家秦皇岛的工作机会，来到塞罕坝做了一名基层林场技术员，成了第二代塞罕坝人。2005年，80后的河北定州小伙儿于士涛从河北农业大学毕业，义无反顾地选择到塞罕坝工作。如今，年轻的80后、90后林场职工逐步成长起来，在前辈引领鼓励下，抓住新机遇、迎接新挑战，已成为林场建设发展的重要力量。

河北省社会科学院党组书记、院长康振海认为，一代又一代塞罕坝人以改善生态、造福京津为己任，在极其恶劣的自然环境下视使命高于生命，对责任勇于担当，无论条件多么恶劣，无论遇到什么困难，始终牢记"为首都阻沙源、为京津涵水源"的使命，始终为了履行这个使命奋发努力。正是他们忠于使命、无私奉献，用心血、汗水乃至生命创造出了世界面积最大的人工林，换来了茫茫高原无言矗立的"千棵松""万棵树"。

生态环境是关系中国共产党使命宗旨的重大政治问题，也是关系民生的重大社会问题。中国共产党历来高度重视生态环境保护，把节约资源和保护环境确立为基本国策，把可持续发展确立为国家战略。特别是党的十八大以来，我国开展了一系列根本性、开创性、长远性工作，生态文明建设从认识到实践都发生了历史性、转折性、全局性变化。

2. 艰苦创业 无私无畏

"一年一场风，年始到年终"，塞罕坝无疑是艰苦的。建场初期，当地最低气温达零下40多摄氏度，年均积雪时间超过半年。沙化严重，缺食少房，偏远闭塞，生产生活条件十分艰苦。赵振宇回忆说："当时到处是沙地和光山秃岭，风卷着沙粒雪粒遮天盖日，打到脸上像刀割一样疼。"

房无一间地无一垄，白手起家的第一批建设者住马棚、搭窝棚、挖地窖。一个窝铺住进20人，没有门板，就用草苫子代替，夜里睡觉都戴着皮帽子。早上起来，屋内到处是冰霜，褥子冻结在炕上。吃着全麸黑莜面，就着咸菜，喝着雪水，盐水泡黄豆就算是美味了。

一到冬天，外面刮风下雪，屋里常常出现一层冰，烧着火炉子也丝毫没有暖和的感觉。很多人就蜷缩在一块儿，戴上皮帽子，把自己裹得尽量严实一些。有时积雪足有三尺厚，推不开门，大伙儿只能从后窗跳出去。

作为一名施工员，当时的赵振宇每天都要在山上巡查，走几十千米的路。有时晚上回来，棉衣冻成了冰甲，棉鞋冻成了冰鞋，走起路来哗哗响。

"晚上是最难熬的，被窝成了'冰窝'，怎么睡？有人就把砖头和石头扔到火堆里，烧一阵子，再搬进被窝。"赵振宇回忆说。

生活条件艰苦之外，如何种树更是需要塞罕坝人自己不断摸索实践。创业艰辛，第一年造林千亩，成活率不到5%；第二年再造1240亩，成活率不到8%。两次造林失败，一度让这支年轻的队伍情绪低沉。

怀揣着"不绿塞罕终不还"的决心，大家顶风冒雪、夜以继日，反复试验改进机械，一块地一块地调查，一棵苗一棵苗地分析。1964年春，全场党员干部职工齐聚马蹄坑挥汗如雨，饿了就着雪水啃冰冷窝头，大干三天，造林516亩，成活率达到96.6%，开创了国内机械种植针叶林的先河。

从零开始，自己育苗。经过艰苦探索，他们改进了传统的遮阴育苗法，在高原地区首次取得了全光育苗的成功，并摸索出培育"大胡子、矮胖子"（根系发达、苗木敦实）优质壮苗的技术要领，大大增加了育苗数量和产成苗数量，终于解决了大规模造林的苗木供应问题。在植苗方面，塞罕坝人通过不断研究实践，攻克了大量技术难题，改进了苏联造林机械和植苗锹，创新了植苗方法。

马蹄坑一役，创造了高寒地区栽植落叶松的成功先例，也开创了国内使用机械成功栽植针叶树的先河。正是从那时起，塞罕坝开启了大面积造林的时代。最多时每天造林超过2000亩。

从1962年到1982年，塞罕坝人在沙地荒原上造林96万亩，其中机械造林10.5万亩，人工造林85.5万亩，保存率达七成，创下当时全国同类地区保存率之最。近年来，塞罕坝人在山高坡陡、土壤贫瘠的石质荒山和秃丘沙地上攻坚造林10.1万亩，百万亩林海间那一块块曾经如芥癣般的荒山秃岭，正生长起一片青春的绿海。

"在半个多世纪筚路蓝缕的创业历程中，塞罕坝的几代建设者伏冰卧雪、艰苦创业，在极端恶劣的自然条件和缺衣少食的艰苦生存环境中，坚持'先治坡、后治窝，先生产、后生活'的生态建设理念，靠着坚忍不拔的毅力和永不言败的韧性，探索出'绿进沙退'的中国密码，成为中国荒漠化防治的成功范例。"黑龙江省中国特色社会主义理论体系研究中心特聘研究员季宇说。

创新前行，奋斗不止。党的十八大以来，以习近平同志为核心的党中央把生态文明建设作为关系中华民族永续发展的根本大计，大力推动生态文明理论创新、实践创新、制度创新，形成了习近平生态文明思想，引领我国生态文明建设和生态环境保护从认识到实践发生了历史性、转折性、全局性变化。截至 2020 年年底，我国单位 GDP 二氧化碳排放较 2005 年降低约 48.4%，超额完成下降 40%~45% 的目标。"十三五"规划纲要确定的生态环境 9 项约束性指标和污染防治攻坚战阶段性目标任务圆满完成。从青藏高原到东海之滨，万里长江奔流不息生机盎然，"十年禁渔"让生物多样性日益丰富；从北上广深到城镇村寨，蓝天、碧水、绿地刷屏"朋友圈"，持续改善的生态环境令人心旷神怡……

3. 绿色发展 赓续前行

草木之成，国之富也。塞罕坝的百万亩林海，正发挥着不可估量的作用。

从 1962 年至 2020 年年底，塞罕坝森林面积由 24 万亩增加到 115 万亩，森林覆盖率从 18% 提高到 82%。林木总蓄积量由 33 万立方米增加到 1036 万立方米。

据中国林科院相关评估，塞罕坝的森林生态系统每年提供着超过 100 多亿元的生态服务价值。与建场初期相比，塞罕坝及周边区域气候得到有效改善，无霜期由 52 天增加至 64 天，年均大风日数由 83 天减少到 53 天，年均降水量由不足 410 毫米增加到 460 毫米。这是大自然回馈给塞罕坝的巨大财富。

在植树造林的巨大成就之下，如何实现林场的良性经营，塞罕坝人走出了一条绿色发展的新路。"以前，塞罕坝人只有朴素简单的生态意识，认为种好树、管好树，为国家提供更多木材，就完成任务了。"塞罕坝机械林场场长陈智卿说，1996 年，林场大部分林分进入经济成熟或主伐期，木材生产成为林场支柱产业，到 2000 年，一度占总收入的 90% 以上。"近年来，塞罕坝人自觉践行新发展理念，全面推行改革和发展，实现了造林保护与生态利用的有机结合。"

逐步摒弃了销售木材的传统经营方式，塞罕坝人近年来把最擅长的育苗投入产业经营。与此同时，在林场的引领带动下，周边百姓通过发展农家游、手工艺品、土特产品加工等产业，每年实现社会总收入 6 亿多元，累计带动 1200 余贫困户 1 万多人口脱贫致富。景区内 120 余家旅游服务经营场所，每年为周边百姓提供 1 万余个就业岗位。

"六十一甲子，树木更树人，塞罕坝人走的是一条保护环境、坚持绿色发展理念、爱绿植绿护绿、持之以恒推进生态文明建设、以绿水青山换取金山银山的绿色发展道路",中共上海市委党校教授汤荣光认为,塞罕坝人创造了荒原披绿装、沙地变林海的奇迹,写就了绿色发展的生态诗篇,汇入中国共产党人的精神谱系之中,实现了人的自然主义与自然的人道主义的高度融合。

从"绿水青山就是金山银山"到"共抓大保护,不搞大开发",从实施"史上最严"新环保法到长江流域重点水域10年禁渔,党的十八大以来,在一系列理念和政策指引下,中国已形成经济建设与环境保护共同发展、相互促进的良好局面。作为全球生态文明建设的参与者、贡献者、引领者,中国的绿色发展之路正在全球应对气候变化、防止污染和保护生物多样性等方面发挥着关键作用。

塞罕坝机械林场党委书记安长明说,为更好地发挥生态文明建设生动范例的示范引领作用,林场已踏上"二次创业"新征程,力争经过10年的建设发展,实现生态功能显著提升、生活条件明显改善、管理机制全面创新、绿色产业健康发展、生态成果区域共享,生态保护、绿色发展和民生改善良性循环的目标。

"十四五"时期,我国生态文明建设进入了以降碳为重点战略方向、推动减污降碳协同增效、促进经济社会发展全面绿色转型、实现生态环境质量改善由量变到质变的关键时期。站在"两个一百年"历史交汇的关键节点,塞罕坝精神将更加激励广大干部群众脚踏实地、迎难而上,以生态环境高水平保护推动经济高质量发展,以生态文明之光照耀前行道路,推动中华民族实现永续发展。(记者耿建行、陈元秋)

情系塞罕坝　青春最美时

央视特别策划：情系塞罕坝　青春最美时（上）

来源：央视网

央视特别策划：塞罕坝无悔三代人守望一片"海"（下）

来源：央视网

央视四套《中国文艺故事》"情系塞罕坝　青春最美时"文字版

主持人：文艺新力量，我们正发声。大家好，这里是中国文艺报道，我是宫岩。说起塞罕坝，我想大家都不会陌生，近日河北民族师范学院就创作了一出弘扬塞罕坝精神的歌舞剧，叫作《情系塞罕坝》。

空镜解说词：位于河北承德的塞罕坝是守卫京津地区的重要生态屏障，近 60 年来，三代塞罕坝林场人在荒漠沙地上艰苦奋斗，甘于奉献，创造了荒原变林海的人间奇迹。多年来，塞罕坝一直都是文艺工作者创作的灵感源泉。2018 年，郭靖宇监制的电视剧《最美的青春》在央视综合频道播出，成为社会热点。近日河北民族师范学院编创的歌舞剧《情系塞罕坝》在承德剧院汇报演出后引起强烈反响。

主持人：今天我们请到了这部作品的三位主创，本剧的艺术顾问郭靖宇导演、本剧的总策划和编剧高俊虎老师、总导演蒋小娟老师，和我们一起来聊一聊塞罕坝的"前世今生"。咱们自己和塞罕坝之间其实有很多关联的，有很多的情感。我们先跟大家分享一下吧，在自己的心中，小时候到现在的塞罕坝是个什么样子？郭老师先开始。

郭靖宇：就是甜甜的空气。我应该说我人生第一次感觉到空气是甜的，是在塞罕坝。我是土生土长的承德人。我十二三岁的时候，完成了第一次出门旅行，就是离开承德本市，去的就是塞罕坝。我去的时候，大概是 20 世纪80 年代初。树都很细，但是很多。然后小朋友们都特别淳朴。记得有一个比我高一头的哥哥，我晚上第一次在外面住，有点想家。天黑了，然后我就站在山坡上，其实是想家，我爸爸出差，就把我扔在那儿了，我望着远处的星空，不知道是什么时候，发现后面有个人，我回头就是那个哥哥。然后我说："哥哥你在干吗？"那哥哥说："我在保护你啊，又不敢打扰你。"但是，20多年以后，我把这事忘了。拍摄《最美的青春》剧本交给我的时候，我忘记曾经去过塞罕坝了。

主持人：为什么会忘了小时候的记忆？

郭靖宇：现在它叫塞罕坝机械林场，大家都已经知道了，那个时候没有这么出名。因为塞罕坝是很多小林场的结合。我只记得那个小林场的名字，带着这个任务，我到了那个地方，一下子想起来了。那就是我小时候离开家门，第一次在外面住的地方，那就是塞罕坝，是我心里向往了多年，小时候觉得最美好的地方。

主持人：那问问高老师吧。

高俊虎：第一是美，第二是苦。我最早接触塞罕坝是在1986年，当时在上大学，我是学地理的，很喜欢摄影，塞罕坝作为我们的地理野外实习点。那时候交通、基础设施都很不好，都是土路，我们坐了一天车到了塞罕坝，很疲惫，但是被塞罕坝的景色所吸引了。我毕业之后当地理老师，就带着我的学生到塞罕坝进行实习。我喜欢摄影，一年四季拍塞罕坝，拍了几十年的塞罕坝。在拍摄过程中我了解了塞罕坝，熟悉了塞罕坝的环境。塞罕坝基本上每个地方我都去过，拍摄过程中，我们接触了好多塞罕坝人。我们采访到一对夫妻，这老两口给我讲了一个真实的故事，一个苹果的故事。冬天快过年了，儿子在外上大学，坝下的亲戚给捎点苹果上来。运输过程中温度太低，结果捎到家之后冻得全不能吃。只有一个苹果能吃，这老伴儿就把那苹果搁柜子里了。等到孩子过年放假回来的三十晚上，老伴儿拿出这个苹果给孩子吃。孩子舍不得吃给爸爸吃，他爸又给他妈吃，三口人落泪。当时这孩子说："爸妈你们不能在这工作了，过春节我们连个蔬菜、连个水果都吃不上，咱们要尽快下坝。"但是这老两口说："不能下去，你看这片林子，如果要没人来看着了火怎么办？"所以他们说动了儿子，一直到退休以后，还在这干了几年。

主持人：今天的"花的世界、林的海洋"充满了清新甜美的空气，无限美好色彩的塞罕坝。在当年是什么样子？

空境解说词：这是花的世界、林的海洋，而59年前，这里却是一派荒凉景象。"飞鸟无栖树，黄沙遮天日。"在这样的高原高寒地区人工造林，从未有过成功的先例，这棵并不起眼的松树，成为创业者们微弱而唯一的希望。

主持人：刚才那个短片的结尾，结在了这儿，一棵树，我记得在您的《最美的青春》电视剧里面，一开始也是这棵树，而这棵树是一个贯穿始终的情节。这棵树到底是什么？它有什么象征意义？

郭靖宇：这棵树难为死我了。我们河北承德境内找不到当年那么荒凉、被破坏成那样的地方。没有办法，我们就一直向北，终于在内蒙古才找到了一个地方有点儿像，像那个年代塞罕坝的地方，然后种一个假树。

主持人：那是道具。

郭靖宇：当年呢，这棵树对塞罕坝机械林场非常重要，就是因为发现了这棵树并通过测这棵树的树龄，专家才认定塞罕坝这个地方是可以种树的，所以这棵树对于我们来说就是希望。到今天过去这么多年了，这个树现在被当地的很多村民挂上了红绸子，甚至把他们的心愿放在上面，他们现在把它当神树。

主持人：那我们再看这张照片，这应该是大家去勘探的照片。

郭靖宇：这是林业的专家，可能就是林业部门的领导和专家去勘察。

高俊虎：因为塞罕坝是过渡的地理环境，它是京津冀的生态屏障。坝上地势很高，海拔 1500 米，北京才 40 米，所以我们这个地方的环境要建不好的话，那对北京影响太大了。

主持人：像在房顶往下扬沙子。

高俊虎：刚才咱们讲到这棵松树，当时专家说，今天有一棵松，以后就会有万亿棵松。

主持人：所以有了勘探、有了希望，但是接下来最重要的就是要有人。谁来做这件事情？比如说这张照片。

蒋小娟：这是"六女上坝"。从这个照片来看是我们承德的，就是高三的学生，承德二中的，她们放弃了高考，毅然决然地去了塞罕坝。到了塞罕坝肯定是很艰苦的。在那么艰苦的条件下，又是住地窖子又是喝雪水，吃的是黑莜麦，但是，她们没被这些艰难困苦所吓倒，还是毅然决然地在那儿留下了。

郭靖宇：我印象最深的就是轮番要挑粪，那个年代什么苦活都跑不了，什么都得干。这上面是七个姑娘，为什么叫"六女上坝"呢？七个人商量好了决定要去上坝，但有一个被家里的父母给拦住了。家里的老人知道艰苦啊。为什么有那么多大学生上去？就是在那么艰苦的条件下能不能种活树不是一个人付出了体力就可以的，这里面是有科技含量的。

主持人：很难想象今天的年轻人，在城市生活，又有很好的学历，眼见能够得到比较舒适生活的时候，毅然决然地接受召唤，选择上坝，这需要很大的勇气。

郭靖宇：其实塞罕坝以前是很少有人住的，机械林场建设之前，上面有几个小林场，经常就是春夏秋有那么几个人看着林子，然后快到入冬的时候要下来，就有一年稍微下来晚一点儿，有一个同志就遇到了雪灾，穿得又少，最后还被迫锯掉了一条腿，我们的剧中和我们的这个舞台剧中都有这样的情节。

主持人：您拍《最美的青春》的时候，我印象之中有很多的细节。

郭靖宇：那个时候有几个特别打动我的瞬间。尤其是塞罕坝初雪后，贾宏伟演的赵天山，要脱光膀子在下雪的时候，把雪拍在身上，锻炼自己能够抵御严寒。还有一场戏演的季秀荣，要在雪地里穿着裙子跳舞。

她那个裙子是单的，是家里人给她做的出嫁的裙子。这两场戏，我记得在写剧本的时候，觉得真的很难完成，我专门在剧本后面标注，这两场戏可以考虑棚里拍摄后期完成，然后再把整个队伍转移到雪野里去拍。他们找了一个特别远的地方，雪地里去拍的时候，我还专门打电话叮嘱巨兴茂导演，当时导演说"师父你放心"，后来等我探班的时候，我一去，他们就跟我说，女演员病了，我说怎么回事，他们说冻的。我脑袋嗡一下，我说："坏了，他们不会把那场戏实拍了吧。"他们说："导演，你猜对了。我们就是实拍的，演员说感谢郭监制的关怀，但是他们已经来了，已经体验到当时那些人是什么样的，觉得用合成，在棚里拍，然后合成外景，他们就对不起当年的那些创业者，所以他们要求真拍。"

主持人：有一个转折点的事件，叫马蹄坑会战。

郭靖宇：标志性的一个大会战，经过这次会战第一代建设者认定这个塞罕坝能种活树，能造林。

蒋小娟：而且成活率是96%。

高俊虎：马蹄坑会战是塞罕坝绿之源，我们刚才讲了头两年在塞罕坝栽树基本上都没活，为什么呢？水土不服，尽管外来的苗好，它在热带地区育的苗到这气候不适应。所以头两年，造林全失败了。能支撑下来，我想还是一种信念、一种追求。你想那个年代，来自全国18个省的大学生能到塞罕坝。那时的毕业生包分配，党让你去你就去，不考虑条件好不好，只要拿个派遣证就去报到，就是因为有坚定的理想信念。到坝上之后，面对着艰苦的生产生活条件他们也困惑过，树都栽不活，条件又艰苦，好多人想跑，马蹄坑会战稳定了军心。当时老书记王尚海，曾在围场打过游击，他是抗日干部，对围场的环境很熟悉，对塞罕坝是很有感情的。所以他去的时候，为了能够扎根塞罕坝，他把媳妇儿和几个孩子全都带到塞罕坝，放弃了优越的城市生活。

郭靖宇：除了这个王尚海以外，还有北京去的林业专家带着一家六七口去，决定去支援塞罕坝之前，就把自己和家人的北京户口注销了，这事现在想也不敢想。

高俊虎：好多人跟我们这么讲，他们父母到这的时候，许多是父亲把母亲给骗来的，怎么骗来的呢？那个时代结婚早，国家分配就来了。来了之后，为了在这安心地工作，他得把他媳妇也叫来呀，媳妇问塞罕坝怎么样，就说哎呀，条件可好了，吃得也好，天天大米白面，赶紧来吧。结果把他媳妇儿给招来了。到那儿一看傻眼了，塞罕坝冬季最低零下40多摄氏度，出去的时候别说伸手了，我们这个相机、手机都工作不了，冬天大雪封山的时候，吃不上水，大地全封冻，就得喝雪水，下不来坝，可以说第一代人的环境太艰苦了。但是这些人意志很坚定，"一日三餐有味没味无所谓，爬冰卧雪苦乎累乎不在乎，交通中断不在乎，先治坡、后治窝，先生产、后生活"。

郭靖宇：为了在坝上育苗，观察树的生长情况，所以有些人要住在坝上。坝上的生活条件十分艰苦，尤其是冬天，是我们想象不到的。先不用说戏里说到的那些书信不通，我觉得这都不是最重要的，最难的其实是小孩子的教育，因为坝上一代一代人是需要往下传承的，很多父母是大学生啊，然后孩子到了十几岁还没念到书。我分享一个特别真实的事。我爸爸是学林业的，当时他在承德农校当班主任，全班的学生毕业后基本都去塞罕坝了。他有一个特别好的老同学，是广西的。在坝上生儿育女，生了六个女儿一个儿子，加上老伴儿一家九口人，在坝上一直生活20多年，然后好不容易有政策说南方人不适应，让落叶归根趁退休之前可以回去。因为当时他在坝上也取得了很大的成果，之后就回了广西，回去没两年，我爸爸这个同学就因癌症去世了。在那儿之后，以我的想象他的那些孩子，应该对这个地方挺记恨的。但是没想到，直到今天一有机会，夏天他们就会回到坝上去看他们的同学。他这些孩子中，二姐是个全国优秀教师。我们俩经常有书信、电话的往来。她经常给我发一张照片，说到又来坝上了。她们班七个人，临时成立一个班，七个人在一个小林场里上学，号称七朵金花，在那儿拍照片发给我。我就特别感动,她们跟曾经待过的土地的那个感情,显然已经把那当成她们真正的故乡了。这个感情让我至今都很难去理解。

主持人:既艰苦又危险,又要面对生活和事业的双重考验。我不知道这些年轻人是靠一种什么意识和意志坚持下去的。

郭靖宇:刚才高书记说的那位朋友我也认识,他的名字叫大林子。在那么艰苦的条件下,第一代林业人给他们的孩子起名为大林子、二林子、三林子,女孩儿叫林花、林草、林苗,他们那种乐观的精神真是我们这一代人不能企及的。

主持人:对于第一代塞罕坝人来说,他们的信念感来源于要让这片荒漠变成绿洲。他们可能并不确定未来到底能不能成功,我觉得这一点是最让人敬佩的。

再次感谢我们三位主创来到今天《中国文艺报道》,以上就是今天《中国文艺报道》的全部内容,我是宫岩,同一时间我们再见。

主持人:文艺新力量,我们正发声。大家好,这里是《中国文艺报道》,我是主持人宫岩。在上期的节目中,我们和大家仔细地分享了关于塞罕坝的那些感人的故事。

空境解说词:塞罕坝一直都是文艺工作者创作的灵感源泉。2018 年,郭靖宇监制的电视剧《最美的青春》在央视综合频道播出,成为社会热点。近日河北民族师范学院编创的歌舞剧《情系塞罕坝》在承德剧院汇报演出后引起强烈反响。

主持人:今天我们依然请到的是歌舞剧《情系塞罕坝》的三位主创,艺术顾问郭靖宇导演、总策划和编剧高俊虎老师、总导演蒋小娟老师和我们一起来聊一聊塞罕坝的"前世今生"。

"五十五年那么呼儿嘿,始终如一那么呼儿嘿。牢记使命,艰苦创业,绿色发展,固沙源那么呼儿嘿。牢记使命,艰苦创业,绿色发展,固沙源那么呼儿嘿……"

空境解说词:半个世纪的艰苦创业,塞罕坝已成一片林海,远离人烟的森林深处伫立着九座望海楼,第二代塞罕坝人守望于此,他们是林海的孩子,也是林海的眼睛。我叫刘军,是"林二代",从事瞭望员工作;我叫王娟,我俩是夫妻,在望海楼工作已经 13 年了,就是挺平凡的一个工作,天天都在瞭望,然后是每隔 15 分钟向防火值班室有情况报情况,没情况报平安,最害怕的就是春季干旱，干打雷不下雨的天气。"喂，你好，我是望火楼这里一切正常。"我是第二代，那会儿基本吃水是最困难的，平时进入防火期总场派消防水车送一车水上去，有水窖，把水放进水窖里，三到四个月吧，根本就不可能洗澡。最冷的时候是零下40多（摄氏）度，到冬天大雪封山，咱们这儿车下不去，外面车也上不来，那会儿就是储存菜的时候，感觉着下雪小的时候，就多买点能储存的那种菜，土豆、白菜，在上边时间长，突然下去感觉有点吵，不适应。我在这个望火楼想知道另外一个望火楼是什么景色，如果有机会的话，我想把九座望火楼都逛一遍，都看一看。

主持人：节目最后的镜头聚焦在望海楼之上，我觉得望海楼这个名字起得也挺好。

郭靖宇：以前叫望火楼，我们的剧中也有这个，它其实应该叫望火楼，看到哪有火情，然后就去报警，这是它主要的功能，就是防火。随着一代一代人的努力，塞罕坝原来只有那么一点点的绿，旁边都是荒漠，越荒的地方越容易着火。现在都变成了林海。所以就改成了望海楼，而且海呀，也是好寓意"防止火灾"，这个名字，我觉得也是塞罕坝人起的。他们非常浪漫，塞罕坝是一个朴实但具有诗意的地方。

主持人：所以生活在那个小楼之内的，更多的是第二代塞罕坝人，这里边都是夫妻。

蒋小娟：一共有20对夫妻吧。

高俊虎：他们两口子有时候一天说不了一句话，就在这儿一小时看一次，看完之后往场部报告一次，有火情报火情，没火情报平安，一小时看一次，一天24小时轮流转。塞罕坝冬天大雪封山，冬天最低气温零下40多（摄氏）度，大雪封山后，整个交通断了。有时候水窖的水都冻上了，喝不上水，一冻冰的时候只能喝雪水，当然现在的望火楼设施改善了。一到冬天，他们把土豆弄几袋放这儿，这就是一冬天的菜；腌一缸酸菜，这就是一冬天的菜，在望海楼里他们生活很简单。有的照顾不了孩子，交给爷爷奶奶带。陈锐军已经去世了，他的孩子生在望火楼，因为营养不良，3岁才出牙，孩子一般一周岁就换牙了。因为他很少与人接触，5岁才刚刚会说话。我们现在都给孩子早教、胎教，这样的环境会让孩子的成长发育受到影响。塞罕坝有好多这样的感人故事。

空境解说词：一部电话，一个记录本，一副望远镜，几乎就是他们全部的生活。在望海楼，瞭望员最放心不下的，除了眼前的林海还有遥远的家园。

"进入防火期以后，他瞭望，我没事的时候给我姑娘打个视频，主要是挺亏欠孩子的，孩子成长基本没有陪伴吧。孩子在上初中的时候吧，有点什么事，有时跟我们说我们也顾不上，孩子就说：'我是你亲生的吗？'当时确实感觉非常心酸，她特独立，有什么事都不跟我们说，自己都能解决。这也是因为我们工作需要，岗位离不开，只能舍小家顾大家了。这个树啊从小看着它长大的，看护它们就跟看我自己的孩子一样，感觉这片林海对自己来说就是一种责任，老一辈把这林子造起来多不容易，咱们必须守护好。"

高俊虎：我们在创作过程中，除了望火楼，看到塞罕坝有好多的护林检查站，那儿的工作人员也很辛苦。他们的职责就是防火期凡是过来的车，过来的人都要给拦下，之后要把你的烟、打火机收了，要给你发一张防火的宣传单，要讲防火政策，一天24小时，不管白天黑天，凡是过来的车，就得拦下，所以说他们也特别辛苦。另外，塞罕坝还有许多防火员，如果冬天去的话，隔二三百米就有一个人，穿着大衣，拿着口罩，举个小旗，他们就是防火员。我们创作时碰到一个大学生，这个大学生刚到塞罕坝工作，就他一个人在林子那儿戴个帽子，举个小旗，我们就把车停了，问他在这干吗，他说在这防火，他是林场刚分配的大学生，我问站着寂寞吗？他说不寂寞，看着林子就不寂寞。这些触动了我们，激发了我们的灵感，所以我们在《情系塞罕坝》当中有一个节目叫《守护绿色》，就是来致敬这些望火楼和护林人员的。

主持人：我觉得您说的这句话特别好，用塞罕坝精神去拍塞罕坝。

郭靖宇：实际上有多高的技术是重要的，但如果离开了感情，再美好的艺术也难以体现。

蒋小娟：塞罕坝的雪那么大，特别冷，而我们是特别热，我们的孩子们最多穿七层，外面是棉大衣、棉帽子，当时是我们在剧院演出，7月15号，基本上就是30多（摄氏）度，孩子热坏了，还有低血糖晕倒的，但孩子说"老师没事，我歇一会就好"，我一看就是热的，所以这些孩子真的特别好，我们真的特别心疼这些自己的孩子。

郭靖宇：可能有人觉得这一代年轻人在信仰和坚持上有一些需要提升的地方，但是我们要相信他们，我合作过很多年轻人，我觉得年轻人中优秀者大有人在，这次这个舞台剧演员很多都是在校的学生，说句实话，我从来没有拿专业艺术工作者去要求他们的表演能力，但是我能够看到他们的专业，以及敬业的精神。《最美的青春》是我最不后悔参与的一部作品，我现在渐渐地感觉自己有点像坝上人，我觉得这种感情也是在创作中慢慢培养出来的，我不后悔，它让我更学会了贴地前行，让我觉得自己更有根了。

主持人：我手里拿了几幅照片，我想这种变化会让几位有切身的感受，比如说这个是之前的，同样一个地点，同样的角度，看看这对比，一片荒漠变得有点人间仙境的感觉；再看一下我们今天的塞罕坝，这是塞罕坝最好的秋天，最好的景色。

我看到了今天的现场有一块石头，很多观众可能也会纳闷说这是干什么的，为什么放在中间？我觉得还是请高老师给大家解答为什么是这块石头放在这里。

高俊虎：塞罕坝机械林场，机械造林 10 万亩，100 多万亩主要是靠人工造的，人工造林最难的是在山坡上造林，所以我们有个节目叫《攻坚造林》，专门排了这么一个舞蹈。造林的山是石质山，山上石头很多，没有土，土最多十几厘米厚，树栽上根本活不了，所以塞罕坝人就把石头取出来，刨出坑，靠人背，靠马驮，把土运上去，把树苗运上去，把水背上去来造林，所以这块石头就体现了塞罕坝造林的艰难，这块石头就是塞罕坝攻坚造林的象征。

郭靖宇：简单地说就是，第三代造林人其实是在石头上种树。

主持人：第一代、第二代的造林人已经把平地进行了勾勒，就剩石头山，攻坚造林。其实您刚才说得对，表面的土可能只有几厘米、十几厘米，它就是像一层皮肤一样，薄薄的，可能在这层皮肤下面全是这样的石头，所以需要挖四五十厘米深，把这石头给取出来，然后人背着水背着土，这样挖开之后在石头之间挖出一个小坑来，把树苗栽进去，把土埋进去，把水浇上。

高俊虎：在围场，我们了解到老百姓至少有 9 万亩地不种玉米了，改种苗子，现在的雄安新区、张家口、北京、天津等地的绿化好多是围场的苗子。塞罕坝的造林技术经验已经辐射到西北、华北，内蒙古、甘肃。过去病害防治的时候，得靠人工、技术员往林子里走，看哪棵树得了病虫害，很难啊，在林子里头走，一天走不出多远，看不了多少。现在用无人机，用遥感技术来监测，所以说从科研上来讲，塞罕坝的造林技术、管理经验很高。

主持人：今天的塞罕坝已经获得了联合国认定和颁发的"地球卫士奖"，而且有很多的数据可以跟大家分享，每年释放氧气 57.06 万吨，固态是 81.4 万吨，而且成了群众致富的绿色银行。

郭靖宇：塞罕坝除了获得了"地球卫士奖"还是"全国脱贫攻坚楷模"，塞罕坝为什么是脱贫攻坚楷模呢？今天塞罕坝通过育苗技术，让附近的很多农民致富，种树苗，培养了苗木，然后卖到全国去，这是第一。第二呢，今天的塞罕坝人更自信了，因为有祖辈留下的这片绿色，他们更自信了，塞罕坝是很多旅游爱好者向往的一个地方，但是塞罕坝并不积极地推进旅游，他们最重要的任务就是建好京津冀的生态屏障，涵养水源和净化空气，为什么要栽这种树，是因为它的密度越大，北京的沙尘暴概率就越小，今天的塞罕坝人更自信、更优雅了，今天大家知道野外露营是时尚，但塞罕坝不盲目地开发，所以我觉得塞罕坝的未来会越来越好，因为绿色就是财富。

主持人：所以今天在节目的最后，我也和三位一起给所有的观众朋友们提出一个小小的要求，希望大家有机会的话，可以走进塞罕坝去闻闻像郭靖宇导演说的甜甜的空气，去感受一下那里美妙的自然环境，看一看花草，去真实地感受自然。再次感谢我们三位主创来到今天《中国文艺报道》，以上就是今天《中国文艺报道》的全部内容。

歌舞剧《情系塞罕坝》精彩片段

来源：学习强国

https：//www. xuexi. cn/lgpage/detail/index. html？id＝17626128860853371439&amp；item_ id＝17626128860853371439

https：//www. xuexi. cn/lgpage/detail/index. html？id＝172873815307583121 07&amp；item_ id＝17287381530758312107

https：//www. xuexi. cn/lgpage/detail/index. html？id＝147553417835978946 46&amp；item_ id＝14755341783597894646

《情系塞罕坝》值得一看

作者：科学网丁克强

河北民族师范学院创排的歌舞剧《情系塞罕坝》以歌舞剧的形式，展示了塞罕坝三代人用艰苦的付出和坚守，换来了万亩林海。

歌舞，生动形象、感染力强、情节合理，鼓舞人，激励人，值得一看。

这让我想起了我的父亲丁友良，师范大学毕业后主动要求到艰苦的涿鹿农村当老师，一干就是20多年。

是啊，中国几代人在中国共产党的带领下，经过不懈努力，才取得了今天的伟大成就，了不起啊。

人，还是需要点精神的！

学习塞罕坝精神，努力工作！

用塞罕坝精神演绎《情系塞罕坝》 用力用情共情共鸣

长城网·冀云客户端讯（记者：黄云霞　通讯员：资小玉）2021 年，在中国共产党成立 100 周年之际，为大力弘扬塞罕坝精神，河北民族师范学院百余名师生经过反复创排、调整、试演，精心打造了大型原创歌舞剧《情系塞罕坝》，以此致敬为绿色发展而默默奉献的几代塞罕坝人。在之后的几次汇报演出中，观众反响热烈，在共情共鸣中也更加直观形象地深化了对塞罕坝精神的理解和感悟。

用情：以情动人

符号论美学家苏珊·朗格在其著作《情感与形式》中指出："艺术是人类情感符号的创造。"《情系塞罕坝》其题眼即在一个"情"字，整部剧通过艺术地表达具有典型性和普遍性的情感，实现了与观众共通情感的跨时空连接与共鸣。这其中又包含三个层面：创作者的情感自觉、文艺作品本身情感的表达以及观众的情感体验。

"虽然创作不能没有艺术素养和技巧，但最终决定作品分量的是创作者的态度。具体来说，就是创作者以什么样的态度去把握创作对象、提炼创作主题，同时又以什么样的态度把作品展现给社会、呈现给人民。"《情系塞罕坝》的总策划、编剧高俊虎自 1986 年上大学时走进塞罕坝至今，几十年来倾注了大量心血拍摄塞罕坝，宣传塞罕坝，与塞罕坝三代建设者结下了情缘、与塞罕坝的林海结下了情缘。创作这台歌舞剧是他几十年来对塞罕坝情感的一次全面爆发和创新性表达，他坚定地秉持一个信念，"用塞罕坝精神拍摄塞罕坝，用塞罕坝精神演绎塞罕坝。"

另外，该剧请来了影视圈重量级导演郭靖宇担任艺术顾问。作为土生土长的承德人，郭靖宇对于家乡承德有着特殊的情感，从他众多的影视作品中即能窥见一斑，尤其是《最美的青春》一经播出，就成为当年影视剧中最受观众喜爱的"燃作"和爆款，郭靖宇也实至名归获得了第十五届精神文明建设"五个一工程"奖。《情系塞罕坝》恰似《最美的青春》的姊妹篇，它通过歌舞剧的形式再现了对塞罕坝这片故土的深厚情感以及对那一群人的崇敬之情。郭靖宇在采访中曾谈到小时候初到围场塞罕坝机械林场的经历，他感觉"塞罕坝的空气是甜的"，这样的一种"味道"在他的潜意识里生根发芽并通过文艺作品释放出来，从而为作品赋予了一种醇厚绵长的情怀底色和内里生命基调。因此，他说："离开了感情，再美好的艺术再华丽也没有用。"艾青的诗句"为什么我的眼里常含泪水？因为我对这土地爱得深沉……"在电视剧《最美的青春》中不断重复贯穿式地表达，这也正是创作者内心情感的一种自觉抒发，而《情系塞罕坝》则将同样的情感，以歌以舞的剧作形式进行了另一种意境的诗意展现。

创作主体的自觉意识，在实践中潜移默化渗入作品中，作品反过来又能够促进和提升主体的精神境界。参与《情系塞罕坝》编导、演出的师生主要来自音乐舞蹈学院，尽管在舞台剧创作演出上缺乏一定的经验和基础，但他们的全情投入也是塞罕坝精神的一种生动体现。据总导演蒋小娟介绍，在最热的夏天会演时，为了舞台呈现的真实感，学生们坚持裹着几层厚厚的大衣演绎零下几十摄氏度风雪中的故事，也是学生们充分融入剧情，用艺术表达塞罕坝精神的自觉践行。

用力：共情共鸣

新时代需要大力弘扬和传承"牢记使命、艰苦创业、绿色发展"的塞罕坝精神，《情系塞罕坝》正是塞罕坝精神的一曲情意绵浓的赞歌。《情系塞罕坝》全剧时长一小时左右，共分为《牢记使命》《艰苦创业》《绿色发展》三幕。叙事上采用主线和副线复合发展，形成了"一纵三横"的串珠式结构，主要人物形象设定源于塞罕坝建设者的真实原型和亲身经历，主要通过女性形象于丽娜的戏剧人生来串联整部剧目，她是第一代塞罕坝建设者中最普通平凡的一员，是响应国家号召而志愿奔赴塞罕坝的广西籍大学毕业生，她也恰是将最美的青春奉献给塞罕坝绿色事业的典型代表。副线则从第二幕开始展开，形成了三幕分别展现塞罕坝第一代、第二代和第三代人在不同时期、不同节点所发生的感人故事。

"艺术最重要的一方面从来就是寻找引人入胜的情境，就是寻找可以显现心灵方面的深刻而重要的旨趣和真正的意蕴的那种情境。"《情系塞罕坝》在三幕中将人类共通的情感——友情、爱情、亲情置于一种特殊的情境之中。

开篇以画外音交代历史背景：由于生态环境的破坏，中华人民共和国成立初期的塞罕坝已是"黄沙无遮日，飞鸟无栖树"的恶劣环境，直接关系到京津冀的生态安全。1962 年，党中央、国务院决定组建塞罕坝机械林场，以东北林学院、承德农学院、白城子林业机械学校为代表的来自全国 18 个省的林业大中专毕业生响应党的号召来到了塞罕坝。在初到林场栽种幼苗过程中，承德本地男学生那青松认识了广西病虫害专业学生于丽娜，并承诺一定会好好保护从南方来的怕冷的她。

戏剧性的情境发生在塞罕坝最平常普通的一天夜里，宁静的时光伴随着柔和的歌曲，于丽娜独自一人在实验室专心育苗。而在舞台前场一侧则呈现了另外一个假定空间宿舍的情景，几个女同学穿着厚厚棉大衣盖一床被子冻得拉来扯去的片段，展现了塞罕坝生活条件的艰苦和不易。安详静谧的气氛被突然打破，风沙将实验室刮倒了，前来抢救幼苗的那青松将大衣让给了于丽娜，自己却冻僵牺牲在风雪中。整段叙事主要通过舞蹈来呈现，诗意的形式与残酷的壮烈在此激发共情共鸣，观众无不感动落泪。那青松屹立不倒的形态意象如寒岭上的一棵雪松又似一座无名的丰碑，最后他被众人抬下去的情景具有了一种崇高的仪式感，这与《最美的青春》中老刘头去世那段形成了一种无声的照应，亦是一种致敬。电视剧中大雪封山断粮，食堂伙食师傅老刘头独自赶着马车先一步去给坝上大学生送粮，不料半道陷入了齐腰的雪窝子里，冻成了一座铮铮铁骨的冰雕人。"特写镜头不断地推过去，他就像一座丰碑立在那里，在他沾满冰花的眼睫毛下，那似闭未闭的眼睛里透射出的是充盈着浩然正气的民族魂。"

第二幕则以"马蹄坑会战"开始，主要展现了大家重新振作众志成城，在育苗过程中攻坚克难取得了突破性胜利。同时另一条线，切入了望海楼一家人的故事，从第一代人到第二代人的成长，青春的奉献一代传一代，"献了青春献子孙"，守护绿色成了第三幕的主旋律。三代人全"情"的投入，人与自然、人与人、人与国家社会的情感通过"塞罕坝"紧紧联系在一起，情系塞罕坝，塞罕坝的典型事迹也恰恰彰显了人在特殊环境中不屈不挠的精神和团结共进的力量。

另外，《情系塞罕坝》从舞台设计到表演没有太多炫技之感，素朴亲民，呈现的乡土气息亦是塞罕坝精神的另一种体现，同心协力，又归于质朴。正是这样的一出剧目赋予了塞罕坝精神不一样的感染力和影响力，以情动人，共情共鸣。在感动之余，也不免看到该剧仍然具有一定的改进空间，目前从形式上有歌、有舞、有情景表演，但作为一出精品歌舞剧必然要抓住"剧"的本质和灵魂，"以歌舞演故事"的整一性还较碎片化，主要人物形象的塑造还较单薄概念化，第三幕的尾声仍有文艺大会演的杂糅之感。

　　"对文艺来讲，思想和价值观念是灵魂，一切表现形式都是表达一定思想和价值观念的载体。"《情系塞罕坝》以艺术的方式春风化雨、润物无声地大力弘扬塞罕坝精神，使塞罕坝精神与高校思政教育有机结合，通过舞台实践落实立德树人根本任务，构建了"大思政课"育人格局，由此，《情系塞罕坝》堪称弥足珍贵的力作并具有意义非凡的实践价值。

用校园艺术精品　致敬塞罕坝精神

——《情系塞罕坝》的魅力特质

薛　梅　王艳丽

源于《河北日报》2022年5月23日第1版。（内容有增减）

《情系塞罕坝》是河北民族师范学院推出的一部大型原创歌舞剧，立意高远，格调清新，是一部集教学与励志、实践与思政为一体的优秀作品，有着极高的艺术特色和政治内涵。剧作讲述了家喻户晓的三代塞罕坝种树人历半个多世纪持续造林护林的故事，是弘扬习近平总书记提出的"牢记使命、艰苦创业、绿色发展的塞罕坝精神"的落地生根和有效践行。在具体可感的鲜活形象塑造和舞台艺术的推陈出新中，在汪洋恣肆的情感波涛和精湛菁纯的专业素养中，一个个普通的林业建设者和他们的英雄群体，守初心，见风骨，擎红色之旗，立绿色之魂，创造了人类生态史上"荒漠变绿洲"的人间奇迹。那些扎根在当代大学生心田里的青春与奋斗、奉献与牺牲、爱民与为民、致敬与礼赞、信念与信仰，也一层层破土而出茁壮成长，长成参天大树，绿意盎然，生气勃勃。

《情系塞罕坝》这台优质的校园舞台剧，开启了高校沉浸式"大思政课"育人格局。让大思政课"鲜活"起来，用歌舞剧"讲好"塞罕坝故事，这是河北民族师范学院党委和全体师生的普遍共识。以情系魂、以情言志，塞罕坝人的青春誓言与当代大学生的理想信念融为一体，召唤着信仰永存、踔厉奋发的精神洗礼。

一、风清气正，情立政治情怀

《情系塞罕坝》作为一场艺术视觉盛宴，集中展示了河北民族师范学院发挥思政课主渠道作用、开展党史学习教育的实践教学成果。如果仅仅局限在思政乃大势所趋这被限定性的客观教育背景中，而忽略了师生原创这个主观能动性的深切表达，则情系不深、沉浸不入，削弱了这场校园艺术精品的情怀涵养。"师生原创"这四个字蕴藉而出的，不仅是艺术分量的独具魅力，更是立人育心的自信与自觉。

　　全剧共三幕，以习近平总书记确立的"塞罕坝精神"三个内涵"牢记使命""艰苦创业""绿色发展"为三幕的主题和灵魂，将现实的砥砺人生与舞台的艺术审美完美结合，将创业历史的厚重感与时代最鲜明的主题有机融合，将地域文化的独特性与人类生态环境的出路相辅相成，真实塑造了河北塞罕坝林场建设者们，用实际行动生动诠释了"绿水青山就是金山银山"的理念，将人与自然和谐发展的社会主义生态文明观予以最深切的呈现与表达，也充分彰显了坚定"四个自信"，涵养政治情怀。如果说高校思政，最好的选择就是创新思想政治工作的方式方法，把"四个自信"融入整个思想教育的全过程，夯实大学生"四个自信"的坚实基础，一台沉浸式歌舞剧，让"四个自信"贯穿始终，从而为实现中国梦汇聚起磅礴的青春力量，那么河北民族师范学院倾情打造的原创校园歌舞剧《情系塞罕坝》则是做到了有益的尝试和创新。

　　第一幕"牢记使命"，主要描述了在20世纪60年代初，第一代塞罕坝林场人，这些来自祖国四面八方的林业专业大学生，积极响应"绿化祖国"的国家策略，听党话，跟党走，誓师出征塞罕坝，植树造林，护卫京畿，使命在肩的昂扬战姿。"党的召唤"是开幕之作，是点睛之笔，生动诠释了初心和使命，正是坚定道路自信的力量之源。"豆蔻年华""最美的青春"，以"六女上坝"为原型，以大学生投身祖国建设为蓝本，书写一曲荡气回肠的有为青年的青春之歌。而"马蹄坑会战"，更以王尚海书记为原型，在总结失败经验教训中激发斗志，鲜明揭示出党的领导是塞罕坝建设的根基，在人心深处竖起了一面迎风飘扬的鲜红党旗。这一幕描画了中国共产党所领导的中国人民翻身解放后，投身于建设自己美丽家园的伟大征程中不朽的身姿，尽管有严寒冰霜，有大风狂沙，有不可预知的种种困境，但只要有党的领导和指引，有坚定的信念和使命，人心就会扎下根来。"举什么旗，走什么路"，人心齐，则泰山移，荒漠一点点退去，绿色一寸寸生长。这既符合中国化的马克思主义历史观的实事求是，又将众志成城、无坚不摧的民族志气烘托而出，现实主义与浪漫情怀在舞台中辗转腾挪，协调往复，厚植着道路自信与理论自信，在拼搏奋进中美得令人蓬勃。

　　第二幕"艰苦创业"，主要描述第一代塞罕坝务林人和第二代塞罕坝务林人，在极其艰苦的环境中，特别是在陡峭山坡，通过扁担往山坡上挑水、挑土、背苗，在陡峭贫瘠的山坡上，种下一棵棵幼苗到成为一片林、一片"海"的过程。这里有实验育苗，有技术攻关，更有风雪之夜的牺牲与奉献，歌哭亦歌笑。舞蹈"艰辛历程"，以灰色与绿色过渡的视觉表达，到生与死考验的精神涅槃；以科学技术的传承与创新，到一代人和一代人的精神接续。他们是工人阶级的先锋队，他们是青年知识分子的生力军，他们是中国人民最朴素的基层集体，在人民当家作主的祖国建设中，在"情愿是一棵树"的男声小合唱的深情旋律中，化树成林、化林成海的生态奇迹，不仅坚定了制度自信，更坚定了推进国家治理体系和治理能力现代化的可贵方向。

第三幕"绿色发展"，以塞罕坝三代务林人保护绿色、守望绿色的家园意识和家国情怀，形象描画了塞罕坝人认真贯彻落实习近平总书记的指示精神，坚持绿色发展理念，将塞罕坝的"绿水青山变成金山银山"，通过发展生态旅游、推广林业技术等二次创业，如期脱贫，实现小康，促进乡村振兴。"塞罕坝之歌""绿色之旅""守护之歌""花的世界 林的海洋"，以三代人大合唱领航精神高地，自信、自豪、自强，在柔美而鲜活的生活、生存、生态的层层递进中，既抒发了对人与自然和谐亲近之境的美好追求，又涵育着文化自信的持久力量。

歌舞剧《情系塞罕坝》深入挖掘现实题材，在守正和创新中有着可贵的思政视野。

二、风骨峭峻，情蕴艺术审美

一部优质的艺术作品，必须是走心的、用心的、真心的，它能够与读者构成一种心灵的对话。或者说，一部优秀剧目，舞台上下，就是要在特定时空中完成一种灵魂的穿越与洗礼，达到共情、共鸣、共振，完成艺术创作的品质与价值。

无疑，歌舞剧《情系塞罕坝》是一台艺术精品力作，它有着独特的艺术魅力和共情能力。如果说，"只此红绿"是三幕剧的审美总基调，那么，激情、豪情、诗情，则是这三幕剧的抒情品格；国事、人事、民事，是这三幕剧的内心视像。它们一并构成了《情系塞罕坝》细腻动人又宏阔有力的审美风格与风骨。

"为什么我的眼里常含泪水，因为我对这土地爱得深沉。""只此红绿"，是塞罕坝的山水田林图，更是塞罕坝三代务林人一代接着一代干，久久为功、驰而不息的精神图谱。第一幕"牢记使命"，以《义勇军进行曲》为激情的冲锋号角，掀开了塞罕坝上林业创业大军的战斗序幕。"党的召唤"中大学生报到时清脆的报名声，"豆蔻年华"中专业知识与理想情怀的动人旋律，"最美的青春"中满族摇篮曲的梦的奏鸣，"马蹄坑会战"中掌声雷动中的铁骨铮铮，尤其在风雪肆虐中技术员那青松的壮烈牺牲，既是原汁原味的塞罕坝务林人的生活写真，也是在心灵对决中的精神涅槃。这一幕像一场强震，有着不吐不快的内驱力和激情奔突的内燃力，映现了一种强大的内心视像。"绿化山河""绿化祖国"，不是一句句僵硬的口号，国事为体，国事亦为魂，随着这些视觉影像，这些生动的艺术形象，将一个民族的过去与现在，一个时代的风貌与风采，烘云托月般呈现出来，有着绿叶扶花花更红的艺术效果。第二幕"艰苦创业"，在扁担挑水、挑土、背苗的劳动协奏曲里，在拖拉机、植树机犁地、挖坑、栽苗的机器奏鸣曲的回应里，在人声鼎沸、热火朝天、挥汗如雨的生命交响曲里，"一日三餐有味无味无所谓，爬冰卧雪冷乎冻乎不在乎"的战斗豪情，破冰踏浪而来。"艰苦历程"既是与大自然的搏斗，也是与大自然亲切的对话，艰辛中不乏温暖，困厄中不乏乐观。这一幕像一场暴风雪，"让暴风雨来得更猛烈些吧"，不屈会获得成功，坚韧会获得复活。在内心视像中，人事纷至沓来，树与人合二为一，其中的离合、境遇、存亡，在艰苦创业的征程上，赋予着人与人的共生共存，人与自然的相互影响，人与时代的同频共振，从意义到意味，从简单到简质。相对于第一幕，这是入口也是出口，是转折也是转型，是写实也是象征，"情愿是一棵树"便有了相对的诗化格调，开启了第三幕"绿色发展"的生态史诗。"塞罕坝之歌"是塞罕坝三代务林人高高举起的"地球卫士奖"，"绿色之旅"是承德旅游文化名城的"绿色红利"，"守护绿色"是新时代新发展的绿色新能源，"花的世界，林的海洋"是人类诗意栖居的生态气象，这一幕，四个段落一气呵成，音舞诗画熔铸其间，像一场爱情的磁场、浪漫的诗意，正来自心灵的顿悟。以为民之心，干好为民之事，民事就是家事，家国一体，万物一体，唱响了构建人类命运共同体的最强音。内心视像是演出者给予观众的情感馈赠，是一次约会，也是一次博弈，在心悦诚服中走进至善至美，收获满满的正能量。

陶行知先生说："缺少艺术的教育是残废的教育。"《情系塞罕坝》的成功之处在于，在宏阔的思政理念中，蕴美育在其中，努力打通"讲台、舞台、平台"的艺术教育通道，将艺术教育与心灵教育、审美教育相融合，"以美育人，以文化人"，不断提高当代大学生的审美情趣和艺术修养。

三、风和日暄，情系教育精神

河北民族师范学院是一所集民族性与师范性于一体的应用型本科民族院校，始终坚持将"立德树人"作为教育的根本任务。"大学之道，在明明德，在亲民，在止于至善。"从传统的教育理念，到现代的教育方针，大学始终肩负着锻造学生自觉的学术精神、永恒的道德精神、敏锐的时代精神的责任与使命。大学的教育精神,不仅成为大学存在和发展的生命力体现,还是抵御腐蚀的盾牌。套用鲁迅先生的话,则是立意在行动,旨归在精神。

河北民族师范学院师生精心打造的校园歌舞剧《情系塞罕坝》正是在教育教学的守正与创新中,深入实践塞罕坝精神,将"讲台、舞台、平台"熔铸一体,因材施教,善其所长,引领音乐舞蹈学院、体育学院、文学与传媒学院的专业学生在演出实践中凝聚共识,提升专业素质,涵育人品人格,培育良好的职业精神,助力新时代思想政治教育焕发时代张力。同时,也对于所有观看的当代大学生和广大观众,在弘扬塞罕坝精神的沉浸式感受中,不仅还原了纯真的青春时代,也树立起"无青春不奋斗"、使命光荣的坚定信念;不仅重温了三代人艰苦创业的壮丽人生,也认识到塞罕坝人的奋斗精神与意志品质也是我们全民族的宝贵财富。

《情系塞罕坝》不仅致力于艺术文化的创造,更着力于"立德树人"教育自身的建设。这是一次成功的实践教学案例,也是一次成功的德育精神展演。在全剧的创作和编排中,无数次的修改,无数次的深夜集训,无数次的塞罕坝精神宣讲会的倾听,无数次的情景创设的用心揣摩和寻找,一个眼神里有跌宕起伏的岁月光波,一个动作中有幼苗拔节的生命气象,一句台词中有英雄群体的铮铮铁骨,一句唱腔中有气壮山河的爱国深情。小舞台,见大格局;小剧本,见大人文。像塞罕坝上从一株苗到一棵树,到一片林,到一片"海",厚植其中的学术精神、道德精神、时代精神,共同实现了立德树人的教育初心,在向最美奋斗者致敬的同时,也思索着全球化时代构建人类命运共同体的中国智慧、中国方案。

此剧创作完成后,曾向承德市委和河北省委做汇报演出,河北省委常委、省委宣传部部长张政,省委秘书长董晓宇,承德市委书记柴宝良等领导都给予这部作品极高的评价。这部剧从教师创作到师生同台演出,在学校党委的直接领导下,由校党委副书记高俊虎亲自挂帅策划创作,音乐与舞蹈学院副院长蒋小娟担任导演,历经两年多的策划与筹备,在庆祝中国共产党建党百年华诞、庆祝党的十九届六中全会胜利召开及迎接党的"二十大"召开之际,脱颖而出。在筹备过程中,校党委书记苏国安对主创人员提出了"必须在政治上有高度,在艺术上有突破,在人才培养上有建树"的具体要求。并获得了著名导演郭靖宇团队的悉心指导。

《情系塞罕坝》以沉浸式为演出特色,不仅在主题架构上,体现在整部剧以大学生于丽娜和林森一家为线索,贯穿起三幕13个片段,给观众带来强烈的身份置换，在丰富的故事情节、生动的人物塑造中，体验着深刻的共情与共鸣；还在艺术形式中，用精心的编排和视听渲染，比如在启幕剧"党的召唤"中大学生从观众席的四面八方，纷纷涌到舞台中央，来到塞罕坝报到的场景；在"马蹄坑会战"中运送、种植树苗的人群，从观众席的过道上穿梭往返；在"花的世界　林的海洋"中，饰演的小动物和植物们遍布全场过道，品种繁多，琳琅满目，色彩鲜艳，摇曳生情，虚虚实实，让人恍然如梦，仿如在大自然的"穿越"中化身为可爱的小精灵。既能体会到深邃的家国情怀，又能满足自由自在的灵魂安放。再加上现代化的声光电场景效果，舞蹈、武术、话剧、音乐等多种表演形式，全方位呈现了历史复现与时代召唤。

每到一地，演出结束后，观众都反响强烈，他们常常激动地跑到后台，深情地表达：在喜迎中国共产党 100 周年诞辰之际，通过在校大学生和教师同台演绎的塞罕坝故事，如此生动和震撼，更加对塞罕坝精神有了深切的理解，对党所领导的中国建设有了深刻的理解。更有学生表达了"没想到党史教育、思政课堂也能这么灵活地搬到舞台上，观看演出让我反躬自省，我也是和他们一样年纪的大学生，我要开始认真思考人生的价值和意义，认真学习，报效祖国"。

从美丽的高岭到精神的高地，《情系塞罕坝》正是抓住了"视觉上的塞罕坝是绿色的、精神上的塞罕坝是红色的"突出特征，积极弘扬主旋律，坚定不移跟党走，筑牢思想之魂，誓做忠实传人，以信仰之光照亮前行之路。

薛　梅　河北民族师范学院文学与传媒学院教授
王艳丽　承德医学院高级政工师